河出文庫

菊帝悲歌
小説後鳥羽院

塚本邦雄

河出書房新社

目次

白菊に人のこころぞ知られけるうつろひにけり霜もおきあへず

初度百首

菊帝悲歌　小説後鳥羽院

秋とのみたれおもひけむ春霞かすめる空の暮れかかるほど

正治二年初度百首

第一章　たれおもひけむ

——建久五年　1194

一月七日は白馬《あをうま》の節会《せちゑ》で、朝早くから無理矢理に起され、退屈な儀式をつぶさに見せられた帝は、午後になると疲れ果ててひどく不機嫌になつた。白馬の節会といふのなら、その名の通り紺青《こんじやう》の毛並の駿馬《しゆんめ》を百頭ばかり引き連れて、左《さ》、右馬寮《うめれう》のつはものが武徳殿の東に勢揃へするがよい。それなら宴の後の腹ごなしに、次から次へと騎《の》り験《ため》してみてやらうと、彼は怒鳴り散らす。大納言の土御門通親《つちみかどみちちか》が剃りあとの青青した顎をしやくるやうにして、白馬を青馬と申すのはと、知つたかぶりの講釈を始めた。知つてゐる。汝らに今頃聞かされるほど馬鹿ではないと、帝はなほさらつむじを曲げ、通親は苦笑混りに姿を消す。

白馬の節会の故事については、七年も前にとつくりと聞かされた。八歳の正月のことだつた。前年三月太政大臣になつたばかりの九条兼実《くでうかねざね》が、重大な秘密でも洩らすやうな声音《こわね》で、ねんごろに教へてくれた。そもそも支那の伝説から始まつて、青が白にすりかはつた顚末《てんまつ》にまでこまごまと説き及ぶのだから、途中でもう結構と言ひたくなる。傍《かたはら》では、当時まだ健在だつた祖父の後白河法皇が、この様子を皮肉な目つきで眺めてゐた。そして幼帝が小さな欠伸《あくび》を一つ嚙み殺すのをきつかけに、催馬楽《さいばら》の「青《あを》の馬《ま》」を朗朗と歌ひ出した。

　青《あを》の馬《ま》放れば取り繫《つな》げ、さ青《を》の馬《ま》放れば取り繫げ、しのい箭矢《さや》の、しのい箭矢《さや》の、
　箭《さ》せ子《こ》が孫《ひこ》なる、さ郎子《いろんご》、または太郎子《たろんご》の子なる、さ郎子《いろんご》。

　よく練れた高音の歌声であつた。閉ぢた扇でぴたつぴたつと掌を打ち、やがてすつくと立上つて簀《す》の子《こ》の方へ消えた。兼実はさも忌忌《いまいま》しげに肩をそびやかし、真顔になつて帝に向き直り、白馬の節会以後の正月行事を次次とかぞへ立て、一つ一つにつまびらかな説明を加へる。
　十四日が男踏歌《をとこたふか》、十六日踏歌の節会、十七日は射礼《じやらい》、十八日射遺《いのこし》、賭弓《のりゆみ》、なほ年によつて変るのが、上子日《かみのねのび》の若菜、上卯日《かみのうのひ》の卯杖《うづゑ》、二月に入る頃は帝も憚らず欠伸を連発した。それを察したかに、また艮《うしとら》の方角から、法皇の歌声が近づいて来た。「春の初めの歌枕、霞鶯《かすみうぐひす》帰る雁《かり》、子《ね》の日《び》青柳梅桜《あをやぎうめさくら》……」と、どうやら今様《いまやう》らしく、声もや

はらかになまめいてゐる。よく聞くと丹後の局《つぼね》が華やいだ声音で唱和してゐる様子、兼実は露骨に眉を顰《ひそ》め、いかにも耳の汚れとばかりに中啓《ちゆうけい》を翳《かざ》し、深く叩頭して後退《あとずさ》りに退出、御簾《みす》の彼方で法皇が笑つてゐた。

その法皇も二年前に六条西洞院《ろくでうにしのとうゐん》の宮に崩じた。桜の花の咲き満ちる弥生の十三日、葬送は翌翌日だつた。太政大臣は一切の饗宴は申すに及ばず、音曲《おんぎよく》も停止するやう、冷い表情で、帝や、殊に土御門内大臣あたりに聞えるやうに、左右大臣に申し渡してゐた。今様の一つも歌つて差上げる方が黄泉《よみ》への旅の慰めにならうものを、御室《おむろ》の守覚法親王《しゆかくほふしんわう》が誰やらに囁かれたとか、まことにその通りと、この伯父君の配慮を、帝もゆかしく思つたことだ。兼実には通じまい。

朝からまぶしいほどの晴天で、清涼殿の東の紅梅が見事に咲き匂つてゐると、女房連の讃嘆する声がする。覗くと、中宮任子《ちゆうぐうにんし》の女房、丹後の姿が見えたので呼びにやつた。紅梅の一枝に歌を添へよと言ふつもりであつたが、彼女が蒼白く畏《かしこ》まつた顔であたふたとやつて来ると、急に興味を喪《うしな》つた。歌と言へば、彼も近頃、にはかにこれが面白くなつたところだ。祖父法皇はさして奨《すす》めはせず、帝王学の一つとして目を通せと、千載《せんざい》は勿論、万葉及び六代集は、早くから帝の机辺に積み上げてくれたが、身を入れて読み出したのは十三歳の正月からだつた。読書と横笛は十一歳の神無月から学んだ。彼には古歌はともかく、当代の若い歌人のものに心を唆《そそ》られた。天台座主慈円《てんだいざすじゑん》から、雅経《まさつね》、有家《ありいへ》、あるいは良経《よしつね》の名も聞いてゐる。その左大将良経主催の大歌合《おほうたあはせ》が、徳大寺殿歌の間で催されたことも、去年の秋から耳に入つてゐた。彼は乳母の兼子《かねこ》を通じて、兼実に歌を見せよと一度だけ命じたが、大臣は例によつてにこりともせず、何しろ愚息が私《ひそ》かに同好の士と語らうて試みた遊びゆゑ、私も知つて知らぬふり、いづれ釈阿《しやくあ》の判詞《はんし》でも完成の暁は、左大将からぢきぢき、非公式に奏覧をと、しきりに逃げるらしい。箸の上げ下しにも有職故実《いうそくこじつ》をあげつらふ仁《じん》だから、催促しても意地になるだけだらうと、帝は二度と口にしなかつた。第一兼実は歌合に加はつてゐないと聞く。彼はそれも心外であつた。もつとも加はれば左方の筆頭、すなはち主催者とならざるを得まいし、さすればこの歌合は途端に格式張つた、面白みのない儀式になつてしまふ。漢詩文はいさ知らず、兼実の和歌はとんと見られたものではない。それを口にするのは禁忌となつてはゐたが、禁忌であればなほ有名な事実で公然の秘密、この度の歌合を息子が主催するのは当然のことと、歌作るほどの殿上人は皆うなづき合つてゐた。第一良経は四年前二十二歳で、「花月百首」と呼ぶ歌会を催し、天晴《あつぱれ》秀歌を聚《あつ》めてゐる。

読書の暇を見て帝はみづからも歌ひ、懐紙に書きつけてゐた。武官の、殊《こと》に二十歳《はたち》そこそこの、名だたる弓馬の名手を召して、流鏑馬《やぶさめ》や犬追物《いぬおふもの》の話に興ずると、日の昏れるのも、夜の更けるのも忘れる。また、時折われを忘れて袖をまくり上げて、箭《や》はこのやうに引き絞るのかと尋ね、脇息《けふそく》を駒に見立ててこれに跨《また》り、早駆けの鞭はかう打ち下せばよいかと質《ただ》す。若侍達はその勘のよさに舌を巻き、このやうな尚武《しやうぶ》の帝は父の話にも、祖父の物語にも聞いたことがないと目を輝かした。彼らをひそかに伺候させるのは通親だが、これも兼実の気に入らぬところだ。その他法皇譲りで囲碁《ゐご》、双《すご》六《ろく》も滅法強く、中宮や女房相手に乱碁《らんご》をする時でも、必ず何かを賭ける。たはむれにせよ、女官の秘蔵する檜扇《ひあふぎ》や琵琶を勝てば召し上げ、それが原因で丹後の局と兼子が目に角立てる一幕もあつた。兼実も十五とは思へぬくらゐの帝の奔放な振舞には閉口し、それなら和歌に心を傾けてもらつた方が無難と思ひ始めてゐた。

和漢の学は文章博士《もんじやうはかせ》達が形通り進講してゐる。これまた抜群の記憶力で、老体の日野親経《ちかつね》などその鋭い質問に戦戦兢兢の体《てい》だと聞く。和歌は耆宿《きしゆく》釈阿あたりが指南役に向いてゐるのだらうが、彼は六条家に気を遣ひ、古歌を味読諳誦するのが何よりの勉強、古今伝授の要諦もここに極まると嘯《うそぶ》いて、ひたすら侍講するのを避ける。帝も、四倍以上の年齢の老人ばかりが相手では面白くもあるまい。さりとて女房歌人など言《こと》葉敵《ばがたき》にして、妙な源氏写しの歌をひねくつてもらつては、帝王の歌の格が崩れる。良経あたりが歌の友としては最適任であらうと、兼実はひとりうなづいた。歌合も六百番に仕立て、四季五十題、恋五十題、申状《まうしじやう》、判詞、難陳《なんちん》、一応揃つて浄書もできた様子、能書の良経自身が、歌千二百首を別に書き写して、非公式に奏覧に供するがよからう。それも帝が見たがつてゐる時、少少じらせておいてから何気なく差出すのが一番効果的だ。あまり放つておくと、たとへば通親あたりが、六条家の季経《すゑつね》か顕昭《けんせう》を通じて詠草《えいさう》を取り寄せ、手柄顔に奉らぬとも限るまい。殊に顕昭は激越な陳状《ちんじやう》で釈阿俊成の判詞の弱点を衝《つ》きまくり、また寂蓮とも丁丁発止《ちやうちやうはつし》の舌戦を繰返したとか、その昂奮も冷《さ》めやらぬこととて、あの野心家の通親にどんな資料を渡すか、これは十分に警戒の要があらう。兼実は事事《ことごと》に反《そ》りの合はぬ彼のぬるつとした面構へと、切れ長の三白眼を思ひ浮べると嘔吐を催す。同じ久安五年生れの四十六といふのも腐れ縁めいて憤《いきどほ》ろしい。その通親の歌の師匠こそ季経であつた。九条家が釈阿や定家の御子左家《みこひだりけ》を推輓しようとするのを十分計算に入れて、彼は六条家を引立てようと躍起になつてゐる。その対抗意識はかたはら痛いが、単にこの件のみならず、破廉恥な野心家通親の挙動は油断も隙も無い。かつて平家一門が華やかに登場した時は、どう奔走したのか清盛の姪《めひ》をまんまと娶《めと》つて人人を唖然とさせた。古妻を逐《お》ひ出してのことゆゑなほさらだつた。宣陽院《せんやうゐん》の院司にまで成り上れたのはそのせゐである。ところが平氏が西へ敗走するのを見送ると、二度目の妻も早早に離別した。日ならず彼は後白河法皇の身辺に出没し始める。丹後の局にはそれ以前に莫大な音物《いんもつ》を贈つて御機嫌を取り結んでゐたやうだ。都落ちした僧能円の元の妻、生き別れ後家の範子《はんし》を洒洒《しやあしやあ》として妻に迎へたのは、それから間も無くだつた。もう驚く人もゐず、ただその辣腕《らつわん》にあきれるばかり、贅を尽した直衣《なほし》、狩衣《かりぎぬ》に隠れた一種異様な精気は、女を狂はせ、男を金縛りにする力があつた。範子と結婚するや否や、今度は彼女の連れ子を養女に直し、即刻後宮に入れた。在子《ありこ》と言ひまだ二十歳にはならぬ、なかなか愛くるしい娘で、帝もお気に入りの様子、兼実の頭痛の種がまた一つ殖《ふ》えた。

通親は女御《にようご》に上《のぼ》つた養女在子のところへ、まるで生れた時からの愛娘に会ふやうに、いかにも親しげに、磊落《らいらく》な態度でやつて来る。帝が臨御《りんぎよ》の時も、殊更に、威儀を正したり、へりくだつたりはしない。好きごころを唆るやうな話題を無遠慮に持ち出し、少年の帝を恥ぢらはせ、哄笑するやうなことさへある。その点兼実は厳格で、娘を中宮に上らせた父親の、公と私の振舞を、先例に鑑《かんが》みてまことに慎重に選ぶのだ。娘の任子《にんし》は時時息が詰りさうになり、時候の挨拶など言上《ごんじやう》されると身の毛がよだつ。帝が同席の折はなほさら四角張り、たまたまふざけちらして遊び明さうと思つてゐた帝も、たちまち白け切つてぷいと座を立つてしまふことが多い。あの法皇さへ在世中は三舎《さんしや》を避けてゐたのだから、若い帝や娘が煙たがるのも当然であらう。兼実の高潔な人柄を称《たた》へてやまぬのは女房歌人の丹後や讃岐《さぬき》くらゐであつた。

一昨年の臘月《らふげつ》から翌建久四年の正月にかけて帝は痘瘡《とうさう》を患つた。女房たちは伝染を怖れて御見舞も避け、一方入れ代り立ち代り、病患平癒の加持祈禱を催すため僧侶を招いた。正月になると熱も下り、痘痕もさまで著しく目に立たなくなつた。待ち構へてゐたやうに在子は枕頭に侍り、水入らずの子《ね》の日《ひ》遊《あそ》びだとか称し、酒肴《しゆかう》まで供した。夕刻には呪師《のろんじ》をひそかに招き入れて散楽《さんがく》を奏でさせ、呪禁《じゆごん》を命じもしたやうだ。勿論母の範子の入智慧だらう。兼実は激怒して呪師を逐ひ払ひ、薬師《くすし》に枕頭の番をさせた。病人のつれづれを慰めて何が悪い。帝おんみづからの御指名、御所望に逆《さから》ふ気かと、通親はやり返した。慰問どころの騒ぎか、後白河法皇の諒闇《りやうあん》は三月まで明けぬ。四方拝を始めとする宮中の祝賀の儀も一切遠慮し、管絃の音の洩れることさへ慎んでゐるさ中に、臣下が唆《そその》かした上、穢《けが》れた呪師を呼び寄せ、あまつさへ呪禁とは何事、一体誰が呪つて帝を病ませたと考へての呪禁かと、兼実の追求は厳しく、形勢険悪と見た丹後の局が、白い胸元をちらつかせながら、私に免じてなどと作り声の哀訴で取りなすていたらくだつた。

左大将良経はかういふ修羅《しゆら》場《ば》をなるべく避けて通つた。耳に入るのは更に誇張された噂で、父兼実も妹任子《にんし》も、野心家の通親が張りめぐらした罠《わな》に、じりじりと引きずり込まれて行くやうな不安にゐたたまらなくなる。叔父の慈円がまた地獄耳で、宮廷でのできごとは、どういふ手段でか細大洩らさず承知してをり、しきりに憂慮してゐる。良経があの大規模な歌合を思ひ立つたのも、一つはかういふ権謀術数の世界の圏外にゐて、心を澄ましたいからであつた。母親に似た薄く細い鼻と顎が、いかにも天才貴公子を思はせる。亡き兄の良通《よしみち》も彼同様母に生き写しだつた。二十二で或る日頓死した。良経は治承三年の葉月の末近く、十一歳で禁色《きんじき》、昇殿を聴《ゆる》された。帝の誕生はその翌年である。帝の伯父君以仁王《もちひとわう》が三十歳を一期《いちご》として、頼政と共に、宇治平等院で敗死したのも、重衡《しげひら》が東大寺や興福寺を焼いたのもその年であつた。彼は今の帝の姿を、十年前の自分に重ねて思ひ描く。良経は兄に従つて漢詩文を学んでゐた。二人ながらに父兼実が怪しむほどの悧発さであつた。だが、その父の庇護で荒い風にも当らず、昇殿後も、宮廷と邸の限られた部分以外、何一つ知ることはなかつた。酒色の味など夢にも味ははず、今様や中楽《さるがく》など目や耳の汚れと心得てゐた。刀槍《たうさう》の持ち方も儀式として一応教へられたが、それよりも有職故実の繁文縟礼《はんぶんじよくれい》を諳《そらん》じ、理解する方が急務とされた。そして、何にもまして、和歌の上達を迫られた。祝儀に際して賀の歌をいかに当意即妙に詠み得るか、礼にかなひ、例に則《のつと》り、心を尽していかにもめでたい歌を披露できることが、摂籙《せつろく》の家系に生れた子息の特権であり、かつ重責であることを、骨身に沁むまで諭された。そこから政事《まつりごと》は始まると言ふ。だがその政務のいかに煩はしいことか。人心をまつろはしめると一言でかたづけるが、その実は、目を覆ひたくなるやうな泥仕合に、手を汚し、足を汚し、魂まで腐らせ、この世の人人が鏖殺《あうさつ》されるのを見てゐなければならぬ。

平家が壇の浦に潰滅したのは良経十七歳の春の終りだつた。三種の神器は海底に沈み、宝剣はつひに還らなかつた。彼は今日十五歳の帝の、既に少年の面影の消えつつある横顔を見て溜息をつく。あの傍若無人の雄雄しい言動は人に聞く後白河の青年時代以上である。うつすらと口髭さへ生やし、中宮、女御の他に若い女房まで夜毎に御《ぎょ》しおほせ、酒は大盃をも辞さぬあの怖るべき器量はただごとではない。好みの太刀を見ると、否応なく召し上げる。武官の苦情を伝へると、帝は突然蒼ざめて、磨は宝剣を持たぬと叩きつけるやうに言つて姿を隠した。兼実も一瞬胆が冷え、返す言葉も無かつたとか。

歌合の詠草を御覧に入れずばなるまい、それとなくお目にとまるやうに計《はから》ふがよいといふ父の謎めいた言葉を聞くまでもなく、良経は既に百題千二百首を斐紙《ひし》にしたためて、機会を待つてゐた。去年は遠慮した正月の行事も改めて盛大に行はれる。一昨年も法皇御病中とて、簡素を旨とし、もろもろの節会も招宴も、前例をたづねて控へに控へたから、三年振の盛儀といふことにならう。宴好きの通親、長男の通具《みちとも》など、午前中の儀式は上の空、夕刻から深夜にかけての酒宴になると急にいそいそと袖を翻すやうにして、殿上人や女房の間を斡旋して廻る。通具は二十四、頬が薔薇《しやうび》のやうに紅い好男子で、女房連の人気も高く、室は俊成の孫娘とか、相当な詠手《よみて》との評判だ。帝も羽目《はめ》を外した遊興となると、むしろ通具が良い相手、秀才型の良経は避けてゐる。二十日、春日神社で中宮任子の皇子誕生祈願を行ふことになり、金泥の心経を奉納の上、使者が礼拝に参るといふ。帝もその日は一日任子の所で過されると見て、良経は件《くだん》の詠草を妹に渡しておいた。文机の上へ展《ひろ》げておけば、いやでも目に触れよう。読めと強制されると外方《そつぽ》を向くものでも、かうして行き当つたらたちまち引きつけられる。おまけに帝がかねてから興味を持つてゐた歌合結番《けつばん》詠草だ。

火桶に赤赤と炭を埋め、酒器には伏見の里で醸《かも》した美酒があり、肴には今朝丹後の海から飛脚便で奉つて来た海胆《うに》がある。帝は中宮に早う皇子を生んで見せよなどと大人のやうな口をききながら、彼女にもたれかかつて、しどけなく盃を乾してゐた。そして次第に陶然として来ると、後白河写しの美声で、何やらいかがはしい今様をくちずさむ。任子はその節廻しがあまり好きではない。在子が甘い声で巧に真似るからでもあらう。

我を頼めて来ぬ男、角《つの》三つ生《お》ひたる鬼になれ。さて人に疎《うと》まれよ。霜雪霰降る水田の鳥となれ。さて足冷たかれ。池の萍《うきくさ》となりねかし。と揺《ゆ》りかう揺《ゆ》り、揺《ゆ》られ歩《あり》け。

よく耳にする歌だつた。帝が御贔屓《ごひいき》の、呪師愛王丸《のろんじあいわうまる》も歌つてゐた。在子もきつと覚えたことだらう。歌ひながらうつらうつらと帝は眠る。脇息《けふそく》を枕にまどろむ顔はまだ幼い。年かさの自分は、帝が幼さびしてゐる間の姉様役、猛猛《たけだけ》しい青年になりきつた頃は、もう女の盛りを過ぎたと言はれよう。そしてその頃は在子どころか、数多《あまた》の貴族の娘が、女御、更衣となつて局に溢れ、帝は一夜一夜慰んで廻られよう。いつまでの中宮やら、もし皇子を生めなかつたら、今年の秋を待たず追はれるかも知れない。父も兄も、そんなことは一言も口にせぬだけに、なほ任子は辛かつた。挿頭《かざし》の台の華瓶《びやう》に、紅梅の一枝が馨《かを》つてゐる。絵師《ゑし》歌人の隆信が讃岐を通じて届けてくれたものだ。帝が寝返りを打つと、ほろりと一ひら散る。それが唇のあたりをかすめた。帝はうつとりと目を開き、錫の水差《みづさし》から清水を汲んで飲み干した。その目はふと机の上の堆《うづたか》い歌帖を捉へる。まろやかな筆蹟で端に小さく「左大将家歌合」とあり、はてと思つて次の葉を見ると四季五十題、恋五十題がびつしりと書き連ねられてゐる。帝はやうやく固唾《かたづ》を呑んで座を正し、傍の任子も忘れたかに読み耽る。初恋、忍恋《しのぶるこひ》、聞恋、見恋、さても恋の趣向をつくしたものよと見るほどに、寄虫恋《むしによするこひ》、寄笛恋《ふえによするこひ》、寄遊女恋《いうぢよによするこひ》となるともうただごとではない。寄商人恋《あきうどによするこひ》を掉尾《てうび》としたこの賑賑《にぎにぎ》しさに、帝は破顔一笑した。一字も人に聞かずに読みおほせたことも愉しい。彼は気儘に綴りの前半を開いてみる。そこは秋の終りだつた。題は「鴫《しぎ》」、彼も高名な西行の「心なき身」は既に丹後のくちずさむのを聞き知つてゐたが、ここには、そのやうなあはれの影も見当らぬ。

二十番
左　勝　定家朝臣
唐ごろもすそ野の庵《いほ》の旅まくら袖より鴫の立つここちする
右　信定
旅まくら夜半のあはれも百羽《ももは》がき鴫立つ野べのあかつきの空
二十一番
左　勝　有家朝臣
時しもあれねざめの空に鴫立ちて秋のあはれをかきあつむらむ
右　経家卿
明けぬとや同じ心に急ぐらむ門田《かどた》の鴫も今ぞ羽かく

そこには彼の見たこともない歌があつた。文字が妖《あや》しい色と形を伴つて心に飛びこんで来るやうな、奇抜な歌が、惜し気もなく、事もなげに書き並べてある。「袖より鴫の立つここちする」とは何と小気味の良い言ひ廻しだらう。「秋のあはれをかきあつむらむ」も、今様にさへ見ぬ新しさだ。時折拝謁を願ひ出るあの老人は、当代第一の歌作りと聞いたが、この判の勝負、さすがにゆるがぬ。定家はその息子らしい。この鮮烈な、大胆不敵な歌ひ振《ぶり》を示す男は、どのやうな顔をして、何を考へてゐるのだらう。思ひつくままに紙を繰つて飛ばし読みをする。はつと目を引く歌は必ずその定家に女房、信定である。隠名《かくしな》であらう。「鳴」の次は「広沢の池眺望」。

三十番

左　勝　　　　　　　　　　　　　女房

心には見ぬむかしこそ浮びけれ月にながむる広沢の池

右　　　　　　　　　　　　　　　家隆

ゆくへなくながむる空も広沢の池の心に澄める月かげ

これらも亦《また》帝の心を騒がせる。知らなかつた。歌にもこのやうな不思議な世界があつたのか。古歌には「見ぬむかしこそ浮びけれ」となど決して歌はなかつた。火桶に炭を足しに来た女房に丹後を呼びに遣つた。彼女は次の間に控へてゐた。帝が歌合の詠草を拾ひ読みするであらうことまで察してゐたのではあるまいか。彼女は日頃ねんごろな九条家家司《けいし》の定家や、その姪を通じて、この歌合に出た名歌は夙《つと》に承知してゐた。あまりの目ざましい新風に、六条家の季経や経家が悪しざまに触《ふ》れ歩いてゐることも、通親が奇怪な歌の横行する邸よと、九条家を諷《ふう》したことも聞き及んでゐた。

丹後は帝の問ひに応へて、はるか彼方から「女房」は歌合主催者、左大臣良経卿の雅称、信定は比叡山の座主慈円大僧正の隠名であることを告げた。この歌合のことを聞き及んでゐるかとの重ねての下問に、彼女は「暁恋」の中の誦じた秀歌一首を低い声で、しかし明瞭に誦《ずん》じて応へた。

月やそれほの見し人の面影をしのびかへせば有明の空

左大将の君、すなはち「女房」の勝歌、六百番の白眉で、判詞にも「心殊に深く」と褒められた由とつけ加へる。帝は急いで「暁恋」の箇処を探し出して、一番から六番までの十二首に目を通す。何といふ閑雅な調べであらう。和歌がともすれば喪はうとする軽やかな心のはずみが、ここには打てば響くやうに伝はつて来る。あの冷やかなほど端正で、大声も出さぬ左大将が、狩衣の袖さわさわとひるがへして、遊女、傀儡女《くぐつめ》、巫女《みこ》の手を打ち囃《はや》す中で、鮮やかに舞ふ姿が浮んでくる。

彼はそこに任子や丹後のゐるのも忘れて、歌帖を次から次へと繰り始めた。才気煥発《さいきくわんぱつ》、一句一句が帝の胸に火花となつて飛びこむ。このやうなたかぶりは久久のことであつた。十代の初めに繙《ひもと》いた万葉、古今《こきん》、拾遺、後拾遺は、名歌の数よりも、常套《じやうたう》の極り文句の繰返しにまづ、閉口した。倣《なら》つて作つた歌もその頃五十や百あるが、みづからが愛想を尽かすやうな凡作ばかりだ。六歌仙を尊べとの秘伝めいた戒め奨めも、耳に胝《たこ》ができるほど聞いたが、業平の歌に心が躍り、小町の歌に胸を揺《ゆす》られる他は、大して興味も唆られはしなかつた。だがこの歌合の作には、何やら気もそぞろになるやうな言葉の魔術がひそんでゐる。人麿の長歌を誦《ず》する時、自分も「すめろぎ」であり「神の御裔《みすゑ》」であることをひしひしと肝に銘じ、古今以後の賀歌を見る時、和歌が帝王のための詩歌であることが身に沁みて判る。文章博士《もんじやうはかせ》も兼実もそれ以上は望まなかつた。祖父法皇も、博覧を勧め、たしなみとしての作歌を促してくれたが、愉しめ、心奪はれるまで耽《ふけ》れとは、さらさら言ひもせず、第一そんな境地のあるのを知りもしなかつた。法皇には微妙華麗な旋律を伴ふ音曲唱歌の別世界が、何ものにも優先した。みづから歌ひ、その歌声に聞き惚れた。彼はその「歌声」をこそ後世に伝へたかつたのだらう。堆《うづたか》い今様集成の巻の量《かさ》を眺めつつ、幼い帝は、そこに詞があつて節《ふし》の無いことをあはれんだ。今様の話となると際限もなく甘くなる祖父の、その弱みにつけこんで、帝はさまざまなものをねだることを覚えた。剣が欲しい。美しい太刀が欲しいと無心に叫んで、法皇を蒼ざめさせた。梁塵秘抄の巻を訳も判らずに読みたどりつつ、節はどこにある、何と歌うてよいやらしるべもないとむづかつて、また法皇を絶句させたこともあつた。代代《よよ》の和歌集はまことの詞華、書かれた文字そのものをたどれば、作者の心の千変万化の景色がゐながらにして眺め得る。諳《そら》じて随時楽しみ、言葉を借りてみづからの作に新《あらた》な趣向の絶景を創ることも可能だ。だが、と法皇は拳を握る。

今様の詞は写し、記録し、末の世まで遺せても、この至妙の節廻し、緩急よろしきを得た拍子、管絃のあしらひやうは、人から人へ、口と咽喉で伝へる以外には方法がない。名人上手が天才達人に伝へてこそ、名歌名唱と称へられるのだ。その継承者が絶えれば、今様も亦詞だけしか伝はらぬ。今様が十とすれば詞は四、唱法が六、六が消えて四が残つたとて何にならう。その口惜しさに、口伝の中には綿綿縷縷と唱法を説いてはみたが、所詮は絵に描いた刀術泳法のたぐひ、否それ以上の迂遠な抽象論であつた。つひに四に過ぎぬ詞だけでも伝はつてくれと、悲願を籠めて編みはしたものの、無益な所業、何たる儚事《はかなごと》と何者かが耳もとで囁く。あへて耳を覆うて聞かぬ振《ふり》してゐるものを、この四宮の帝は、罪のない声で、ぐさと心を刺してくれた。亡き崇徳上皇も、今様に執する弟を、侮蔑に満ちた眼で眺めたが、それには血を以て徹底的に報いた。兼実も亦、終始胡散《うさん》臭さうなおももちで見てゐるが、いつの日か、厳しい報復を受けるだらう。法皇は日頃さう思ひ続けて来た。今様を呪ふ者には、それに倍する凄じい呪禁《じゆごん》を返して、二度と立上れないまでに罰してやるのだ。だが少年の帝につゆ悪意は無い。むしろ教へもせぬのに、むづかしい法文歌なども巧に真似てみせる。資賢《すけかた》に秘伝の一曲を受けた随身《ずいじん》が、帝の歌ふ古柳《こやなぎ》の「沢に鶴高く」を小耳に挟み、ああ、法皇もこれで今様をあの帝に悉皆《しつかい》譲ることができようと、涙しつつ人に語つたといふ。ところが帝の天才は何も今様に止《とど》まりはしなかつた。気が向けば唱つてもみせるが、身を入れて極める覚悟などさらに持つてはゐず、法皇はいさぎよく諦めることにした。

　帝が歌合の諸歌を一覧して目を輝かせ、任子には借りておくとの言葉も忘れたかに、その翌朝御所へ持帰つたことは丹後の口からすぐ良経にも伝はつた。兼実も安堵の吐息を洩らした。彼は、危く通親や季経輩に出し抜かれずに済んだことを喜んだのだが、良経にとつては、そのやうなことは二の次であつた。帝が、十五の少年天皇が、あの綺語を鏤《ちりば》めた六百番の歌の数数に鋭い反応を示したのが、まさに望外の慶事であつた。どの程度理解できたかが問題ではない。「枯野」の「見し秋を何に残さむ草の原」で、右方人《みぎかたうど》が「『草の原』、聞きつかず」と難じ、判者俊成から「源氏見ざる歌詠《うたよ》みは遺恨のことなり」と一喝されたことは、既に宮廷歌人の一部で有名になりつつあるが、六条家の、甲羅《かふら》を経た連中さへこの始末なのだから、いくら聡明とはいへ、源氏はまだ五十四帖の巻の名を見知つた程度の帝に、古歌、諸物語を多角的に踏まへ、忍ばせたあの絢爛たる新風を、判《わか》れと言ふ方が無理であらう。ただ、釈阿が千載集《せんざいしふ》を撰者として進講した時も、さほど興味を示さなかつた帝が、この度は傍の酒肴も打忘れるほど、魂を奪はれた様子だつたとは、さすが目が高いと歓ばざるを得ぬ。叔父の慈円が聞いたら、早速押しかけて判の次第なども言上し、花月歌会以来のみづみづしい歌の姿、新進歌人の歌風の披露までしてくれるだらう。家司の定家に伝へたら、彼は狂喜して伏し拝みかねまい。だがそれも彼にはおのづから本道を逸《そ》れる。帝は帝王の歌を知らねばならぬ。今様写しの華美で軽やかな歌よりも、丁丁《ちやうちやう》と胸の奥処《おくど》に谺《こだま》する倭歌《やまとうた》の真実を知つてもらはねばならぬ。その意味でこそ詩帝と呼ばれてほしい。後白河帝の御代に千載集は生れたが、生れただけでこの道は振はなかつた。やつと、待ち望んでゐた御代《みよ》が到来したのではあるまいか。良経は、もしさうならば、日頃父が暗い目つきで、さも重大な仕儀のやうに語る、六条家がどう、御子左家がかうなどといふ勢力争ひや、それを操る操らぬの思惑《おもはく》も、どうでもよいことに思はれる。歌を第一の文芸として、神神にもこれを以て言問《こととひ》ひ、世の人人にも叡慮をこれに籠めて伝へる術《すべ》を、帝が篤《とく》と承知するなら、文章博士の千日の講義も無用である。六百番歌合詠草は、恰好の刺戟剤であつたかも知れぬが、これに倣つて帝らしからぬ技巧の勝つた歌を作り、それのみが当代の、否《いな》後の世まで残り、遺すべき詞華と考へられては、却《かへ》つてあやまちとならう。

さいはひ、歌帖は三日後にまた任子の文机の上に無事還つて来た。俄《にはか》に歌に熱中してゐる様子も見えない。むしろ、しばらく中断してゐた笛を、また異常に熱心に習ひ始めた。ところが、指南に通つてゐる雅楽名人、多好節《おほのかうせつ》は、奇妙な顔で、仔細ありげに首を振る。たまたま慈円が弟子の何人かに鉦鼓《しやうこ》の手ほどきを受けさせようと挨拶に赴くと、これは好い聞手ができたとばかり、帝の笛稽古顚末を告げるのだ。この細面《ほそおもて》の名人の言ふところでは、帝が呼ばれたのは必ずしも笛のためではなく、どうやら鎌倉の話を聞くためらしいと言ふ。さう言へば彼の所は三年前、鶴岡八幡宮の伶人《れいじん》山《やま》城久家《しろのひさいへ》が十二人の同僚や弟子を引きつれ、雅楽と神楽《かぐら》を学びに来た。頼朝の命令である。その次の年はまた久家が一人で習ひに来た。前回はともかく、二度目の建久三年秋は、頼朝も征夷大将軍、その指示によるとあつては待遇にも気の張ることであつた。連日の稽古に続く稽古、時には多《おほの》家の門人などとも慰労の酒席を設けて交驩《こうくわん》するので、一月《ひとつき》も経てば鎌倉の様子は手に取るやうに判る。別に箝口令《かんこうれい》が布《し》かれてゐるわけでもないから、若い伶人は気軽に鎌倉の四季や名所、さては遊女、歌姫の話まで、面白をかしく話して聞かせる。京にまで聞えた御台所政子や長女大姫の噂まで仔細に語つてくれる。時には聞き伝へた殿上人が、笙《しやう》、篳篥《ひちりき》の稽古を口実に門を叩き、鎌倉の風聞を仕入れて帰るので、いつしか多家は鎌倉の消息通といふ噂が立つてしまつた。

何を無粋野蛮《ぶすいやばん》な東男《あづまをとこ》のことなど、耳にするのも口にするのも癪《しやく》の種と横を向く公卿も多いが、一方、美男の聞え高く、最期の悲惨比べるもののない木曾義仲、あるいは非運の勇士判官義経らは別格としても、樸訥純情で金離れの良い関東武者は、女房連には至極好感を持たれてをり、遊女、傀儡女《くぐつめ》のたぐひも彼らの後を慕うて東へ下るものもゐた。また一方文武の離反確執は時のさだめ、遠からず草木も東方へ靡《なび》き伏す日の来ることを予測する人人は、鎌倉の情報に聞き耳を立てた。情報通は夥《おびただ》しい。京都守護に近しい公達《きんだち》や武将は当然種種《くさぐさ》の動きを察知する。一条家に繋る人人は鎌倉の天変地異まで、手に取るやうに知つてゐると噂されたものだ。だが、帝の聞きたかつたのはそのやうな武張つた小うるさい鎌倉事情などではない。征夷大将軍息女大姫のことに過ぎない。この早熟な少年帝王は、群臣の中の誰かがしたり気《げ》に耳打することでも、わが身にかかはる消息、あるいは毀誉褒貶《きよほうへん》は、ぴたりと受けとめて、そ知らぬ顔をしてゐた。頼朝が大姫を入内《じゆだい》させようと画策してゐるらしいことは、一部の耳には夙《つと》に達してゐた。帝は聾桟敷《つんぼさじき》に置かれるのが大嫌ひだつた。しかもあらはに問ひ質すのも潔しとしなかつた。政治に関ることならいさ知らず、まかりまちがへば自分の女御、中宮に上るやも予断を許さぬ女性《によしやう》のことを、口にするのはためらはれたのだらう。兼実、通親のいづれに下問しても、多分通り一遍の答へしか返つて来ぬことは判つてゐた。だからこそ、他に情報網を求めたのだ。父の頼朝は見たことがある。建久元年十一歳の霜月に、彼が畠山重忠を先頭に立て、兵一千余騎を従へて上洛して来た時のことだつた。法皇も帝も、宮廷の人人もことごとく、賀茂の河原に車を連ねて、威風堂堂の行進を見物した。精鋭三騎づつ百組に衛《まも》られ、黒の駿馬に跨つた頼朝は、折烏《をりゑ》帽子《ぼし》に紺青の水干袴《すいかんばかま》、白の向縢《むかばき》姿であつた。装束や乗馬はさすが気張つたものだし、結構身についてはゐたが、容貌は平平凡凡、扈従《こしよう》の侍の方がよほど美美しい。名立たる源家の棟梁、大器、英雄の噂もつぱらの人物ゆゑ、眉あくまでも秀で眼光炯炯《けいけい》、鼻梁秀でて漆黒の髭を生やした、いはば美しい鍾馗《しようき》を思ひ描いてゐた帝は、子供心にも期待を裏切られて舌打したいほどだつた。扁平な顔で目は細く、猜疑《さいぎ》六分の慈愛四分、大きな口を横柄に引結んで、さすがに動ずる気色もなく、衆人環視の中を進んで来た。謁見の砌《みぎり》聞いた声も、頭の天辺に突き抜けるやうな、異様に甲高い大音声で甚だ興冷めだつた。帝は鎌倉の猿といふ蔭口を思ひ出して、危く失笑するところを、ぐつと奥歯で嚙み殺した。

帝は多好節の教へる通り巧の乙甲《めりかり》をつけて青海波《せいがいは》の序を吹く。秘伝曲で滅多な時に奏してはならぬ約束ながら、帝が吹きたいとあらば、座興として教へぬわけにはゆかぬ。師長《もろなが》卿が土佐に配流の砌、愛弟子源惟盛にこの秘曲を津の国の川尻で伝へ、涙ながらに、「教へおく形見をふかくしのばなむ身は青海の波に流れぬ」と詠んだことは、千載集の離別の部にも見え、帝は、だからこそ、望んだのだ。遊宴のある度《たび》に必ず、誰か舞の上手がこれを一《ひと》さし舞うて見せる。源氏にゆかりの曲ゆゑ、花の宴などでは、誰が舞ふかで一揉めしてゐるらしい。「寄笛恋」といふ題を知つてゐるかと帝はいたづらつぽく笑つて好節に下問する。作ることは稀ながら、彼も歌書には一通り目を通し、四方《よも》山話《やまばなし》の端端《はしばし》にも歌のことを添へるからこそ、問はれるのだらう。堀河院題にもそのやうなものは無かつた。久安百首にも聞かぬ。はてと首を傾げると、去年左大将家で催された歌合の題で、恋だけでも五十あると声を立てて笑ふ。かういふ時、帝にはもう少年の面影は無い。数人の、それも歳上の女と、夜を過し馴れた青年の顔になる。「はるばると波路わけくる笛竹をわが恋妻と思はましかば」とくちずさみ、中《ちゆう》宮権大夫《ぐうごんのだいふ》家房の腰折《こしをれ》よとまた高笑ひを混へ、麿にも鎌倉からの笛の音が聞えて来る。大姫とはどのやうな女性《によしやう》か、聞かせよと笛の湿りを拭うて蜀江錦《しよくかうにしき》の袋に収め、ぐいと好節の方へ向き直る。知らぬはずはない。鎌倉の伶人達とも、大姫や政子夫人のことは、日日俎上《そじやう》に上《のぼ》せてゐたに違ひないと有無を言はさぬ、先刻お見通しの表情であつた。

確にこの洞察は鋭い。伶人達はここ数年、大姫一人にさしもの頼朝が引摺り廻されてゐると、さも面白げに告げたものだ。都人もそのゆゑよしは伝へ聞いてゐると思つてゐるらしい。大姫は気が狂《ふ》れたと鎌倉中で目引き袖引きして、事あれかしと待つ者ばかりとも言ふ。さもあらう。彼女は五歳の折、鎌倉へ人質として送られて来た木曾義仲の子清水義高と婚約した。十一歳、父に肖《に》て抜群の美少年であつた。寿永二年、十一年も昔のことだが愛憎は古びぬ。だが頼朝と義仲の間は急に険悪となり、翌年義仲は三十一歳で粟津に敗死した。同族のしかも義経に攻め殺されたのだ。義高を生かしておけば必ず長じて敵とつけ狙ふことだらう。頼朝は自分の生ひ立ちにたぐへて、それがありありと予測できた。禍根すべからく断つべし、と側近の者二、三を集めて談合した直後、その話が義高贔屓の女房の口から洩れ、少年は夜蔭に乗じて鎌倉から脱れ出た。五日の後、彼は入間川の河原で、頼朝の追手に捕へられ、さ緑に萌え出た蓬《よもぎ》や蘆《あし》を血に染めて転《ころが》つた。首級はその日のうちに頼朝の目の前へ運ばれた。顚末は極秘の沙汰があつたが、この冷酷無残な仕打が、大姫の耳に入るのに三日も要しなかつた。敏感な少女はその日から飲食を断つて室内に籠り、二度と笑顔を見せぬやうになつた。父頼朝は彼女を慰めようと、義高の追善を思ひ立ち、各地由縁《ゆかり》の寺寺に供養、祈願を乞ひ、みづからも参籠《さんろう》、念仏に励むほどであつたが、娘の心の傷手は、ますます深くなつてゆくばかりだつた。心を病めば身も衰へる。彼女は父への意趣返しに生涯を賭けたやうに、冷やかな眼でじつと闇の彼方を見つめ続けた。義高の父義仲と不仲であつた行家《ゆきいへ》も頼朝に討たれた。平家一門、ことごとく壇の浦に亡び尽した。義仲を攻めた義経も、つひには兄頼朝に殺されてしまつた。それらの腥《なまぐさ》い事件をも、笑はぬ眼で見据ゑて来た。父の悪業をわが身に振替へたやうに、彼女は暗い室内にみづからを幽閉して、既に花の盛りの十代半ば。母の政子の歎きは尽きず、頼朝もほとほと困《こう》じ果て、大姫の気の晴れるやうにと、他人の目にはおろかしいくらゐさまざまに心を配つた。音曲《おんぎよく》も花鳥も百味の飲食も、この頑固なまでに無垢な少女の呪ひを解くことはできなかつた。そしてこの神経の粗い鎌倉武士は、妹婿一条能保《いちでうよしやす》の子高能《たかよし》に大姫を与へる段取をつけたのだ。瀟洒な貴公子、しかも京都守護の御曹司、死んだ義高などは較べものにならぬと信じこんでゐたやうだ。

母の政子は男勝りのしたたか者ながら、さすがに女は女、大姫がそのやうな話に乗るのはおろか、気鬱の晴れようはずもないと愁ひ顔であつた。頼朝はひとり呑みこんでさて娘に、至極鷹揚《おうやう》にその十八の青年を引合せようとした。彼女は鋭敏にその辺の空気を察知して、父母の説得にも蝟《はりねずみ》のやうに身構へた。一条家との縁組がいかに未来の幸福に繋るか、高能が京都でどのやうにもてはやされ、有為《いうゐ》の若者として嘱望されてゐるかを、頼朝は大袈裟なまでに言ひ募つた。返事は無かつた。ただうなだれて聴問してゐるだけだつた。その夜侍女は大姫の失踪を知つた。淵に身を投げる、許させ給への遺書が政子あてにしたためられてゐた。心あたりを探せと八人の騎者が後を追つた。義高が討たれる前の年、大姫の手を引いて秋色を観に行つたのは紅葉谷《もみぢがやつ》の永福寺、門前近くに滑川は淵をなしてゐる。恐らくはあのあたりで入水《じゆすい》するつもりだらうと乳母もはだしで駆け出した。果して理智光寺の大橋を渡らうとするところを発見、連れ戻して、薬師《くすし》よ、加持よ、祈禱よと大騒ぎの末、縁談は水に流すと両親揃つて慰撫につとめた。

その大姫を、今上《きんじやう》の后に奨めてはといふ望外の甘言を囁いたのが、丹後の局か、卿三位《きやうのさんみ》か、通親かは判らぬ。三人の共謀、女二人の浅智慧いづれかと考へるのが常道だらう。囁かれた頼朝は目を輝かせた。政子は一条高能の例もあることゆゑ、胸はときめかせつつも大姫には伝へかねてゐた。そしてこの度は慎重に、侍女を通じて遊山のための京上りを勧めさせ、やや心が動いたのを見計つて、その節は御所へも参上し、美丈夫の聞え高い今上の帝にも拝閲を賜らうと仄《ほの》めかせた。大姫は首を横には振らなかつた。音に聞く志賀の花園を観られるなら、春酣《はるたけなは》がよい。袿《うちき》は紅梅襲《こうばいがさね》を着ようなどと、思はぬ機嫌、次の日は進んで沐浴《ゆあみ》もし、髪さへ洗はせた。

帝の耳に、この極秘裏に進められようとしてゐる大姫入内工作の、その片鱗の伝はつたのは、この年の夏の始めだつた。それは通親が子の通具《じゆだい》に、とても望みはあるまいがと薄笑ひを浮べつつ洩らしたのが始まりだ。その日の夜に彼は閨の中で妻に、鎌倉声の女御が、罷《まか》り間違へば、宮中を練り歩かぬとも限らぬと、何気なしに洩らしてゐた。彼女はかねて私淑してゐる讃岐に会つた折、ふとこの噂の真偽を尋ね、讃岐の口から皮肉なことに丹後の耳に入り、それは当然任子に直通、彼女は閨怨《けいゑん》の端に、やはらかい棘を交へて、帝にこのことを諷したのであらう。帝は少年ながら、この噂の蔭にただならぬ気配を感じ、決して通親にも兼実にも質《ただ》しはしなかつた。しかし男として、ひりひりするやうな興味は湧いた。彼はその娘に関る一切が知りたくなり、ふと思ひついたのが多好節《おほのかうせつ》だつたに過ぎない。鎌倉の伶人達は、清水の冠者《かざ》惨殺以後の顚末を悉皆《しつかい》伝へてゐた。悪事千里を走るの譬《たと》へ通り、この腥く哀れな経緯《いきさつ》は鎌倉では公然の秘密で、大姫入水《じゆすい》未遂の後は、却《かへ》つて話題としてはありふれてしまひ、人の口から消え去りつつあつた。だからこそ、彼らも、必ずしも秘密めかさず、物語を伝へるやうな気持で他言したのだらうし、木曾殿や九郎判官《はうぐわん》の悲話に加へて、この異常なまでに潔癖な姫の身の上には、限りない同情を寄せて、むしろ好意的に語つたのだ。

誰も美しい姫君とは言はなかつた。もつとも近近とその顔を見た者のゐなかつたことも事実だ。八幡宮参詣の折も母や侍女に前後左右を囲まれ、しかも上半身は被衣《かづき》に隠れてゐる。深窓の姫君は例外なくさうなのだが、それでも、類稀な美質は衣をさへ透かせ、侍女や側近の口から、いつの間にか巷《ちまた》に洩れ出る。鎌倉でも甘縄《あまなは》の伴《とも》家の二女、明王院《みやうわうゐん》、梶原邸の一人娘、琵琶《びは》大路《おほぢ》は大庭《おほば》屋敷の長女と、若侍達の口にしげしげと上り、憧憬《しようけい》と好奇の目をこもごもに注がれる美女は決つてゐた。大姫は父親に似てゐた。帝の予感は正しかつたのだ。母の政子は、安達九郎が文使ひの時、将来を慮《おもんぱか》つて、殊更に彼女を選んだほど美しかつた。険のある目が若い頃は却《かへ》つて人を魅した。娘は父に似るといふ常法《じやうはふ》を、大姫も拒み得ず、だからこそ、稀代の美少年との一会《いちゑ》を一期《いちご》と決めてひたすらに殉ずるつもりであつた。その悲しみを、口さがない鎌倉人も酌《く》んでゐたのだらう。ともあれ、多好節が帝のさり気ない問ひかけに、つい気を許して語つた種種《くさぐさ》を要約すれば、大姫はさして美しからぬ死に別れの若い寡婦《やもめ》、それも死者を恋ひ慕つて十数年、生ける屍《しかばね》のあはれな女といふことになる。帝は片頰に、ぎよつとするやうな老成した苦笑ひを浮べて、ついと笛を取ると、まだ手ほどきもせぬ春《しゆん》鶯囀《あうでん》の序を、ぴいと鋭く吹き鳴らしつつ座を立つた。好節は愕然として後を逐《お》はうとした。帝は振返つて笛を止め、打つて変つた明るい笑みを彼に向け、ねんごろに労を謝し、ここ当分稽古は休むと言ひ渡した。一月ももう二十七日、明日から三日間は春の除目《ぢもく》といふので、兼実や左右大臣らが御所に詰めかけてゐるだらうと、帝は心中億劫《おくくふ》であつた。

春の除目は県召《あがためし》、秋は司召《つかさめし》、清涼殿がまた五日の叙位《じよゐ》以来久久に混雑する。ものごころのついた頃は十四日の男踏歌《をとこたふか》、十六日の女踏歌《をんなたふか》の両節会の、直前か直後に行つてゐたものだ。そのかみは十一日からの三日間に決つてゐたと、これはうるさい兼実の言である。十一歳で帝が元服したのは一月三日、その十一日に任子が入内、この年の除目は二十二日から三日間であつた。そして二十七日には、元服後初めての朝覲《てうきん》の礼を行ふといふので、兼実は前日から騒いでゐた。帝は朝覲の礼など退屈なだけだつたが、あの元服の日の夜、常の通り就寝しようとしてふと傍を見ると、暗がりの中に仄《くら》白く、綾羅《りようら》の被衣《かづき》のままの、女人と覚しい姿があつた。薫物《たきもの》の香が漂ひ、帝は眼の昏むやうなときめきに、その場に仰向《あふむけ》にくづほれた。やはらかく白いいきものは、煙のやうにその上に打重《うちかさ》なり、その後のことは知らぬ。祝賀の盞《さかづき》を形の通り受けた酔ひに、前後不覚、あはれその夜の幻であつたかも知れぬ。もつとも祖父法皇にそれとなく尋ねると、それこそ元服の入眼《にふがん》よ、首尾はどうであつたと冷やかすやうに、逆に質されて、どぎまぎしたことだ。相手を探し出さうとするなとも念を押された。まさか、あれが任子であつたはずもない。そしてその香を翌年正月二十八日、県召の初日前夜の凝華舎《ぎようくわしや》の前の廊で聴いた。沈香《ぢんかう》でも麝香《じやかう》でもない、まさに梅花の香、しかも殊更に並べ立てた几帳《きちやうごし》越に清らかな笛の音が流れて来た。先に立つ藤中納言《とうのちゆうなごん》に尋ねると、あれが春鶯囀と答へる。さて笛の主はと今一度御簾越に透かさうとした時、局の中の灯《ひ》が一斉にふつと掻き消されて暗闇になり、そこからもなほ、春鶯囀は流れてゐた。中納言はあのやうな笛の上手は、多分凝華舎の客であらう。丹後の局は賓人《まらうど》を招くのが好きだから、あつといふやうな女性が桐壺や藤壺で遊んでゐることがあると、問はず語りに呟きつつ南殿《なでん》の北の露台に出た。梅の香はここにも漂ふやうな心地がする。承香殿《しようきやうでん》の西の紅梅はもう盛りを過ぎたらうし、元来紅は匂はぬ。このゆかしい香は心に薫《くゆ》るのだ。

帝は今年も何か昔が懐しく、宵もやや更けてから露台に出た。中宮権大夫《ちゆうぐうごんのだいふ》の家房を伴《とも》に連れた。任子の所へ公務でよく現れるこの二十八歳の松殿関白《まつどのくわんぱく》の子は、涼しい眉目のどこかに暗い翳があり、言葉も少く、そのくせ少年のやうに初初しい魂の持主ゆゑ、朧夜《おぼろよ》に良夜《りやうや》に、しみじみと過したい時、これほど恰好な相手はない。名門の子の優しさと脆さが、意外に精悍な肩肘の蔭にひそんでゐるらしい。帝は十二歳の春に梅壺の前で聴いた春鶯囀の笛の音をくちずさみつつ、家房にその折のときめきを語る。私はいたつて臆病で、桐壺も藤壺も夜蔭に伺ふのは苦手中の苦手と、俄に話を合せてはくれない。帝は不意に「はるばると波路わけくる笛竹をわが恋妻と思はましかば」

と、朗かに誦し、歌の上手とやら聞く定家に勝ち、郢曲《えいきよく》の心を引いた心ばへを判者に褒められた名歌とか聞く、麿の思ひの判らぬはずはないと言つた。夜目にもさだかに家房は棒立ちになり顔を赤らめた。その狼狽振《らうばいぶり》が、帝には却つて好ましく、それ以上深追ひせぬことにした。いつもなら灯火《ともしび》の影など見えぬ時刻にもかかはらず、あの壺、この壺にちらちらと仄明りが揺れ、紙燭《しそく》を持つて廊を行き来するのか、やや黄ばんだ火も忙《せは》しく闇を切る。除目前夜になほ、賄賂を抱へて右往左往する連中もゐるのだらうか。家房は、卿三位や丹後の局あたりこの半月以上、陳情聴問や音物《いんもつ》接受で眠る間もないだらうと吐出すやうに言ふ。この温和な男に、このやうな激しい一面があつたのかと、帝は目を瞠《みは》る思ひであつた。家房の従弟《いとこ》は良経、彼ならいやしくも今上の側にあつて、このやうな蔭口めいたことを口走りはすまい。そして、万一口走つた時は凄じく、蒼い火花の散るやうな調子にならう。家房はむしろ帝に甘えて、不用意に心の一隅を露呈したのだ。帝はそれが面白く、若い父親か一周《ひとまは》り違ふ兄のやうな中宮権大夫が、そぞろにかはいくなつて来た。一つ上の兄、三宮惟明親王《さんのみやこれあきらしんわう》は、まだまだ子供気が抜け切らず、いかにも食ひたりぬ。家房は三十近くなつても定まつた室を持たず、当然嫡子もない。松殿の家系も嗣《つ》がぬ。それが原因となり摂政関白や氏長者は弟の師家《もろいへ》のものとなつたまま、二度と彼の方へは廻つて来ず、九条家に渡つてしまつた。彼はそのやうな権勢の座から、わざと身をかはして生きようとしてゐるらしい。兼実や良経とも、未だ一度も事を構へたとは聞かぬ。

家房は他意のない澄んだ目を吊灯台の火にきらきらさせながら、帝の問ふままに、除目前の諸卿の、ここをせんどの自己宣伝、権門、実力者への哀訴、泣訴《きふそ》、強訴《がうそ》の気違ひ沙汰を淡淡と語つた。通親、丹後の局が鎌倉の頼朝と気脈を通はせて、何事かをたくらみつつあることも、今更めくがと断つて喋つた。必ずしも、九条家とも久我《こが》家とも利害の関りを持たぬ彼ゆゑに、讒奏《ざんさう》の趣などさらさら感じられない。帝は多好節と大姫の取沙汰をしたことまで洩らした。家房は女性《によしやう》など帝王の道の道草に過ぎぬと悟つたやうなことを嘯《うそぶ》いて、恭しく叩頭するなりさつと退出した。露台にはしつとりと夜靄がまつはり、もの悩ましい宵であつた。来年の除目の頃、果して自分は何を考へ、何を統《す》べてゐるだらう。十六歳といへば最早取返しのつかぬ年齢、世の人も少年天皇などといたはりの目で見てはくれまい。思へば帝までの四代は政事の上でも身の上でも、蛍火のやうに淡雪のやうに儚い天皇ばかりではないか。

二条天皇は十六歳で即位して二十三歳で崩じた。六条天皇は二歳の即位、十三歳の崩御《ほうぎよ》、父の高倉帝は八歳で位に即き二十一までの命であつた。三歳から八歳までの安徳帝のあはれな一代は別としても、顧れば一瞬悪寒《をかん》が背筋を走るやうな、蒼褪《あをざ》めた夭《えう》折《せつ》の系譜だつた。二十九で即位して六十六まで生き抜いた祖父などこれも例外、さしづめ二十五、六の一生を覚悟して、したたかに生き、存分に愉しみ、男としての花の限りを尽さずばなるまい。人の術数の餌食になることなど慮外《りよぐわい》中の慮外、陥穽《かんせい》や罠が必要なら、自分の手で作つてはめてやる。通親輩など狐に過ぎぬ。丹後の局は牝の狸、卿三位は雌鼬《めすいたち》以上でも以下でもない。謹厳実直、正義の化身、有職故実の申し子の兼実も、学ぶことは多いが、さして頼りにはならぬ。いづれ面白い猿楽《さるがく》が内裏の中でも観られることだらう。天皇みづからが先頭に立つて踊るのは愚の骨頂、すべからく終《まく》幕《ぎれ》まで愉しんで、彼らの弱肉強食の果ての姿に期待するのだ。最後に相手とするのは鎌倉であらうが、それまで存《なが》へるかどうか。ともあれ二十歳まで、息をひそめ、もつともらしい顔をして過してやらう。帝はここまで考へて、ひとり声を立てて笑つた。うつろな、しかし若若しい笑ひ声であつた。

　こんな処で一体何をお笑ひか、行方探しに大内裏中を駆け廻つてゐたのにと、無愛想に呟く声がした。若いくせにこんな重重しい声を出すのは蔵人《くらうど》の家長《いへなが》に決つてゐる。昇殿と同時に、彼は帝の側近く侍《さむら》ふ身となつたが、蔵人所選り抜きの秀才といふ触込《ふれこみ》で、頗《すこぶ》る能筆である。容姿は海人《あま》か杣人《そまびと》めいて荒削りだが、いつも潤んだやうな目で天機を伺つてゐる。この男も行末、歩むべき道の石を踏み固め、荆《いばら》の棘《とげ》を払つてくれる一人であらう。今宵は中宮の許で過すまい。この朴念仁《ぼくねんじん》に酒を酌ませて、白拍子の話でもさせよう。進退に窮した渋面《じふめん》が、春宵ならば一入《ひとしほ》興《きやう》があらう。帝は家長の肩にぐいと手をかけ、除目の話は聞かぬ、聞きたいのは恋物語のみと言つて、また呵呵《かか》大《たい》笑《せう》した。闇の中にまた梅の香が漂ひ、桐壺の灯が、続いて梨壺の仄明りが黒闇《こくあん》に消えた。

有明の月にはちかき名のみしてすむかひなしや西の山もと

正治二年第二度百首

第二章　すむかひなしや
――正治二年 1200

ほろ酔ひの蹣跚《まんさん》たる足取りで院が庭に下り立つと、まだ築いて間もない堤の泥の臭ひが晩秋の冷やかな夜風に乗つて来る。柳、桜の植ゑまぜも、柵を結《ゆ》うてかばつてある。来年の春の眺めは未《いま》だしからう。暗がりから馳せつけて飛石の彼方に片膝ついたのは秀能《ひでたふ》、いつも沐浴《ゆあみ》を済ませたばかりのやうな爽やかな顔をしてゐる。その秀能が、釣殿《つりどの》の口で定家卿が待上げてをります、内内でお召しがあつたとかで、もう半刻も前からと、いささか、院の失念振《ぶり》を責めるやうな口調で言ふ。さう言へば呼んでおいたやうな気がする。この葉月の暮近く、初めての百首の出来映《できばえ》を嘉《よみ》して内昇殿を聴《ゆる》しておいたが、その後この親がかりの秀才に、殊更に声をかける機会も興味もなく過してゐた。それとなく引見《いんけん》を請ふ釈阿《しやくあ》の声も、左大臣良経から聞かぬでもなかつたが、つい気が進まぬままに延びてゐた。昨年から造営にかかつてゐた離宮が九分通り竣工したと蔵人《くらうど》の頭《とう》から知らせて来たので、急に検分したくなり、例によつて秀能、家長他四、五の腹心の者を伴に御所を出た。出る前に女房の安芸に、今宵は水無瀬《みなせ》にゐる。徹宵の、男ばかりの歌会になるやも知れぬ。酒宴に明けぬとも限らぬ。ともあれ釈阿に、会はせたくば定家を遣はせと伝へておけ、かう言ひ残したのをぼんやりと想ひ出した。

　縁先まで灯台を持つて来させ、釣殿には上らず目通りした。痩せた生真面目さうな中年の男で、眼は何かを一途に思ひつめてゐた。勿論酒など一滴も飲んではゐず、院の姿が見えると、身に余る天恩とか道の面目とか、漢文調の挨拶を諳記して来たやうな口調で述べ立てて平身低頭した。院は咄嗟《とつさ》に、詠歌《えいか》の秘訣はと問ひかけた。定家の頬がさつと紅潮し、たちまち冷《さ》めるのが、灯火の下でも見て取れた。当代の上手、返答いかにと畳みかけると、彼はゐずまひを正し、硬い声で、ひたすら古歌の心を探り言葉を学ぶのみ、それ以外に秘伝秘奥はなしと慇懃《いんぎん》に言上した。院はむらむらと腹が立つた。聞かねばよかつたと思つた。間髪を入れず、その要諦に従へば「袖より鴫《しぎ》の立つここち」がするかと逆問し、定家が蒼白になるのを尻目に西の対《たい》の方へついついと歩み去つた。やがて、水無瀬はまだ落ちつかぬ、御所へ帰つて酌《く》み直さうと、急に座を引き払つた。

　夜半まで酒を呷《あふ》り、朝餉《あさがれひ》も摂らず正午に醒めて秀能を召した。彼は暫《しばら》くして白砂の方に現れた。蘭林坊《らんりんばう》前で気の狂《ふ》れた呪師《のろんじ》が刃物を持つて暴れ、朝餉の後の女房連中が罵り騒ぎ、ただならぬ気配の所へ通り合せ、一瞬の間に取り押へた。検非違使《けびゐしちやう》庁の別当にでも渡すべきところ、相手がいかにも老齢ゆゑ、上西門から追ひ出して不問にしてやつた。土御門大路を西へ、よろよろと姿を消したと、彼は頰を紅潮《こうてう》させて奏上する。その直後に伺候せよとの命を受けたので、まだ衣裳も改めず、かうして庭から推参したと、いつもながら爽やかな口上だ。当年とつて十七歳の若武者、眉目きりりと緊《しま》つて、筋骨逞《たくま》しいが、まだどこかに腕白小僧の土臭さも残してゐる。院寵愛の側近筆頭で、いかに御機嫌斜《ななめ》の折でも、彼の顔を見るとたちまちもとの天気に戻る。和歌に天分あり、公卿の詠手《よみて》にもをささ劣らぬと、大変なお引立だが、武人にしては出色といふだけで、そのかみの源三位頼政、平忠度《ただのり》と似たやうなものと蔭口を叩く者も少くはない。元服してほどなく土御門内大臣通親《みちちか》に仕へたが、昨年の初夏の一日《いちじつ》、思ひがけず院に見出されて北面の武士となつた。全くの偶然、秀能はあの時のことを思ふと腋の下に汗が流れる。水無瀬へ離宮の敷地を見に行くといふ仰せがあり、九条家一門を蹴落して意気揚揚の通親も、当然のことに、院に侍《はべ》つて船で従つた。数多《あまた》従ふ船のしんがりには遊女も乗つてゐる。帰りは当然宴遊であらう。服装もお声がかりで一同狩衣《かりぎぬ》、ただし身分不相応に華やかなものも身に纏うてゐた。先頭は先導露払ひの船で内大臣の息通具《みちとも》が随身《ずいじん》二人を従へて扇を翳《かざ》す。通ひ馴れた水路に蘆《あし》が青青と背丈ほども茂り、その向《むか》うに河骨《かうほね》が黄金色に咲く五月の終りであつた。二隻目の腰輿《えうよ》仕立の船に、院は御簾《みす》をはね退《の》けるやうにして鷹揚《おうやう》に坐り、西の方を眺めてゐた。三隻目が内大臣で院の別当通親、卿三位範子《はんし》、それに丹後の局であつた。秀能ら随身三人の船は、それにやや後《おく》れて進む。それぞれ水干《すいかん》姿の水夫《かこ》、船頭が船を操るのだが、折から上潮《あげしほ》の刻で、逆《さか》ひながら下る船は悠長な船脚、院はやうやく退屈して、始めのうちは後白河直伝《ぢきでん》の今様をくちずさんでゐた。

君が愛せし綾藺笠《あやゐがさ》落ちにけり落ちにけり、賀茂川に川中に。それを求むと尋ぬとせしほどに、明けにけり明けにけり、さらさらさやけの秋の夜《よ》は。

さらさらさやけのと、水の面の顫《ふる》ふやうな高音で繰返すと、何を思つたか、螺鈿鞘《らでんざや》の太刀をさつと抜き、目の前の青蘆を左から右へ薙《な》ぎ倒した。中空高く緑青《ろくしやう》の箭《や》が次次とゆつくり弧を描いて飛び散る。それは手練《てだれ》の技《わざ》であつた。普通ならばさばさと水中に落ちてしまふのだ。一同やんやの喝采、しかけて息を呑む。蘆の葉と共に、勢余つたか太刀が水中に飛んだ。河中に一瞬蒼く煌《きら》めいて、抛物線《はうぶつせん》の尾を引きつつ、丈余《ぢやうよ》の水深《すいしん》に沈む。一同舳《へさき》に、艫《とも》に躙《にじ》り寄り、しばし声も無い。院は柱を握つて今にも水中に躍り込みかねぬ姿勢、その時、秀能は咄嗟にまづ烏帽子《ゑぼし》だけをかなぐり捨て、はだしになり、泡立つ流れに身を翻《ひるがへ》した。院の御座船《ござぶね》のやや下手《しもて》に泳ぎつき面を上げて涼しい目を瞠《みは》つて目礼、そのまま太刀の落ちた方角へぐいと沈んで行つた。あ、といふ刹那の出来事で、何が起つたか続く船の人人は知らず、ただ前方の船脚がはたと止り、御座船の周りの貴人、随身達が、水中を指差して声高に呼び合ふのを望見するばかりだつた。

刻刻と人人は息を詰めて待つた。あはれ水底の泥に脚を食はれたか、水妖《すいえう》に羽交締《はがひじ》めにでもされたかと船中の色めく頃、御座船から三間《けん》も隔たつた河中に、ぬつと秀能の頭が出た。刃を外にして、彼の皓《しろ》い歯はしつかりと抜身を嚙んでゐた。立泳ぎしつつ太刀を左手に持ち変へ、かぶりを振つて髪の水を払つた。瞳がきらきらと輝き、女房連が身顫ひするやうな美青年振《ぶり》だつた。通親の船へ泳ぎ寄らうとすると、院がこなたへ来いとぢきぢきに声をかける。躊躇してゐると舷《ふなばた》を叩いて夙《と》う夙《と》うといらだつ。通親目顔の合図に彼は、ややはにかみつつ御座船に近づいて院を仰いだ。太い手を差伸べて、有無を言はさず院は彼を援け上げる。阿吽《あうん》の呼吸が二人を繫いだ。びしよ濡れの秀能は水藻のにほひがした。しをれた縹《はなだ》の花弁さながら腕に、胸に貼りついた紗を透かして、橙紅のししむらが息づいてゐる。院はそれを横目に、太刀の水を切つてぱちりと鞘にをさめた。

案の定通親邸で催されたその黄昏の宴で、秀能はまさに主役であつた。装束は急使を走らせて賜つた浮線綾《ふせんりよう》、黄丹《わうたん》の狩衣、狩衣なればこそ許される織であり色であり、さすがに通親あたり、気色《けしき》ばむやうな一幕も出来《しゆつたい》したが、院の御意には逆《さか》らへぬ。沐浴、結髪を済ませ、改めて拝謁に庭へ廻つた秀能の姿は水際立つてゐた。この荒武者に嚙まれて磨愛用の太刀も刃がこぼれた。下げ渡すから研ぎ直して終生身の護りにせよと言ひ、院は大声で笑つた。刃こぼれなど大嘘で、鎬《しのぎ》にかかるほどの大丁子乱《だいちやうじみだ》れは、灯火を映して玉虫色に匂ふ。翌日から秀能は院直属の北面の武士の一人に抜擢された。水中に没した太刀が、若武者の勇気と抜群の水練で無事に戻つたことを、心ある人人は意味ありげに伝へ交《かは》して胸を撫で下した。たとへ遊宴の途上の興が過ぎたからにせよ、佩《は》き替へのある太刀の一振にせよ、沈んだままとあらば、宝剣の例に照らして不吉なことだ。太刀が手を離れたその刹那、院は魂の抜けて行くやうな空しさを覚えたことだらう。水中から太刀を銜《くは》へて浮び上つた時の秀能は招魂を果した男覡《をとこみこ》に他ならなかつた。秀能来い、秀能太刀を取れ、秀能流鏑馬《やぶさめ》をしようぞ、秀能鍛冶を呼べ、爾《じ》来《らい》この爽やかな秀能覡《ひでたふみこ》は、院の身辺に見え隠れに侍《はべ》り、院は一声呼んで彼が現れぬと俄《にはか》に機嫌が悪くなつた。兄の秀康も弟の秀澄も代りにはならなかつた。

相撲に騎馬に槍に汗を流す時は勿論、囲碁、双六に興ずる折も中の秀能を召した。媚《こ》びも諛《へつら》ひもせぬこの杉の新樹のやうな率直な若侍は、当然女房連の噂にも上つた。彼は秋波にも甘言にも振向かず、肩を怒らせて北面、西面から御所の間を往き来し、浮名の種を作る隙も与へなかつた。

その前年、院は最初の熊野詣でを思ひ立ち、新秋の風吹き渡る八月に通親、通具以降数十名を従へて颯爽と旅立つた。祖父法皇存命の頃からの夢の一つであつた。帝位にある間はかなはずとも、藐姑射《はこや》の山へ入つたなら、まづ試みたいことの一つがこれであつた。十五歳の頃、腕白で手がつけられず、兼実に連日渋面を作らせてゐた帝は、今日、さしものしたたか者通親も閉口頓首、思案投首《しあんなげくび》の暴君に化けてしまつた。単なる暴君なら御《ぎよ》する方法もある。院はあれからの五年で兼実の博識を存分に吸収し、気味の悪いほど有職《いうそく》故実《こじつ》に通じてしまつた。通親が養女在子の生んだ為仁《ためひと》親王を強引に即位させた頃は、まだ、それでもひどく悧発で稀有の才の帝よと、ひそかに舌を捲く程度だつたが、譲位した途端、目の光まで変つてしまつた。別当、法性寺《ほつしやうじ》殿で宴をする、即刻手配しろと大音声で命じられたのが一月二十七日、四歳の外孫が天皇と呼ばれてからまだ半月も経つてゐなかつた。否と言はうものなら殺しかねぬ気配に通親は慄然として御供の準備を命じた。管絃に巧な者を召して相手をさせてゐる間に、奉膳《ぶうぜん》の者を走らせて酒肴を調《ととの》へさせなくてはならぬ。睦月も終りゆゑ若菜や鮒《ふな》が無いと、たちまち譴責《けんせき》を受ける。和歌会、それも探題などを急に催されると、当意即妙の才に欠けた通親は痛烈な諷刺を頭から浴びせられた。九条を逐つても苦情は絶えぬぞ、などはまだやさしい方で、鎌倉と結んでさまざまに画策してゐたこともことごとくお見通し、頼朝側近の大江広元を明法博士《みやうばふはかせ》、左衛門大尉《さゑもんのだいじやう》にここをせんどと推薦した昔の話まで持出し、満座の中で皮肉られたこともある。始めは兼実の告げ口と思つて業を煮やしてゐたが、どうやら故実に悖《もと》るのが真底《しんそこ》腹立たしいらしく、次に鎌倉と聞くだけでも鳥肌立ち、気色《けしき》の一変することも判つた。大姫を中宮に据ゑようと、頼朝が目の色を変へてゐたのは院がまだ在位中、建久六年で十六歳、誰がどういふ方法で上奏したのやら、頼朝が鎌倉から運んで来た莫大な音物《いんもつ》まで、細かに院は記憶してゐる。銀蒔絵《まきゑ》の箱に砂金三百両、白綾三十端《たん》、そこまでは通親さへ知らなかつた。蒔餌《まきゑ》は汝らも拾ひ食ひしたのであらう。毒が入つてゐなかつたのが目つけもの、命は大事にせよと素破抜《すつぱぬ》き呵呵大笑《かかたいせう》、ずば抜けた器量の帝とは言へ、これが十九や二十の若者の口にする科白《せりふ》だらうかと、通親は目を瞠《みは》り、これは敵に廻せばそれこその大事な命が幾つあつても足りぬと首を竦《すく》めた。

陰険極まる罠を設《しつら》へて九条家一門を陥れたことは、既に隠れもない事実であり、噂はそれにあくどい上塗《うはぬり》をし、久我《こが》の一統が通ると人は道を避けた。畏れによる遠慮ではなく、むしろ恐怖と憎悪に満ちた目を向けつつ後退《あとずさ》りするのだ。通親は宮廷に巣食ふ蝮《まむし》のやうに見られてゐた。兼実の息女任子が昇子《しようし》内親王を生み、通親の養女在子が為仁親王を生んだその翌年、この大蝮はみづからの這ふ道の、行手遮る者を噛み、したたかな毒を注いだ。

顧れば建久七年霜月二十三日、兼実が居据わつてゐる大炊《おほひ》の邸の紅葉もことごとく散り尽した朝、通親はかねがねの企み通り、関白に謀叛の兆《きざし》ありと上奏して、宜秋門《ぎしうもん》院《ゐん》任子を中宮の座から下し、内裏の外へ追放した。二十五日には兼実は関白を罷免《ひめん》され、弟兼房《かねふさ》は太政大臣を下され、次の弟に当る比叡山の慈円も天台座主《てんだいざす》の要職から逐はれた。かうなるだらうといふ噂は既に十七、八日頃宮中のあちこちで取沙汰されてゐた。妻の卿三位範子《はんし》あたりに、まことしやかに噂を流させ、丹後の局と故法皇遺児の一人でやや野心家の承仁法親王《しようにんほふしんわう》をしつかと抱きこんで、着着と陰謀を推し進めた。九条家には寝耳に水、起《た》つて構へ直す隙も与へなかつた。勿論鎌倉は万事承知で、万一兼実が刃向ふ時は、京都守護の武力に恃《たの》んでもよいとさへ匂はせて来てゐた。大姫が入内《じゆだい》可能なら、金品や兵馬の費《つひ》えなどいささかも惜しいとは思はぬ頼朝の、その弱みを握つた通親の辣腕に人はまづ眉を顰《ひそ》める。そのやうな術数は甚だ不得手で、かつては盟友として交つた頼朝の、掌を覆《かへ》す以上の背信と、昔は取るにも足りぬ平家の飼犬であつた変節漢通親の仕打に無念の涙を飲む兼実に、翕然《きふぜん》として同情は集まる。あはれ清廉潔白の士よ、硬骨の識者よと、宮廷では頓《とみ》に人気が高まる。勝てば神仏の加護、負ければ悪鬼の祟《たた》り、何を、今に源も久我でなければ夜も日も明けぬ世にしてみせようと、通親は肩肘を殊更に怒らせ、厚化粧の北《きた》の方《かた》を顧て、気味の悪い笑みを浮べた。たとへ帝が自分の手に負へぬやうになる日が来ても、乳母を勤めて甘やかすだけ甘やかした、妻の妹兼子は、見事、昔通り宥《なだ》め賺《すか》してみせてくれよう。次の時代に備へて、打てる限りの手は打つておかねばならぬ。息子通具の室も、九条家に繋る女歌人など早く離縁して、誰か権門に繋る娘とめあはさう。謀略奇計は水に落した墨さながら、心の中に、不思議な文《あや》を描いて拡がる。通親はさういふ時間に最も生甲斐を覚えた。

政変にも非常措置にも、帝は我、関せず焉《えん》と、無表情に事の成行を眺めてゐた。兼実を土佐か讃岐へ流罪にしようといふ案が丹後の局のところまで上つて来た時、帝ははじめて、それほど前関白《さきのくわんぱく》が怖いか、ならば頼みの綱の頼朝に殺させるやう唆《けしか》けてみよと嘯《うそぶ》いて後冷く笑ひ、さすがの卿二位兼子も二の句が継げず、慌てて沙汰《さた》止《や》みになるやう計つたとか。任子が逐はれて行く時も、さして名残は惜しまず、錦の小袖一《ひと》襲《かさね》をしばしの別れの形見にと、手づから渡すだけだつた。年上の后にそぞろ嫌気のさして来た頃だが、任子は寵の衰へを、涙ながらに恨み、かき口説くやうな性質には生れついてゐなかつた。もつとも在子をかはいがつてゐたのでもない。皇子を生んでから、何やら容体《ようだい》振るこの押しかけ中宮承明門院も少からず鼻についてゐた。折も折、帝は、正月二十六日除目《ぢもく》の初日、去年昇子内親王の五十日祝賀に、装束を調へたといふ坊門信清の娘に、よそながら会つてゐた。父に従つて梅壺の裏を歩いてゐるのを見たのだ。任子も在子も比べものにならぬ佳人で、その翌日から寝室に侍らせた。然るべき愛人もゐたとかの噂を耳にしたのは、彼岸も過ぎてからであつた。坊門の局と名づけたその女は羽毛のやうに軽く、しかも常にしづかに燃えてゐた。涙ぐみ易いのは恋人との仲を割《さ》かれてのことかと夜毎に苛《さいな》み、彼女を更に泣かせた。年の暮に皇子が生れた。夜毎に溺れながらも帝は、神無月の初旬から後宮に上つた範季《のりすゑ》の娘の重子にも心引かれて、三夜を隔てることなく共に過した。目もとの涼しい娘で、口跡に鎌倉風の響きあり、女冠者《をんなかざ》とたはむれに呼ぶと、臆せずに男舞の真似をして見せる。水干《すいかん》でも着せたら、きりりとした味も生れよう。帝の好みは次次と変つて行き、水無瀬《みなせ》や鳥羽での宴遊の砌《みぎり》は、末座に侍る伶人や、その彼方に控へる雑芸の、十三、四の男童《をわらは》を、大声で呼んで酒を注がせ、酔ひ潰れてはその膝に枕し、そのまま寝所に伴ひ、早朝まで伽《とぎ》を強ひた。昔の乳母兼子は、ひそかに、帝の目を引きさうな、元服前の少年を、わざわざ招いておくこともあり、帝は承知の上で楽しんでゐた。さう言へば女冠者の修明門院重子の父範季は刑部卿三位、範子の叔父にあたる。権勢欲は閨中にも忍び込む。咳一つしても誰かの利害に響く身の上ゆゑ、帝は逆にふてぶてしく構へ、自在に生きる術《すべ》を会得《ゑとく》した。誰に血が繋つてゐようと、その囮《をとり》であらうとなからうと、かはいい女は愛しぬき、清清《すがすが》しい少年は取立ててやる。久我と九条が虚虚実実の争ひを繰返して、つひに双方が自滅するならそれも一興、両家に従ふ六条と御子左《みこひだり》の和歌《せ》両派が、鎬《しのぎ》を削るならそれも必ずしも無益とは言へぬ。栄枯盛衰はめまぐるしい。急かずともそのうちに大勢は決する。誰にも与《くみ》せず、堂堂と高見の見物を続け、急所だけはぴしりと決めておく、それが帝王の態度だ。さう自得した帝の目はぎらりと輝き、次第に範子も兼子も、甘く見てはゐられなかつた。乳は存分に舐めるが、その代償に何かをねだらうとすると、冷笑を以て報いられることが多い。帝王の特権は両刃《もろは》の剣であることは承知の上、抜く手も差す手も見せず、鮮やかな、勝手気儘な切れ味だけ見せつけられると、このしたたかな古狐女房も、溜息をつく他はない。轡《くつわ》を嚙まされ、手綱を取られ、存分に踊らされてゐるのは、通親、範子、兼子、それに丹後の局の方であつた。御し易い腕白天皇であつたのは、精精十四、五までで、重子が入内して以後は、まさに一夜二夜のうちに猛猛《たけだけ》しい男となつた。今ではもう誰にも操られるやうな帝でない。両刃の剣を翻して京はおろか鎌倉まで切る積りではあるまいか。一味一党、今では寄ると触ると、このことを憂慮するばかりだつた。そのくせさんざん心を痛めた末参内《さんだい》して御機嫌を伺ふと、殿上童《てんじやうわらは》相手に蹴鞠《けまり》を教へると言つて、綾綺殿《りようきでん》の西をはだしで走り廻り、汗が出て渇いたと遣水《やりみづ》で嗽《くちそそ》ぐ始末、拍子抜けがしてその場に坐り込むでいたらくだ。

通親の貪婪《どんらん》な野心の犠牲になつて九条家は鏖殺《みなごろし》同様と思ひきや、内大臣良経ただ一人は無傷で残された。口さがない連中は狼の嚙みこぼしなどと諷したが、歯牙にかけるほどの価値もないといふ意味も含まれてゐたのだらうか。詩歌に関しては父兼実もほど高く、釈阿《しやくあ》俊成も叔父の慈円も、却《かへ》つて伺ひを立てるほどだといふが、さて政事《まつりごと》、人事《じんじ》ともなれば、術数を練り、駆引を弄するやうな気配はつゆ見えず、有職故実に則《のつと》つて、寸毫《すんがう》でも悖《もと》れば帝といへども諫《かん》して止まぬといふやうな気概もないやうだ。弱肉強食の世に処して、あれでは生き抜けまい。手を汚さず魂も傷《やぶ》らず、この苛烈無残な時代を過さうとするのは甘からう。九条家の没落を悼みつつも、人人は良経の超然たる態度を歯痒がつた。通親の思惑は、良経を左遷せぬことによつて、他の追放を正当化したかつたのだ。蟄居《ちつきよ》を宣されようと閉門を強ひられようと良経は静かにほほゑんだかも知れぬ。死を賜つたとて、この達観の士は眉一つ動かさず「辺りの雲をわれとながめよ」と歌つたことだらう。だからこそ、その弱さの強さには逆《さから》ひかねて、通親も手を下さなかつたのだ。拱手傍観《きようしゆばうくわん》の帝も、良経が傷つけば黙つてはゐなかつたはずだ。

建久八年、七月十四日、奇《く》しくも帝の御誕生の日、しかも盂蘭盆会《うらぼんゑ》に、鎌倉の大姫は二十になるならずの一生を終つた。連日連夜の加持祈禱も何の験《げん》も見せず、病み衰へたまま、恐らくは初恋の人、清水の冠者の名を呼びつつ、ひたすら黄泉路《よみぢ》に急いだのであらう。訃報は三日を経ずして京に伝はつた。通親一党の胸中を危い予感が横切《よぎ》る。大姫入内斡旋といふ、父頼朝にとつての甘美な餌も、もう効果が無い。この猛虎をなだめておくのには次にいかなる餌をちらつかすか。だがこの虎も、一昨年上洛の時、意外に脆い側面を、彼らの前でさらけ出して見せてゐた。病む娘を持つ父親の、あさましいまでの気弱さ、宮廷に確たる繋りも持ち得ぬ坂東武者の気後《きおく》れ、金品と武具兵力だけを頼みにして来た男が、その二つながらに無力な世界もあることを肝に銘じたゆゑの乱れ。禿鷹が、鴉が、屍臭を敏感に嗅ぎつけるやうに、通親もこの剛毅老《がうきらう》獪《くわい》な男の内なる腐敗を逸早《いちはや》く察知して、宮廷に於ける実権はわれにありと示威した。翌建久九年、彼は養女在子の生んだ為仁親王を帝位に即《つ》けた。頼朝の意向など前以て聞かうともしなかつた。否応なく先帝は、二種の神器を譲り、上皇とならざるを得ない。上表《じやうへう》を待たずして関白を下された兼実と似たり寄つたりの屈辱だが、十九歳の青年上皇は、不敵な笑みを浮べて通親の慇懃無礼《いんぎんぶれい》な上奏に頷《うなづ》いてみせた。今上《きんじやう》の外祖父として、通親が権勢を振ふ積りであることは目に見えてゐる。ならば自分は、鳥羽、後白河に勝る院政を布《し》かう。望まれずとも強ひられずともこの身分になりたかつた。後白河院政末期の不吉な華やかさは子供心にはつきりと記憶してゐる。摂政太政大臣になつて間もない兼実が、ひそかに、鎌倉に宛てて、院政停止の進言をしたといふ流《る》説《せつ》を耳にし、後白河法皇が満面に朱を注いで、当の摂政を詰問したのも記憶してゐる。今にして思へば通親の奸計に相違あるまい。兼実は流汗淋漓《りうかんりんり》、弁疏《べんそ》に力《つと》めたが、その心の底では奢侈《しやし》を極める院政を少からず憎んでゐたはずだ。院が兼実の非運に比較的冷淡なのも、この辺に一因があるのかも知れぬと、家長あたりは同僚に洩らしてゐる。

それはともかく、鎌倉では通親の鮮やかな手並に唖然とした。任子を入内させた兼実を、一度は競争相手として疎《うと》んじたが、むしろ強敵は通親であつた。掌を覆《くつがへ》した不信行為は、咎め立てする資格もない。彼がかつて兼実に嘗《な》めさせた苦杯を、味方とばかり思つてゐた、その姓ももとと源の通親から投げ返されたのだ。その痛憤も癒えぬ翌正治元年の睦月十三日、頼朝は突如溷迷《こんめい》に陥り慌しく世を去る。前年の暮、相模《さがみ》川《がは》の橋供養に列し、その戻り道、落馬してしたたかに後頭部を打ち、爾来引籠つてゐたが、遂にふたたびは起てなかつたのだといふ。武家の棟梁ともあらう者が落馬で死ぬとは、それもまだ五十三歳の、合戦では陣頭指揮も可能なはずの身である。平氏の恨み、否否、義仲の呪ひ、義経の報復、その他にも、頼朝を地獄に引摺り込みたい怨霊、生霊のたぐひは十指に余らう。怖ろしいことだ。源家の先ももう永くはあるまいと、人人は目引き袖引きして噂を交してゐた。京は申すに及ばず、地元の鎌倉でさへ、幕府内部ですら、かういふ囁きは次第に高まつて行く。故殿《こどの》の冥福を禱《いの》ると称して、実は怨霊退散の逆修《ぎやくしう》を大大的に行ふ武士もゐた。棟梁一人にのみ禍《わざはひ》が降り、他の家《いへ》の子《こ》郎党は咎《とが》めなしといふ訳には行くまい。明日はわが身と思へば浮足立ち、歴戦の勇者も泰平が三年続けば命が惜しくなる。怖怖《こはごは》馬に乗る鎌倉武士などといふ、痛烈な戯《ざれ》歌《うた》が一時流行した。馬が死霊を乗せてゐたと信じる人も決して少くはなかつた。妖怪変化《へんげ》は夜の京洛に横行して、罪もない女や童をさへ食ひ殺す世に、あのやうな血を血で洗ふ悪業《あくごふ》を重ねた頼朝に祟りのなからうはずはないと、京の、殊《こと》に公卿達は、今は京都守護の連中のゐる前でも憚《はばか》らず喋り合つてゐた。案外、大姫に招かれて後を追つたのだと訳知り顔に頷く老人もあり、これには同調者が少かつた。そしてこの面妖《めんえう》至極《ごく》な訃音《ふいん》も、その年の夏には、もう話題にする人も稀となり、秋の初めに院は第二回目の熊野御幸に発《た》つた。最初から華華しい遊楽が目的で、鳥羽にある通親の宿舎を精《しやう》進屋《じんや》に決め、水垢離《みづごり》を取りつつ王子、王子で催す歌会、宴、法楽の手筈を、大声で家長や具親、通具らに指令した。歌の道の然るべき者も加へねばなるまいと、僧の寂蓮や蹴鞠の飛鳥井雅経《あすかゐまさつね》も召された。有家、忠良、公経《きんつね》も加へられた。参、不参によつて寵の深浅も決らうと、多少の病ひは口外せず必死で従ふ公卿もゐる。熊野御幸往復の約一箇月、京の都から、院の近臣とその親類縁者の姿は消え失せた。その代り熊野までの沿道には調発に戦《をのの》く人人の怨嗟の声が後を絶たなかつた。院の和歌執心が始まつたのは思へばこの二度目の熊野詣でからではなかつたか。兼実は流謫《るたく》同様の身を喞《かこ》ちながらも、良経からこの様子を聞いて、居《ゐ》ずまひを正し、落涙した。必ずしも九条家一門の利害を思つてではない。遊興と武芸にうつつを抜かしてゐた若い上皇が、やつと帝王の詩歌制作に立ちかへつたことを祝福したのだ。もつとも、院の歌はそのやうな神妙な調べではなかつた。自由自在、天馬が駆け落ちるやうな奇歌が、主たる王子で催す歌会に、無造作に詠み捨てられた。六条家の季経に古今伝授を受けた通親など、到底理解しがたく、開いた口が塞がらなかつた。歌学の端《はし》を齧《かじ》つただけで、当今の新風など全く知らぬ彼も、どうやら院の歌が、季経を始め、顕昭《けんせう》、経家らが口を極めて批判する達磨歌《だるまうた》に類することはうすうす気がついた。勿論その感想を洩らすやうな軽率な男ではない。達磨歌の、そもそもの火元は九条家の良経、慈円、その家司《けいし》を勤めた定家あたりであらう。家隆や寂蓮も、その上息子通具の妻も同類と覚しい。殊に三十半ばを過ぎたといふ定家は、御子左家の天才とやら、父親の釈阿俊成が鼻高高で、いづれ院に作歌の相手でもさせようと企んでゐる様子だ。季経の話では、既に六年も昔の歌合百首の中にも、「袖より鳴の立つここちする」とか「薄雪こほるさびしさの果て」とか、歌道からは逸《そ》れ外《はづ》れた奇態な歌ばかりであつたといふ。若者は総じて珍し物食ひで、六条家に繫る有家まで、この風潮に染まる懼《おそ》れありと、老人はしきりに歎いてゐた。有家や忠良はどうでもよい。院も珍し物食ひにかけては天才奇才の誉高い人、女の方ならどうでもかたづかうが、歌の道となつては一大事、今のうちに角《つの》を矯《た》めておかぬと、これが因で久我が九条の竹篦返《しつぺい》しを受ける日が来ぬとも限らぬ。通親は歌会は早早に切上げて、法楽や宴遊に移るやう、王子に着くと逸早く地頭や氏子《うぢこ》総代に耳打して、容色すぐれた巫女や遊女を、できるだけ大勢狩り集めることに腐心した。講師《かうじ》役を押しつけられて、綺語《きご》混りの御製を読み上げねばならぬ時は、忌忌《いまいま》しさに鳩首《みぞおち》がきりきりと痛んだ。

通親の好悪などとはさらに関りなく、院の和歌執心は次第に昂じて行く。帰つて来るとすぐに和歌所《わかどころ》で当座《たうざ》歌会が催される。みづから気儘《きまま》に詠み散らして、居並ぶ面面の作など歯牙にもかけてゐない様子ながら、会果てようとする寸前、春水の題の誰の歌出色であつた。七夕では某の一首以外すべて平懐に過ぎる。忍恋《しのぶるこひ》の磨の歌、懸詞《かけことば》の裏の意が判つたかと、明快辛辣な評が下される。通親など上座に侍《はべ》つてゐても、てんで問題にされたためしはなかつた。院の「平懐」嫌ひは露骨であつた。この言葉は、例の六百番の歌合で、釈阿が六条家の季経や経家を譏《そし》るのにあまたたび用ゐたと聞く。当座歌会、花宴《はなのえん》の歌会、藤花宴《とうくわのえん》の歌会、月に一度は歌人が召される。女房も歌の上手は次次と抜擢される。逐はれた宜秋門院の女房、頼政ゆかりの丹後や讃岐も歌才の聞えあつて呼ばれたが、初めは隠名で連なつた。生え抜きの院女房安芸に越前もなかなかの活躍振《ぶり》であつた。歌会も和歌所でとなると儀式張る。院も一応歌人の年功序列を無視するわけにはゆかぬ。一顧も与へることのない退屈な老歌人も、列席だけは許さぬと後がうるさい。院はそのうるささに時時癇癪を起す。かういふ時の良経は至極落ちついたもので、凡歌には凡歌の安らぎあり、平懐の作の調べ必ずしも聞き苦しからず、和歌すべて何か見所《みどころ》のあるものと、院に再考を促す。時には御製そのものを諷してゐるのだ。

打ちくつろいだ歌会を望む時は、院の御所で秀能や彼の同僚、上北面の歌を心得た武士を中心に、時には始めから酒肴を調《ととの》へさせ、徹宵で詠み競べを試みた。上北面の詰所も、ひそかに歌会を見物する公卿が並び、いつしか有名になつた。北面歌会では秀句仕立の風変りな歌ばかりださうなと、したり顔に伝へる者もゐる。

正治二年の七月には、まだ髫放《うなゐはな》りの似合ひさうな少女が連なつた。院女房に取立てられたのが去年の秋で、まだ十六歳、源師光《もろみつ》の娘で具親の妹、宮内卿《くないきやう》と呼ばれてゐる。安芸や越前に言はせると、まことしたたかな才を持つ小娘で、どこでいつ披見《ひけん》繙読《はんどく》したのか、古歌の数数を諳《そら》じ、殊に当代の雄、良経、定家、家隆諸卿の秀作は悉《ことごと》く知つてゐるといふ。手ほどきをする心積りで題を一つ与へたところ、怖る怖るしたためる歌が一度に三首、「蛍」の題を水上の蛍、昼の蛍、天の蛍と三様に詠み、終りの一首は伊勢を写してゐた。予《かね》て用意しておけるものではなし、当意即妙の応酬にほとほと感じ入り、それとなく院に言上したところ、早速翌日からは膝下《しつか》に呼びつけて、熊野での詠草やひそかにものした百首など、秀能あたりにしか見せてゐない作を、心やすげに読ませ、春は曙、梅に鶯、霞に帰る雁など、そのまま詠んでは古びる。何かはつとするやうな急処を摑まねばなどと、大声で教へる。傍では十七歳になつた秀能が、みづからに言葉を賜つたやうに頷く。汝も励まねばこの女童《めのわらは》に後《おく》れを取らうぞ、今この席で両名「扇」を詠んでみよ、磨も作らう、具親も参れ、家長も呼べ、女房も加はれと、そのまま非公式の歌会に変る。宮内卿の君はそれほど抜群の愛顧を蒙《かうむ》りながら、年嵩《としかさ》の女房連からさして嫉《そね》まれもしなかつた。身じまひは手早く済ませるがいつも清らかな面持で、衣裳も身分より内輪内輪に控へ、第一無駄口を利《き》かうとしない。そろそろ若い殿上人や侍の目を引く年頃ながら、このいかにも賢《さか》しげな少女には、浮名の立ちさうな気配もない。歌一筋に思ひつめて、他のことは一切眼中にない様子だ。院は時時たはむれに彼女と秀能を並べておいて、恨恋《うらむるこひ》の贈答を試みよなどと強ひる。しどろもどろになつて凡作をものするのは必ず秀能、ぴしりと打ち据ゑるやうな返歌を見せるのは決つて宮内卿、それでゐて褒められても、寂しげに微笑するのみで、恥ぢらふこともなかつた。窈窕《えうてう》として煙るやうな美少女で、このやうな時もきらきらと眼を輝かせて笑ふ性質なら、あるいは歌より先に皇子を生んでゐたかも知れぬ。歌以外の期待も興味も抱いてもらへぬ娘の身を、喜ぶべきか否か既に頽齢《たいれい》の父親はさまざまに思ひ煩《わづら》うた。

四月初め、七日の朝、院は起き抜けから歌を作りだした。朝餉《あさがれひ》の済むまでに夏の題で十首ができ上つてゐた。卯の花、賀茂祭、菖蒲《あやめ》、郭公《ほととぎす》、照射《ともし》、五月雨《さみだれ》、橘、蛍、氷室《むろ》、夏越祓《なごしのはらへ》と、今までの趣好と大差はないが、一切本歌取りのない、秀句のまねびも試みぬ新味のあるものと自認するものが生れた。早速家長を呼んで、明八日の灌仏会《くわんぶつゑ》に、この通りの題で十首、大いに秀歌揃へて詠進せよと、常連歌人に触れさせた。高が十首、転寝《うたたね》の間にでも詠めよう、何も凝ることはないと笑つてはゐるが、下命を受けた者はそれどころではない。主として六条家の面面は寡作苦吟の傾向があり、かういふ即詠に近い制作は忌むところだ。書き上げれば顕昭法師あたりに駄目を押して貰はねばならぬ。通親は例によつての座興、後世に遺すと仰せになるのでもなし、作りおきか歌反古《うたほご》にいささか手を加へればよいと高を括《くく》つてゐた。通具は妻に代作させる積りである。良経に言ふと、歌を召されるなら然《しか》るべき方式に則つて、百首歌をこそ云云《うんぬん》の忠言を試みるに決つてゐるからと敬遠した。女房連は男達より遥かに柔順で器用だから、七日の夜にはもう浄書してゐた。宮内卿が兄の具親の作に目を通してやつたらしいと、既に噂が仙洞に届く。北面《ほくめん》の詰所を覗くと秀能が同輩連と弓を取つて矯《た》めてゐる。皆諸肌《もろはだ》脱いで、汗をしたたらせ、中でも秀能の胸が匂ひ立つやうだ。その恰好では照射の一首しか作れまいとからかへば、いや、このやうな場で応製和歌など思ひもよらぬ、夜分に沐浴して身を清めてからと畏《かしこ》まる。宮内は既に歌ひ終つたぞと言ひ添へたが、一向に競争心も起らぬ様子、それがまたかはいい。

作者十二人計百二十首、六十番の歌合に番《つが》へてみてやらうと院は集めた歌をあれこれとひねくり、家長に書き上げさせた。左は女房すなはち院自身を筆頭に、通具、家長、丹後、宮内卿、経家、右は通親、具親、公経、讃岐、越前、秀能で、格式張つて口うるさい連中や自称大家は除き、歌合記録も一切残さず、この十首は新作として、後後の百首に改めて組み入れていささかも苦しからずといふ建前にした。見様《みやう》によればいづれ劣らぬおもしろい結番《けつばん》で、十二人の面目も躍如としてゐたが、殊に「蛍」は院自身甚だ満悦の出来映《できばえ》と言へた。

四十三番

左　勝　　宮内卿

露の身のひとりあやふき夏の夜に消えぬ火ともせこころの蛍

右　　讃岐

羽束師《はづかし》の森吹き撓《たわ》む夕風にひかりもうすく飛ぶ蛍かな

四十四番

左　　経家

夏の夜の月の光はさしながらそれともあらず蛍飛ぶなり

右　勝　　越前

底青きみたらし川に飛ぶ蛍みづから燃えてあした知らずも

四十五番

左　持　　女房

はかなしや雨夜を燃ゆる蛍火の消えみ消えずみかつ恋ひわたる

右　　秀能

あかつきの匂流るる青蘆にいのちかそけき蛍なりけり
　四十六番
　左　勝　通具
明けぬるかその森かげに白露の珠とくだくる蛍火あはれ
　右　通親
草深き沢辺の蛍夜もすがら風にも消えぬ火をともすなり
　四十七番
　左　持　家長
みなづきの空のはてまでこころゆくこのあけぐれを消ゆる蛍火
　右　具親
夏果つる水辺の夜のおもひぐさおもひみだれて飛ぶ蛍かな
　四十八番
　左　勝　丹後
枕べに蛍ぞかよふ夏の夜のかつ消えかぬるわがいのちかも
　右　公経
暮るるやと見るほどもなく明くる夜を惜しみて一つ蛍飛ぶなり

院みづからこの「螢」六番にのみ加判して、勝歌いづれも殊勝千万、中にも宮内卿の、梁塵秘抄《りやうぢんひせう》を写して更に心に沁む一首、晴の場所なら永く名を止《とど》め得たことであらうと称揚した。ただ院としては自分との番で、わざと持《ぢ》にしておいたが、秀能の青蘆の葉交《はがひ》の螢こそ、この六番十二首中の最高作と、心の中で褒めてやつたことだ。かう並べて見ると、単にこの題だけでも、経家、通親、公経あたりの作は、いかにも見劣りがする。院の存念もあるいは、それを晒しものにして快を叫ぶことにかかつてゐたのではあるまいか。通親は座興に過ぎぬと心では笑ひながら口もとの歪むのを忌忌しく思つた。

歌合の覚書等も一切反古《ほご》にし、後は賑賑《にぎにぎ》しい酒宴となつた。越前が枯れた声音で今様を歌つた。家長が烏帽子を斜にして軽やかに舞ふ。優男だけになかなかの味があり、院もやんやの喝采を惜しまなかつた。

常に消えせぬ雪の島、螢こそ消えせぬ火は点《とも》せ。巫鳥《しとと》といへど濡れぬ鳥かな、ひとこゑなれど千鳥とか。

もの知らずの通具も、やつと宮内卿の螢がここから出たことに気がついた。彼の今宵の螢は妻の代作であつた。この日頃、父母から、早う離別してしまへ、後妻は既に見計つてある。今上の乳母《めのと》按察《あぜち》の局、年は三十を過ぎてゐるが肥り肉《ふとじし》の美人、何よりもその権勢並ぶものなく、卿三位範子、卿二位兼子に続き、今に宮廷を左右する女の一人にならうぞと力説する。和歌の耆宿《きしゆく》俊成を祖父、養父とする妻には、一体何と言ひ聞かせばよいのか。子具定《ともさだ》までである仲を、あまりと言へば没義道《もぎだう》な仕打と躊躇するが、父も母も許してくれまい。

　歌合の評判は翌日各方面に洩れてゐた。記録は残さなかつたが箝口令《かんこうれい》までは布《し》かなかつたから、咎《とが》めやうもない。おほかた女房達の吹聴《ふいちやう》によるものだらう。九日午後良経が罷《まか》り出て、昨日の御試み、内内で終らせるのはいかにも惜しい。いつそ晴の御催しとして、当代屈指の者共に一斉に百首歌を召されては如何かとの相談であつた。今、かつての右大臣頼実が太政大臣、良経は内大臣から左大臣になり、その内大臣を通親が襲つた。もともと左右大臣と内大臣は同位同格のさだめであるが、何しろ通親の威勢は関白以上、良経はとんと出る幕がない。せめて和歌の上ではとあせるのだが、いざ仙洞の歌会などとなれば、通親はまず季経を立てて、釈阿を二の次、三の次にする。その釈阿にしたところで九条家の歌会に招かれるやうになつたのは六十も半ばを過ぎてからのこと、すなはち六条家の清輔存命中は、出入もかなはなかつたのだ。御子左家の歌運が盛んになり、九条家の秀才との交流でまことに花開く兆を見せたのは、近近この十年以来のことである。文治六年、院は今上で正月三日の元服、その年の秋、九月十四日の花月百首の会が、思へば新風生誕のきつかけであつたらうか。良経二十二歳、定家二十九歳、慈円三十六歳、有家も三十六歳、寂蓮は五十二歳、それにこの催しには丹後も加はつてゐた。詩才はらはらするばかりの御曹司を中心に、壮年、野心満満の作者らは、まさに堰を切つたかに交流を始めた。次次と題を考へて、短時日の競詠を試みる。曰《いは》く賦《ふ》字《じ》百字百首、勒《ろく》句《く》百首、二夜百首、負けぬ気の面面ゆゑ、技法の上でも発想の面でも、一歩を進め、一寸を深めようと心を砕き想を馳《は》せ、俊成は眺めつつ幾度あなあやふ、と思つたことか。良経は十年前のみづからを院の上に見る。自作がきらめき匂ひ、他作が軽やかに響きわたる。書き記す一首一首が秀作に見え、繙《ひもと》く歌書のいづれもが自分を遥かに越えてゐるやうに感ずる。宮廷を和歌の花園と化するのは、この時節をおいてあるまい。院の和歌狂ひが後何年続かう。詞華に溺れる、若気の至りの歳月が過ぎ去つたら、果して院は心をひそめ、帝王学としての詩歌に立ち帰るだらうか。

良経はこの気運を遁《のが》してはならぬと思ひ入る。叔父慈円の意見も同じであつた。定家は院の日常を洩れ聞いて目を輝かせた。沈鬱なおももちで吐息をつくのは俊成一人だ。時機は到来した。潮は満ちつつある。だが天の時は九条家に与《くみ》しなかつた。たとへ叡慮は洽《あまね》からうと、通親の手がそれを阻《はば》む。通親の後楯《うしろだて》によつて六条家が浮び上り、御子左家を足蹴にする。詞華の咲きそろふまでにはまだまだ、苦難隘路《あいろ》があまた待ちかまへてゐる。単純に笑ひ、かつ夢みてゐられようか。

俊成の懼《おそ》れはそのまま事実となつて現れた。院から百首詠進の下命があつたのは七月十五日、それも俊成にあつたのみで、定家には何の沙汰もなかつた。二十一歳の誕生を祝ひつつ、院は通親に百首詠の人選を命じた。心の中では憫笑《びんせう》を浮べてゐた。何、通親の百首など見る前から知れてゐる。彼のわづかな楽しみはこれを絶えて久しい盛儀の準備として、仰仰《ぎやうぎやう》しく取仕切ることくらゐだ。彼は早速師匠季経のところへ駆けつけるだらう。老齢七十、六条家の名のみの重鎮は、これまた空しい威信をその政力で誇示しようと、見え透いたやうな細工をするに決つてゐる。一日を争ふことではなし、結論として気に食はねば一喝すれば済む。案の定その日の夕刻、奉書に詠進下命歌人名を麗麗しく書き連ねて、通親があたふたと入つて来た。院は一計を案じて被見を乞はうとする通親を制し、いづれ判ることとゆゑ任せておく、明十五日午前中に各歌人に達するやうにとだけ命じた。どのやうな顔触れにしたのか、いづれ女房や近親の口から様様に伝はつて来るだらう。不平満満苦情続出の場合は、通親の一存と一蹴してやる。彼の見識は疑はれ、この百首を二度、三度重ねて催す際、最早口を挟ませはせぬ。十五日の夕方丹後と讃岐が人選に入り、手を取り合つて喜んだものの、聞くところでは、皇族と大臣家以外は老人ばかり、六百番歌合の新進歌人はほとんど除外されてゐて、励みがないとこぼしてゐるとの噂が耳に入つた。家長の口からである。

老若歌合の老は四十一から、その伝でゆけば、このたびの百首、給題は不要、すべて賀歌として長寿自祝とすればよからうと院は大笑ひした。このままでは済みはすまい。御子左家の若手歌人排斥の意図があまりに露骨過ぎると家長は呟く。院は、磨がかうなることを知らぬと思つてゐたか、このままで放つておくと思ふかと、声低く窘《たしな》めた。その目は冷やかに炎《も》えてゐた。事、和歌に関して、誰の制肘《せいちう》も批評も受けるものか、おろか者、院の目はさう語る。通親や季経が見たら震へ上つたらう。

俊成、白髪頭《しらがあたま》を振り立てての奏状が家長を通じて齎《もたら》されたのは八月に入つてからのことだつた。それ以前に西園寺の公経が定家、家隆を始め、若い歌人の締出しは大変評判が悪いから、院ぢきぢきのお手直しを願ふと、言葉少に申出て来た。彼の進言は必ずしも定家が姉婿に当るからといふ訳ではなささうだつた。むしろ六条家側に属する有家や忠良さへ、季経や通親の、あらはな御子左家妨害策を快からず思ひ、叡慮による裁断を期待する声は、公卿一般の間にも高まつてゐるといふ。院はやうやく機熟したことを覚つて通親を呼んだ。人選は非難の的となつてゐる。磨の面目も台無しとなつた、一両日中に練り直して、年功序列にこだはらず、当代の歌詠み、歌作りを指名せよ、季経を二度と煩はすなと釘を刺した。歌のこととなると大して執着もなく、最近頓《とみ》に猛猛しい院の態度に押され気味の通親は、退出すると早速作り笑ひを浮べて良経の意見を質《ただ》した。除去も添加もあつて、最終的には、三宮惟明親王《これあきらしんわう》、式子内親王、守覚法親王、後京極良経、慈円、通親、続いて季経、経家、釈阿俊成、範光、生蓮師《しやうれん》光、二条院讃岐、小侍従、宜秋門院丹後、隆信《たかのぶ》、忠良らが名を連ね、新たに、特に指名されたのは定家、寂蓮、家隆、隆房《たかふさ》らだ。誰の目にも範光、隆房が加はるほどならば、有家はなぜ除く、宮内卿は、越前は、家長は、この頃聞えた鴨長明《かものちやうめい》はと、否否、雅経も秀能もと際限があるまい。改訂人選をざつと見て、院は汝の任ではなかつた、次回は磨がぎきぎきに指名しようと小鼻に皺を寄せて冷やかに言ひ放つた。通親は画策も結局は徒労に終つたことを思ひ知り、面目を失つて退出した。ついこの間まで謀議といへば妻や卿二位兼子、それに丹後の局等、甲羅を経た女ばかりに諮《はか》つてゐた。名案がたちどころに浮び、意見はたちまち一致した。だがもう借るべき智慧も彼女らにはない。殊に和歌については几帳と相撲《すま》ふやうなもので、何の頼みにもならぬ。彼はそぞろ秋風が背に沁みわたり、力のない咳をした。

すべて詠進の完了したのは九月も末の頃であつた。院は既に一月《ひとつき》以上も前から、ばらばらと届く詠草を手当り次第に見てゐた。読む前からおほよそは予想がついた。そつのない女房歌ももう噯《おくび》が出た。慈円は籠居中の歌だけにやや暗い。六百番歌合の胸のすくやうな不敵な歌は見当らぬ。良経は見るほどに読み進むほどに、胸の轟くやうな秀作がある。けれどもこの華やかな詞の底に籠る悲調は何だらう。「稀にだに誰《たれ》かは訪《と》はむ」と言ひ「月と花との名こそ惜しけれ」と歎く。更に「三十《みそぢ》余りの秋のふけぬる」とは。あの白晳の貴公子も三十二、院はふと詠草を繰《く》る手を休めて、良経を何となく敬遠してゐたことを悔いた。この卿こそ当代の第一人者、歌の道では誰よりも彼を立てようと心に決めたのはこの時であつた。八月二十五日、野分《のわき》の風の前触《さきぶ》れが、松の梢を騒がす夕刻、定家の詠草を公経が恭しく届けに来た。自分が作者に入らぬことを、彼も家長も通具も具親も、さして苦にしてゐない。潔いとも思ひまた歯痒くていらいらすることもある。後で見ておかうと言つて公経は帰した。夜の餉《かれひ》をしたためて後、寝所に引取つて、この二、三年寵愛の女御滝子に琴を弾かせつつ、他の二、三人の、溜まつてゐた詠草と共にそれに目を通した。「秋日侍太上皇仙洞同詠百首応製和歌」と木の枝を切つて組合せたやうな角のある手蹟は、いかにも緊張してゐることを、あらはに語つてゐる。春の二首三首はどうと言ふ彩もなかつた。だが院は「梅の花にほひを移す袖の上に軒もる月のかげぞあらそふ」まで来て、息を殺した。六百番のあのしたたかな好奇の詞句はどこかへ影をひそめ、尋常端正な詠法で、しかも才は惜しみなく表してゐる。これ見よがせに綺語を鏤《ちりば》めぬところ、時と場所を弁《わきま》へてゐてこころ憎い。歌合百首の大胆な詠み振《ぶり》を知らなかつたら、却《かへ》つて失望したかも知れぬ。

いくかへりなれても悲し荻原《をぎはら》やすゑ越す風の秋の夕暮
駒とめて袖うちはらふかげもなしさののわたりの雪の夕暮

都思ふなみだのつまと鳴海潟《なるみがた》月にわれとふ秋の潮風

この道にわれの他なしとばかりの心奢《おご》りを抑へに抑へて、この男はまことに殊勝に、詠歌の秘儀の一端を誇示してゐる。内昇殿を聴《ゆる》さう。歌の上でなら用ゐて失望する人物ではあるまい。院は定家の意地の強さうな筆蹟を見て、運筆をわざわざ宙で真似つつ、ふと誰かの蔭口を思ひ浮べた。彼は二十四、五の頃、殿中で同僚を打擲《ちやうちやく》し、譴責除籍を受けた。思へばその折も父の俊成が後白河法皇宛《あて》の「夜鶴の思ひに堪《た》へず」云云と大層な文句を綴つた奏状、左少弁定長を介して送り、赦免に成功した。あの一徹な老人がなりふりかまはずわめき立てれば泣く子も黙らう。四十にならうとする男が、父親の強訴《がうそ》で人交《まじは》りするのか。この癇癖な筆蹟は苦労知らずの甘つたれの証拠だ。さういふ人物は元来虫が好かぬ。第一会つて共に語つておもしろさうな男とも思へぬ。ただ、命じたことは寝食を欠いても尽力するに違ひない。人は使ひやうだ。一度近いうちに会つてやらうと思ひながら、院はそのことを忘れ、後れ後れになつてゐたみづからの百首制作にとりかかつた。思ひ立つたのは七夕の直後だつたが、もう秋もそろそろ終りに近い。朝夕御所の白砂の上にも露霜が凝り、高尾の紅葉は散りつくす頃だと聞く。歌は湧くやうに生れた。懐紙を持ち筆を執れば、その筆の穂先が走つて、心の世界を文字で描いて行く。

うすく濃き園の胡蝶はたはぶれて霞める空に飛びまがふかな
秋とのみ誰《たれ》おもひけむ春霞かすめる空の暮れかかるほど
うたた寝の夢路のすゑは夏のあした残るともなき蚊遣火《かやりび》の跡
萩原やあかつき野辺の露しげみ分くるたもとに知らぬ花摺《はなずり》
朝倉や木《き》の丸殿《まろどの》に澄む月の光は名のるここちこそすれ

書く手ももどかしく歌ひ進めながら、院の心にはもう良経の華やかな悲調も、定家の捻《ひね》りのきいた妖艶体も、慈円の豪快な歌ひ放しも、ことごとく消え失せてゐた。胡蝶の歌は、ことわるまでもなく忠房作、雅楽の「胡蝶楽」の長閑《のどか》な調べを心に描いてゐた。清らかな男童《をわらは》が四人、山吹の花挿して縺《もつ》れあふあの舞を、院は格別に愛する。源氏の「胡蝶」あたりに想を発するのはもう旧《ふる》からう。定家ら新進の詠手《よみて》も、必ずや物語そのものを本歌とし、あるいは障子絵の花鳥風月の趣向に倣《なら》ひ、反間苦肉《はんかんくにく》の策をめぐらせて、目も彩な幻を生んでゐるのだらう。その辺の秘法を、一度篤《とく》と聴問せずばなるまい。月並な古今伝授の蒸し返しは聞く耳を持たぬが、急所急所を包まずに披瀝する秘伝を公開してくれるなら、臣下といへども師と呼ぶに憚《はばか》りはせぬ。御所に出頭せよなどと言ふと、また格式張つて束帯で現れるだらう。当座歌会にはそれからも数度出席させたが、いつも末席で畏まつてゐるし、さて一人残しておいて言葉をかけるのも億劫だ。何かの折に、それとなく引見し、盞《さかづき》でも取らせながら四方《よも》山話《やまばなし》を試み、歌の話に導かう、それがよいと、ひとり決めして院は立上つた。百首など、その気になれば毎日でも詠んでみせる。歌もわが領するところと心に叫んでゐた。

み吉野のたかねのさくら散りにけり嵐も白き春のあけぼの

建永二年最勝四天王院障子歌

第三章　あらしもしろき

——承元元年　1207

最勝四天王院の障子絵は一切定家の宰領に委ねられた。このところ彼には院の思召《おぼしめし》が殊《こと》に深いやうで、つい先頃は新古今集の、それも院の合点入本《がってんいりぼん》を賜つた。これはこの勅撰集の竟宴《きやうえん》前から今日に到るまで、そろそろ十年近く、編纂《へんさん》に切継《きりつぎ》に恪勤精励したからであらうと、定家は自足するところがあつた。五月雨がからりと霽《は》れ上り、樗《あふち》の花が薄紫の雫を零《ふ》らす。彼の心も清清《すがすが》しい。先月五日恩顧一方《ひとかた》ならぬ九条兼実卿が薨《こう》じた。最愛の息、和漢の天才良経卿はその前年弥生七日に頓死、爾来《じらい》涙の乾く日もなく、自然《じねん》に衰へて、まだ六十歳にもならぬ身は枯木のやうになり、儚《はかな》い最期と伝へる。釈阿も新古今竟宴の前年、晴の九十の賀を忝《かたじけの》うした翌年大往生を遂げた。四十の半ばを過ぎ、やうやくわが世の春ならぬ夏が、俄《にはか》に到来したと、頃日《けいじつ》ときめく思ひであつた。水無月《みなづき》の始めまでには障子歌も詠進せねばならぬ。諸卿の歌題となる名所四十六箇所も、先月下浣《げくわん》、和歌所で評議の折、ほとんど定家の独擅場で銓衡《せんかう》を見たものだ。御前会議に列した寄人《よりうど》の面面、誰一人として積極的な意見を上《たてまつ》る者もなく、ひとりでに定家の言に左右されるところとなつた。趨勢《すうせい》を見計ひ、院は、万端定家の腹案に従へ、独断苦しからずとまではつきり一任してしまつた。彼は息を弾ませるやうにして、やつと十歳になつたばかりの息子為家にまで、この栄誉を語つた。親族の中で眉を顰《ひそ》めてゐるのは妻の弟、西園寺《さいをんじ》公経《きんつね》ばかり、彼には院の心が何となく透いて見えたのだ。

その透視はまさしく院の本心の翳を探りあててゐた。第一、院以外にこの最勝四天王院建立《こんりふ》の真の目的を知る者はない。院の日一日と募る対鎌倉憎悪呪詛は、側近の熟知するところだ。兼実薨去に際して意外に冷淡な一面がうかがはれたが、それも彼が全盛時代、頼朝としげしげ会つて、未来の計を樹《た》ててゐたことへの怒りによると噂する者もゐる。だが、さまざまに心は読んでも、まさかこの四天王院が、征夷大将軍、従四位下、右近衛中将の源実朝を禱《いの》り殺すために、わざわざ建立したものだとは、察するよしもなかつた。この底意《そこい》が判れば定家重用《ちようよう》の不審もおのづから解けよう。実朝は去年から定家の弟子である。十六歳で抜群の歌才ありと伝へるが、院は見てゐないし興味もない。父頼朝が嗜《たしな》みとして一応和歌を作つてみせたのと大差はあるまい。新古今にその頼朝の作が二首入つたと聞き、随喜の涙をこぼしたさうだ。その新古今集、まだ切継の最中で真の完成には遠い。一昨年三月二十六日の竟宴は、ともかく原形を整へたといふ段落の意味だつた。定家も十分に承知のはずだ。だからこそ寄人達にも、未だ正式に下げ渡してゐない。切継完了し、首尾見事に整ひ、瑕瑾《かきん》皆無を確めて後、家長あたりに浄書させて原本を作り、各人に次次と筆写を許し、改めて宸筆題簽《しんぴつだいせん》でも付し、労を犒《ねぎら》ふ予定だつた。定家は切継作業の暇を見て手まめに写し、既に二、三部控本を作つてゐたやうだ。高が二千首内外、その気なら三日で一部作れよう。その一冊を九月に鎌倉へ贈つた。定家の歌の弟子、内藤朝親の便に託したのだ。これは家長の報告を聞いてゐる。家長は撰和歌所の名において征夷大将軍に献呈すべきではなからうかと、慎重を期し叡慮を伺ひに来た。捨てておけ、猿《ましら》に文集《もんじふ》のたぐひであらうと院はせせら笑ひ、定家の非公式の贈呈も不問に付された。鎌倉の、思ひ上つた武者連中に、都の花を、帝王みづから撰した時代の珠玉を、これ見よと示してやりたいのは山山ながら、献上などかたはら痛い。将軍が京へ頂戴に罷《まか》り出るがよいのだ。それも角が立つなら、定家あたりの届けるのも、案外上策ではあらう。だがしかし、万事心得た風に、鎌倉殿の師はわれ一人、献上は当然のことと、蔭でしやしやり出るのが面《つら》憎《にく》い。尤《もつと》も、この憎しみは口に出しては言はぬ。精精鎌倉に親近するがよい。実朝もゆめ知るまい。十二歳で関東三十八国の地頭職、同時に従五位下、翌年は上、続いて年が明ける毎に一階級の昇進を続けた。この分では二十歳そこそこで正二位になれる勘定、それもすべて院の一存による。鎌倉では実朝自身が官位競望に息せき切るかの趣で、却《かへ》つて北条義時が傍ではらはらしてゐるとか。上皇の御好意と、実朝は三拝九拝の体《てい》らしいが、院に好意は微塵《みぢん》もない。義時や大江広元が官討ちと推測して危んでゐるのはさすがである。矢継早な昇進は将軍の寿命を縮める一案であつた。院は十六の実朝が北条一味のいたいけな傀儡《くわいらい》であることは承知してゐる。遥かに忠誠を誓ふやうな歌を献じ、御製を読む時は姿勢を正すと聞けば、ふと振上げた手も弛《ゆる》むが、ともあれ、武は廃して顧ず、蹴鞠《けまり》と和歌に没頭してゐるといふこの源家の末裔を、院は重なる恨みの的とする他はなかつた。まかりまちがつて大姫が入内してゐたら、実朝はその末弟、うるさい血縁の一人となつてゐたかも知れぬと思へば、院は慄然とする。彼らの母の政子も、院が今の実朝の年齢十六歳の頃、度度京を訪れ、丹後の局《つぼね》、卿三位らと密談を重ねてゐたことを思ひ出す。院を聾桟敷において強行した彼女らの専横の数数、すべて禍の因は鎌倉、思ひ出の欠片《かけら》を反芻するだに嘔吐を催す。理窟抜きに忌忌しい。武士に何ができるかと大声を出すと、秀能など途端に眉を曇らすが、武士すなはち東国が、京など眼中にないかの鎌倉が、次第に鬱然とのしかかつて来るその存在が不愉快なのだ。ともあれ、新古今集も良い加減に完成せずばなるまい。和歌所の面面、撰者一同の苦情などどこ吹く風、泣言を聞けば却つてこずらせたくなる院だが、和歌に対して、否むしろ作歌に、五、六年前ほどのときめきも気負《きおひ》も覚えなくなつてゐた。院の歌心が天翔《あまがけ》り、燦爛《さんらん》と打ち開いたのは千五百番歌合の前後三年間であつた。

秀能はその日日のことを時折懐しげに語りかけることがある。彼も既に二十四の男盛り、恰幅も堂堂、眉目も一段と雄雄しくなり、男児を養子にして既に三歳、医王丸《いわうまる》と呼ぶ。そしてあの大歌合の一輪の花、宮内卿は今はこの世に亡い。院は宮内卿を憶ふ度に、薄緑透羽の蟬が心を過《よぎ》る。夏百日鳴く蟬の、あの一つ一つは精精一旬の命だといふ。にも拘らず地中にあること十余年、あまりの儚さに蟬時雨《せみしぐれ》を聞けば涙の降る音かと疑ふ。宮内卿が院女房として参内したのは正治元年、人は十五と言ひ、彼女自身も否《いな》みはしなかつた。それからひたすらに歌ひ、夜もすがら歌を案じ、歌合《うたあはせ》に列して名を謳《うた》はれ、一時は内裏のあちこちで、彼女の通る時は、あれが若草の君よ、宮内卿の局よと、憧憬《しようけい》の目で囁き交したものだ。歌合の加判完了が建仁三年二月の頃であつた。恋の十五首は負五持七、恋知らぬあはれが却つて人の同情を呼び、院は手ほどきしてやらなかつた麿の罪などと笑ひに紛らはせて慰めてやつた。三月にも七月にも熊野御幸、霜月には釈阿九十の賀で恩賜の法服に繡《ぬ》ひ取る歌は、院の命で宮内卿が作つた。刺繡を仰せつかつた人のそのかみの女房名は建礼門院右京大夫《けんれいもんゐんうきやうのだいぶ》、釈阿には、宮内卿よりよほど思ひ出豊かなゆかりの人であつた。その間にも新古今集勅撰の事は着着と進んでゐた。加判未了の歌合歌《うたあはせうた》もおびただしく含めて、撰者五人の撰進が四月に出揃ふと、院自身がこれらを撰り直し、かつまた意中の歌を加へ、行事、儀式、宴遊等のない日は、ほとんどこれに没頭した。明けて元久元年七月の半ばまで、院は時には寝食の暇をも割《さ》いた。寄人や蔵人、中宮に寵姫、卿二位、それぞれの立場から、御執心が過ぎるとこもごもに憂慮し、諫めようとする者もゐた。入集候補約二千、院は到頭これらを悉皆諳記《しつかい》してしまつた。七月二十二日から部立《ぶだて》が始まつた。撰者の他に寄人の秀能や具親も呼ばれ、整理にたづさはる。歌集の名「新古今」が撰者の間から上申されたのはこの頃だつた。和歌所へ詰める顔触れも、当初とは変つた。二年前の七月二十日、寂蓮が世を去つた。ひめやかに人人は悼みかつ惜しんだ。神無月二十一日には源の関白通親が頓死した。千五百番歌合判進の命の下つた翌月のことで、彼の担当すべき夏の二巻は無判のままとなつた。誰一人心から悼む者もなく、葬儀は盛大に執行されたものの、その帰途を名残の紅葉狩に赴く公卿も少からず、院も嵐山へ騎馬で向つた。内大臣が死んで宮中に明るい空気が溢れた。息子の通具や通光《みちてる》さへ、弔問の客に笑顔をむくい、満中陰が済むと酒宴に加はつて放歌する。年末には良経が摂政に帰り咲き、もう故内大臣の噂をする者もゐなかつた。寄人に隆信、秀能、長明が加へられたのはこの頃のことだつたらうか。ともあれ部類ともなれば、万葉及び七代集に通暁し、歌人としては才のみならず確たる見識を必要とした。入集候補歌としての優劣以前に、その作の正誤から検討せねばならず、作者名の考証もゆるがせにできない。造詣蘊蓄《ざうけいうんちく》並びなく、しかも体力旺盛、私事一切を抛《なげう》つ覚悟の者だけが耐へ得る仕事だつた。

　七月中に形のついたのは春の上のみ、それすら、浄書を始めると切出《きりだし》の声がかかり、糊の乾く間もなく継入《つぎいれ》の命が下りる。院の構想は秀歌の羅列などではない。立春の、未だ雪消えやらぬ眺めから、やうやく霞たなびく四方の景色に移る、豪華閑雅な言葉の絵巻であつた。巻頭良経、二首目院、次に式子内親王、次に宮内卿、五首目を俊成としたのも、その意を含んでのことだつた。たとへば春の巻頭五首の中、定家の撰進と一致するのは摂政太政大臣の歌のみ、宮内卿の作は有家と雅経が採つたものだが、阿諛《あゆ》もほどほどにするがよい、四首目など目障りも夥《おびただ》しいと、寄人並居《なみゐ》る席で定家は放言した。彼は宮内卿、秀能をねつから認めなかつた。二十何番かに並ぶ秀能の、「夕月夜《ゆふづくよ》潮満ち来らし難波江の蘆の若葉を越ゆるしらなみ」は院の一存であつた。定家は万葉、赤人の「若の浦に潮満ち来れば」に似て非なる凡作、本歌取り失態の悪例などと罵《ののし》つた。秀能に久しく目をかけてゐる家長は内心穏やかならず、有家、雅経も意趣を持つた。院の耳にもいつしか異見や不満だけは確実に伝はつて行く。誰がそのやうなことを論《あげつら》ふのかとの下問に、誰しも言葉尻は濁してゐるが、いつまでも曖昧にしておけるものではないし、人一倍敏感な院が感じ取らぬはずはない。度重なる百首詠で、院が確実に新風に眩惑されたことを察知すると、定家の態度も自信に満ちて来る。他の面ではいさ知らず、少くとも和歌の上では、もう遜《へりくだ》つてばかりはゐなかつた。初度の百首の後、初めて目の前に呼んで声をかけてやつた時、恐懼《きようく》感激、呂律《ろれつ》も廻りかねてゐたしほらしさはどこへやら、この頃は上目使ひも意味ありげで、応答の言葉の端端まで勿体をつけ、癇《かん》に触ること夥しい。しかしすべては父釈阿の、真情溢れる挨拶に免じて大目に見てゐた。処世に拙《つたな》く、歌の他は何一つ弁《わきま》へぬ不肖の子ゆゑと袖に縋《すが》るやうにして陳情されれば、相手が九十翁だけに振払《ふりはら》ふ訳にも行かぬ。

霜月十日、和歌所で春日社歌合が催された。顔触れは院以下良経、慈円、定家、雅経、宮内卿、釈阿と、久久に老若が出揃つたが、釈阿は風病《ふうびやう》の兆とかで出詠のみ、宮内卿は、これも気分がすぐれぬのか、袖で口もとを覆うて咳の絶間がなく、衆議判《しゆぎはん》に移る前にひつそりと退出した。思へばそれが彼女の最後の歌の座への出席だつた。霜月の終り、降る雪を眺めつつ釈阿が大往生を遂げ、その初七日も済まぬ臘月の初め、宮内卿が風に散るやうに儚くなつた。和歌所元老の、余韻四方に響くかの終焉と、可憐な名花一輪のさりげない死と。人人はその対照を言ひつつ涙した。宮内卿の枕頭には歌にゆかりの女房が肩を顫《ふる》はせてゐた。俊成卿女《としなりきやうのむすめ》ことと健寿御前が営む俊成初七日供養に、前夜から参じて、その最期には居合さなかつた。父師光のもとへ供華《くげ》の一籠が届いた。寒菊およそ百茎、黄白の細弁がむせぶやうに絡み合ひ、異様なまでの美しさであつた。供へた人の名は記されず、畳紙《たたう》の中の白無地色紙にはただ一筆、「嵐にきくの露のまに」とあつた。宸筆《しんぴつ》であらう。歌は千五百番歌合冬の一、雅経との番《つがひ》の勝歌の上句、宮内卿もその冬の一に、「秋の色も今は嵐の」と詠み、忠良との番で勝つてゐた。院の滂沱《ばうだ》たる涙が、この菊にはあまねく注がれてゐよう。嵐、まことにあの大歌合は院の青春の形見の嵐、宮内卿はその嵐に散り、院はしぶきを振払つて、記念の大詞華集に挑む。その春の部に、宮内卿十七の早咲の花を鏤めたことを、彼女は知るすべもない。閨に伴ふことはつゆさら考へず、ただただ歌の道を、ましぐらに、その繊《ほそ》い手を引いて駆けて来たゆゑに、院は胸を掻きむしられるやうに切なかつた。この悲歎を察してくれるのは秀能のみであらう。院女房も才はじけた目下の少女の同輩の死に、その逆様事《さかさまごと》に動転してゐるだけで、三日もすれば一人の欠落は水を掬《すく》つた水面同様平《なら》され、彼女らは笑ひさざめくだらう。院は忘れない。正治元年の春浅いとある日に、父に伴はれて初出仕した日から、この冬の日に世を去るまでの六年間、彼女は歌の他の何を考へたらう。恋も知らず、知らうともせず、折れ伏した秋草のやうな手蹟でしたためた歌の懐紙を、暇を盗んでは眺めてゐた。彼女は心の底で、あるいは秀能を慕ひ続けて来たのではあるまいか。千五百番歌合は和歌の終り、時代の終り、そして同時に始まりではなかつたか。詠進して後、今生の名残も尽したかに八十余歳の老女小侍従もみまかつた。黄泉路はいつも夜ばかり、「待宵《まつよひ》」の名も通じまい。同じ頃、歌合の行はれる噂は聞きながら、式子内親王も永眠した。院には叔母《をば》上《うへ》ながら、しかも歌の道では眩いほどの先達であるにも拘らず、稀にも相会《あいくわい》して語らふ折はなかつた。兄の三宮が親近してゐたのがせめてもの慰めであつた。初度の百首の詠進以前にも、御所の文庫で幾つかの玲瓏たる作は見てゐた。だがあの百首歌はあたりを払ふ凄じいばかりの調べであつた。

桐の葉も踏みわけがたくなりにけりかならず人を待つとなけれど
ながめ侘びぬ秋より外《ほか》の宿もがな野にも山にも月やすむらむ
夢にても見ゆらむものを歎きつつうちぬる宵の袖のけしきは

式子内親王のすまひは大炊御門殿《おほひみかどどの》であつた。父後白河法皇から相続したものだつた。だが相続とは名のみ、太政大臣兼実は公邸として法皇からここを借り受けてゐたので、なかなか明け渡さず、後見人民部卿経房《みんぶきやうつねふさ》の邸に起居すること四年に及んだ。細部まで材料を吟味した見事な建具《たてぐ》調度、間取りも豊かに、庭も広広として趣があつた。兼実が明け渡しをためらつたのも道理だ。庭には蹴鞠の坪もあり、院は十八歳の春三月、飛鳥井雅経を従へてこの大炊殿へ渡つたことがある。雅経は良経より一つ若く、あの頃二十八、既に蹴鞠は名人、宮中第一の聞え高かつた。院もまだ帝位にあり、しかも武技百般に興味を持ち、習へばたちまち熱中、師となる者が啞然とするほど上達が早かつた。蹴鞠も例外ではなく、雅経が、このまま技が進めば、あと一、二年で最早《もはや》教へることが尽きると歎いた。その春酣《はるたけなは》の蹴鞠の会には、邸の主式子内親王は引籠つて姿を見せなかつた。橘　兼仲《たちばなのかねなか》とその妻に、後白河法皇の御霊が憑依《ひょうい》したとかいふ面妖な事件に関つて、心ならずも身辺を掻き乱されてゐた頃だつた。その事がなくとも、肉親達との交りさへ避けて孤独を守つてゐた彼女は、いよいよみづからのうちに籠りがちになり、歌にのみ心を遣《や》ふ日日が続いた。翌年、皇太子為仁親王に帝位を譲るため、儀式準備の都合上恒例に従つて一時移つたのが、この大炊御門邸、邸の主はまた一時後見人の家へ身を寄せねばならなかつた。静謐《せいひつ》を冀《こひねが》ふ内親王にしてみれば、さぞ煩《わづら》はしいことであつたらう。院は百首を読み終つた時、改めて無礼、無音を詫び、一度こころゆくばかり歌の話を聴問したいと思つた。にも拘らず会はなかつた。病弱と聞くからに招きもならず、では院の方から御幸《ごかう》となると、諸式万端仰仰しいことになる。彼我の都合を考慮して日取を決め、院は院で、内親王は内親王で、渡御の準備、迎への手筈、様様に心を砕かねばなるまい。女房、婢の数も限られた大炊御門邸で、御幸の有難迷惑さに溜息をつく彼女の姿が目に浮び、途端に行く気がしなくなる。三宮惟明親王は花につけ月につけ、しげしげと訪れてゐるし、院にしても遊山のためなら早朝深夜の別なく、気随気儘に出かけるのに、心の底で欲してゐることは、却つて行ひがたい。その百首の詠進を受けたのが八月、既に野分の風に尾花の伏し靡《なび》く頃であつたが、続いて二度目の百首を試み、そこへ水無瀬《みなせ》離宮は竣工を見、十日にあげず宴遊、半月に一度は歌会、霜月には三度目の熊野御幸と、愉しく慌しい日日が煌《きら》めくやうに過ぎて行き、内親王のことは忘れるともなく忘れてゐた。そして建仁元年の春、梅に泡雪の匂ふ二十五日、彼女の訃音《ふいん》が齎《もたら》された。

忘れてはうち歎かるるゆふべかなわれのみ知りて過ぐる月日を
生きてよも明日まで人はつらからじこの夕暮をとはばとへかし

この歌を読んだ時、院は不覚の涙をおさへることができなかつた。他人の和歌になど泣いたことのない精悍な上皇が、袍の袖を目頭に押しあてて泣いた。涙に価する歌にめぐりあへたよろこびが、また涙を誘つた。内親王とて、不世出の、若若しい詩歌の帝に会つて、ただ一言でも言葉が交したいと切望することもあつたらうに。しかし、遠く遠く御簾《みす》の彼方からの会釈《ゑしやく》を受けた朧《おぼろ》な記憶をよすがに、これらの透きとほるやうな、しかも肺腑を突く歌の数数を誦《ず》してゐる方が、故人にはふさはしいのかも知れぬ。その心こそ、死によつて閉ぢられた「忍恋」に似てゐた。

新古今の生れるまでに、幾つの死を閲《けみ》して来たことか。人の命を牲《にへ》とするのは、決して戦のみではない。詩歌も亦、殊に画期的な大詞華集が生れる時は、さりげなく、確実に、人の死をその祭壇の供物《くもつ》として求めるものだ。問ふ人あらば応へてやらう。釈阿、小侍従、顕昭、寂蓮、兼実、通親、守覚法親王、式子内親王、良経、宮内卿、この十人が建仁元年から承元元年までの七年に落命した。まさに新古今の新しい生を購《あがな》ふための死であつた。巻頭第一首から、新古今集は死霊《しりやう》が憑《つ》いてゐる。だからこそ、だからこそ人を誘《いざな》ひ、酔はしめる。だからこそ一首の加減にも、それを置く位相にも生者は心を尽さねばならぬ。察することもなく、糊と鋏《はさみ》を手に右往左往する奴隷に等しいと放言する者もゐると院の耳に達してゐる。恪勤精励して、他人の休む日も和歌所に詰め続ける定家の本心は、自分の歌の切捨、継入が気になつて、ゐたたまらぬゆゑだとも噂される。さもあらう。自作のこととなると目の色が変る。竟宴まではそれでもまだ寄人の、殊に撰者の心も一応は一つになつてゐた。その三月二十六日に良経の仮名序《かなじよ》が完成せず、日野親経の真名序《まなじよ》を付した中書本《なかがきぼん》で宴に臨まねばならぬと決つた時も、院はさして咎《とが》めだてせず、定家が撰者として当然参会すべきところを曖昧な理由で欠席したことも大目に見た。

院は仮名序も未完のままでおほよそは目を通してゐた。至妙の文言であつた。独撰者たる上皇がみづから、朗朗と宣言する文体で統一してをり、特に終章に近く、左の数行は、上皇の心の声をそのまま写してゐた。

この中《うち》みづからの歌を載せたること、旧《ふる》きたぐひはあれど、十首には過ぎざるべし。しかるを、今かれこれ撰べる所、三十首に余れり。是皆、人の目立つべき色もなく、心止《とど》むべき節《ふし》もありがたきゆゑに、かへりて、いづれとわきがたければ、森の朽葉《くちば》数つもり、汀《みぎは》の藻屑《もくづ》かき捨てずなりぬることは、道に耽《ふけ》るおもひ深くして、後のあざけりを顧《かへりみ》ざるなるべし。時に元久二年三月二十六日なんしるしをはりぬる。

よくもここまで見事に、婉曲に巧妙に人の胸中が伝へられたものだ。自歌自撰三十数首、黙つてゐれば約二千の中に紛れてしまはう。かう、ことわれば始めて人は耳を欹《そばだ》て、はて御製はいづこに、さてその色や匂《にほひ》はと、探し廻ることだらう。宸筆をと懇望されたとしても、他の文言、その修辞構文なら敢へて退《ひ》けは取らぬ。だが自作に触れたこの件《くだり》、謙虚で実は傲慢無類の表現、とてもかうは書けぬ。書けたとしても、良経に見せるのもためらはれる。よくぞ書いたと思ひつつ、それが却つて癪《しやく》に触つた。だから、全体に再考を促し、わざと浄書を差止め、竟宴を強行した。良経は三日後の二十九日に完成したと称して伺候した。院の目には一言一句改められてはゐなかつた。だが莞爾として労を謝し、達文を嘉《よみ》した。以心伝心、二人の意地、存念は響き合つてゐた。ことわらねば人も気づかぬことを、言挙《ことあげ》したばかりに注目されるのは、無を有に転ずる反間苦肉の秘法、すなはち定家の「見渡せば花ももみぢもなかりけり」に倣《なら》つたのだ。院もいつの日かそれに気づいて、みづからの歌も定家の歌も憎まれるだらう。良経はそれを予測して暗然とする。しかし、一言半句も変へはしなかつた。それが歌人の運命であらうと、院の面を見返した。良経の心はもう和歌の世界を離れてゐた。栄枯を高処から見下すやうな冷やかな目であつた。千五百番歌合以後最早纏まつた作ものせず、二十歳の昔に還つてむしろ賦《ふ》詩《し》作文《さくもん》に熱中することが多くなつたらしい。釈阿俊成の死の数日前、家集「秋篠月清集《あきしののげつせいしふ》」を枕頭に届けたと聞くが、その頃彼はあの鋭い直感で遠からぬ死を予知してゐたのだらうか。顕昭もみまかつた今は、六条家は無に等しい。御子左家、それも定家の独擅場の観もあり、本人が当然のことのやうにあたりを睨《ね》め廻してゐるが、良経の目から見れば何かあはれであり、苦笑を禁じ得なかつた。兼実はもともと六条家の長老清輔に歌の教へを受けた。俊成が始めて九条家の門をくぐつたのは治承二年の晩夏であつた。十歳の良経は兄の良通ともども、父に四書を学び、なぐさみに読む文集《もんじふ》のほとんどを諳誦してゐた。彼らの目には亡き清輔の高僧を思はすやうな気品に比べ、俊成の如才のない好好爺《かうかうや》振《ぶり》はいささか肌が合はず、とかく敬遠しがちであつた。時折遠慮勝に洩らす、その息子で十七歳の定家とやらのことも、季《とき》が季《とき》ゆゑ暑苦しく、後後も常夏の花を見ると、あの頃のはたと風の絶えた前栽《せんざい》の岩陰の緋色の一群《ひとむら》と、嗄声《かれごゑ》の、押しつけがましく遜《へりくだ》つた俊成の自慢話を思ひ出すことだつた。それからもう三十年近い歳月が流れる。定家の賢《さか》しらな一挙一動を、やうやく和歌所の同僚さへ論《あげつら》ひ始めた。昨日まで、まさに通親急死の直前まで、父子共共に、六条家の圧迫で青息吐息であつたことも忘れ果てたかに、人も無げな議論さへ試みる。通親が宮廷を牛耳《ぎうじ》つてゐたあの暗黒時代、良経とても孤立無援、わづかに和歌の世界に閉ぢ籠ることによつて、心の平静を保つ日日が続き、家司《けいし》に取立てた定家は、さういふ日常のこよなき言葉敵《ことばがたき》、無二の伴侶ではあつた。花と言へば霞と応へる者はゐても、定家のやうに月と応へて淀みなく唱和する朋《とも》は滅多にゐるものではない。七歳年長の彼に、必ずしも教へられてばかりではなかつたが、父の兼実はたとへ習ふことがあらうとも、主従の分を知らしめよ、分を越える言動あらば容赦するなと、常に、くどいほど念を押した。あれは初度の百首を召された年の晩春であつたか、些細の事から良経にしては珍しく声を荒らげ、定家はふて腐れて籠居した。動機はたしかに六条家の季経が持ち込んだ瑣末事ではあつたが、怒声は積りに積つた憤りの底から発するものだ。俊成にはこの一件知られず、彼の義弟の公経から挨拶があつて翌日水に流しはしたものの、爾来心から打ちとける折も稀になつた。問題の百首も詠進前に見せに来た。礼は尽した積りだつたらう。良経は佳作揃ひだと月並な感想を洩らすだけで、つひに自作を披露することもなかつた。

良経は定家の虚勢と強情我慢が疎《うと》ましくあはれであつた。院が才を愛でつつも人を忌み嫌ふのがよく理解できた。だがその院の和歌執心にも、良経には物狂ひ同様、何か不吉な翳が見えた。耽溺か妄執《まうしふ》かは知らず、いづれこの道の行きつくところ滅びがあることだけは予感した。「道に耽るおもひ深くして後のあざけりを顧ざるなるべし」とは、院一人の心中の代弁ならず、良経自身の捨科白《すてぜりふ》であつた。否、古代の歌仙は別として、近代、当代の歌作りの業《ごふ》を告白したのだ。仮名序作者の栄光、巻頭第一首の名誉を、父兼実は感動の余り涙にむせんだ。だが当の良経は、院の前で鄭重な謝礼を一度口にしたばかり、二度とこれには触れなかつた。それが一体何にならう。勅撰和歌集において肝要なのは秀歌の多寡《たか》ではない。それを撰び、撰ばしめた時の帝の、志の深浅高下こそ、後の世に問はるべきであつた。詞華の絢爛、まことに過去七代集いづれも顔色《がんしよく》はあるまい。だがこの華は絶巓《ぜつてん》に咲き、後は散り紛ふ日を待つのみ。帝の志も深淵に臨んで、死を予感したかに凄じく冴え渡つてゐる。この異様な美しさは、黄泉《よみ》の透いて見える良経には、もう無縁のものだ。今それを告げて院以下諸歌人、誰が判つてくれよう。それどころか良経の和歌離れを、技倆の衰へを隠すためと噂する者もゐた。千五百番歌合、夏三秋一の判詞を七言絶句二句を以てしたことに、夙《つと》に意図のあるところを察したのは、あるいは叔父の慈円一人だつたかも知れない。

元久詩歌合は晩夏六月十五日、五辻殿《いつつじどの》で催された。前以て詩と歌の作者を分けられた時、良経は当然のことのやうに詩の方に廻してほしいと申出た。席に居合せた秀能が一瞬不審げに首を傾げてゐた。弟の良輔の介添として作詩側に加はりたいと、言はでものことわりをつけ加へたのもそのためだつた。定家が欠席したこの折の歌の中から、新古今集の春に、続いて三首も、院はみづから撰んで入集させた。院自身の「見渡せば山もと霞む水無瀬《みなせ》川ゆふべは秋となにおもひけむ」、秀能の「夕月夜《ゆふづくよ》潮満ち来らし難波江の蘆の若葉を越ゆるしらなみ」、それに加へて故通親二男通光《みちてる》の「三島江や霜もまだ干ぬ蘆の葉に角ぐむほどの春風ぞ吹く」である。通光は詩歌合の時まだ十九歳、院より七歳、秀能より三歳若く、父に似ぬ優美な男、兄通具よりも才気に溢れ、寵臣の一人に数へられてゐた。水無瀬川に三島江と難波江を先立てて、春の上《じやう》を彩るところ、院の存念はむしろあらはである。二人の次に、定家、家隆、雅経らが一斉に推した西行の「清滝川の水の白波」を配するのも、若い二人を際立たせるためだつたかも知れぬ。院の作者に関する配慮は並並のものではない。元久詩歌合の作が継入《つぎい》れられる前、春酣《たけなは》の三月の初めに、恋の二の巻頭を押小路《おしのこうぢ》女房俊成《としなりのむすめ》女の「下燃えに思ひ消えなむけぶりだにあとなき雲の果てぞ悲しき」に、恋の五の巻頭は定家の「白妙の袖のわかれに露落ちて身にしむ色の秋風ぞ吹く」とするやう、わざわざ当人に通告してやつた。また秋の下《げ》の巻頭歌を家隆の「下紅葉かつ散る山の夕しぐれ濡れてやひとり鹿の鳴くらむ」に決めたことも、人を遣《や》つて伝へさせた。春の良経と院、冬と雑歌上の俊成を別とすれば、各巻巻頭に置かれる当代歌人はこの三人となる。御子左家の面目これに過ぎるものはあるまい。俊成が今一年存《なが》へてゐたら、この歓喜の激しさ、往生の障りになると、長明に似たやうな贅沢を口走つて号泣《がうきふ》したことだらう。俊成《としなり》卿女《きやうのむすめ》は一子具定と共に、通具に離縁されて、その悲哀痛憤を、歌を詠むことによつてひたすら忘れようとしてゐた。院女房に上つたのが三十一の年であつた。舅《しうと》通親の策謀で生木《なまき》を割《さ》かれたとも、通具の心変りとも人は噂したが、彼女はそれを契機として歌に生きようとした。「下燃え」の歌は建仁元年十一月、仙洞句題五十首中のものであつたが、人人は、歌才によつて耆宿《きしゆく》俊成の養女に直《なほ》つたとは聞きながら、聞きしに勝る鮮やかな手腕に舌を巻き、「下燃えの少将」と異名を贈つた。そのかみの「下燃えの内侍《ないし》」周防《すはう》の君にあやかれとの叡慮も加はつて、晴の席でもかう呼ばれることがあつた。だが「少将」とは不遇な父盛頼の官名、しかもこの父を定家は快く思つてゐなかつたゆゑに、彼女はこの年の八月十五夜の、和歌所撰歌に始めて名告つた通り、俊成卿女と呼ばれたいと願つた。院は押小路の女房と呼ぶが、その押小路《おしこうぢ》、万里小路《までのこうぢ》のすまひも荒れ果ててしまつた。彼女の華麗な詠風は式子内親王とも明らかに世界を違《たが》へてゐた。丹後や讃岐、越前、安芸、あるいは家長の妻下野《しもつけ》の歌境とも一線を画する。明らかに院好みの、院直属の、宮内卿と並んで最愛の女房歌人の歌であつた。別れた通具がしげしげと押小路に通ひ、時には歌合歌《うたあはせうた》の代作を頼んでゐるらしいと取沙汰されたのもこの頃のこと、院は頷いて笑つてゐた。俊成卿女のにじみ出るあの心優しさと、薄絹に包んだやうな才智は、詩歌好きの男達を魅了するものがあつた。宮内卿は、競ひ立つ彼女のそのやうな女盛りの匂を、唇を噛んで眺め、院は院で、二人に鎬《しのぎ》を削らせて楽しむ。丁丁発止、それも優雅な言葉の鍔《つばぜ》競り合ひ、出戻り女房と青白い小娘女房はかたみの天才を恃《たの》んで、この対立を結構楽しんでゐた。

元久元年には第六皇子朝仁と第七皇子寛成が生れた。通親養女承明門院《しようめいもんゐん》源在子《みなもとのありこ》に生ませた第一皇子、今上《きんじやう》天皇もこの年既に十歳になつてゐた。六人の皇子が並ぶと、院はその母なる女の顔が咄嗟には思ひ出せないのもゐた。第二皇子頼仁は藤原信清の娘の腹、第三皇子守成と第五皇子雅成、それにこの度の第七皇子の母は修明門院《しうめいもんゐん》重子《しげこ》で、第四皇子覚仁は舞姫の滝が生み、第六皇子朝仁は更衣尾張の局が生んだ。内親王は最初に宜秋門院任子の生んだ昇子と信清女を母とする礼子の二人、二十五で九人の子を持つことも、その母に六人を数へることも、帝王としては祝着至極だが、血は水よりも濃い代りに、血の憎しみは猛毒を生む。院は祖父後白河と実兄崇徳の、あの凄じい反目、あるいは悲惨を極めた崇徳上皇の晩年を聞くからに、皇子達を眺めつつ慄然とすることがあつた。既に、帝となつた第一皇子より、重子の生んだ第三皇子守成の方が遥かにいとしい。他の皇子達も長ずれば次代、次次代の帝位をあはよくばと狙ふことだらう。その母も暗躍する。子を生《な》すは罪を生《し》すに如かず、女は業《ごふ》の源、花鳥風月に魂を遊ばせ、酒に心を痺《しび》れさせても、さて肉そのものは、女のみでは救はれぬ。

十日のうち延《のべ》三日は新古今の切継に没頭、三日は諸の儀式行事に臨御《りんぎょ》を乞はれ、さて二日は時には終日刀剣を振り弓を張り、夏は水練に熱中する。弓馬、角力《すまふ》は臣下もこれに倣ひ、院は幼い親王にも詩歌より武術を強ひた。残る二日は酒宴、神泉苑へは月に一度必ず御幸がある。黄昏から翌日の払暁まで、管絃、舞、朗詠に始まり、雑芸の輩を召して今様、白拍子、散楽に興じ、杯盤狼藉《はいばんらうぜき》、夜半以後は酒豪の者車座になつて杯を挙げて放歌高吟、遊女や少年を逐ひ廻して、廊下の簀《す》の子《こ》を破らんばかり、酔《すい》眼朦朧《がんもうろう》と、追ひ詰めた相手を引具《ひきぐ》して寝所に入り、後は何が起つたか知る由もなかつた。その道の剛の者少からぬ中に、院は彼らさへ辟易するくらゐ絶倫であつた。羽目《はめ》外した乱行の翌日、諸卿は宿酔《ふつかよひ》の頭痛で呻吟《しんぎん》してゐる時、院一人は和歌所に、清涼殿に、颯爽と現れて、眼もと涼しく編輯を司令し、また朝見《てうけん》に臨んだ。武を以て人に後《おく》れを取らず、酒なほ水のごとしと自認する秀能さへ、院の圧倒的な精力には三舎を避けた。だがこれら酒池肉林の夜にさへ、院は単にうつつを抜かすだけでは決して満足してゐなかつた。遊女の歌ふ今様の詞が誤つてゐれば鋭く指摘した。盲目の巫女《みこ》で、後白河朝の乙前《おとまへ》の再来と言はれる曲節《くせぶし》の上手を召した時、院はその﨟《らふ》たけた面影にふと胸を搏《う》たれ、名を尋ねると「ぬばたま」と言ふ。その名を歌へと命ずると、彼女は即座に、傍に置いてゐた鈴を振りつつ、さびさびとした声を響かせた。

檜扇《ひあふぎ》も秋に逢ふとて、白珠《しらたま》の露吹く風よ。ひとごころ行方《ゆくへ》も知らね、なさぬ恋の何みのるべきや。待つ人もあらぬわが身は、ぬばたまの夜《よ》ぞ。

射干《ぬばたま》の実となる檜扇に秋の扇をかけ、実らぬ恋の歎きを、わが身の行末に偲ばせた技はただものではない。それにひよつとすると、六百番歌合の「尋恋《たづぬるこひ》」の「心こそ行方も知らね三輪の山」を踏まへてゐるのかも知れぬ。元は然《しか》るべき公卿の妻妾が、流転の末歩き巫女の群に身を投じたのかと、そのたとへやうもない微妙な節廻しにも胸が騒ぐ。尋ねるまい。尋ねれば腥《なまぐさ》くならう。院は瑪瑙《めなう》の香盒《かうがふ》と、漆骨、流水鴛鴦図の女房檜扇一面を引出物に与へた。今の歌を、彼女の心通りに聞き分けた者が、並ゐる臣下の中に何人ゐるだらう。見渡せばあちこちで思ひ深げに頷く顔も見える。われと思はむ者は次次と歌へ、琵琶を弾じてやらうと、院は愛用の螺鈿《らでん》入の一挺を斜に構へる。連弾を許し給へと家長もこれに続く。歌ふは通光の随身《ずいじん》、髭艶やかな大男である。

この頃京にはやるもの、庭の遣水《やりみづ》、岩躑躅《いはつつじ》、水飯《すいはん》、黒柿《くろがき》、鯉膾《こひなます》、纐纈朝顔《かうけちあさがほ》軒に吊り、除目前夜《ぢもくぜんや》の砂金撒《さきんま》き。

耳を澄ませばぎよつとするやうな詞を、悠悠と朗らかに歌へば、おのづと微笑を誘はれる。このやうな趣向の一つや二つ院の催す宴には珍しくはない。むしろ、無芸鯨《むげいげい》飲《いん》、いたづらに騒ぐだけの宴は蔑んだ。相当酔ひが廻つたと見えても、心は冴え渡つてゐて、軽い挑発の言葉を投げられても、当意即妙の返事を奉らぬと、たちまち毒舌を浴びせられ、中座したまま姿を晦《くら》ますと、それは誰と誰だと後日まで記憶してゐて、思はぬ時に面詰《めんきつ》される。宮仕へもさることながら宴遊の席に侍《はべ》るのが一苦労と洩らす者もゐたが、その筆頭は定家、趣向にしろたはむれにしろ、一座がなごやかに笑ひさざめいてゐる間はよいが、院の酔興は止《とど》まるところを知らず、肩をあらはに、尻紮《しりから》げをし、鉦《かね》打ち鳴らしつつ白砂の上に下り、みづから「茨小木《うばらこぎ》の下には鼬《いたち》笛吹く猿奏づ、稲子《いなご》丸《まろ》は拍子打つ、蟋蟀《きりぎりす》は鉦鼓《しやうこ》打つ」と高唱して庭を巡る。その次は雅経蝗《いなご》になれ、通具汝《なれ》は鼬ぞと、それぞれに役を振り当て、面白をかしく踊り廻らねば、許しが出ない。定家は強ひられると頭痛の何のと仮病《けびやう》を申立てて遠慮することにしてゐたが、それも通らぬことがあると、乱宴になる前に下向した。酒を好まぬ公卿も少からず、彼らには宴がこの世の地獄でもあつた。除目の度に昇進思ふに任せず、無念の涙を飲むのは総じてこのたぐひの男に限られ、冷汗流しつつ酒席に侍る者もゐた。院は彼らの中の定家が特に目に立つた。定家の醒《さ》めきつた、冷やかな顔を見ると、折角《せつかく》ほのぼのとした気分になつてゐる時でも、急に白けてしまふ。そのくせ欠席や中座も許せない。

その座に釘づけにして、曝しものにせねば腹が癒えぬ。見かねた通光や具親が間に入り、臨機応変の振舞で定家を退出させることもしばしばだつたが、それを恩に着る風情も見えぬ。

和歌所では寄人達が交替で、詰めてゐる同僚朋輩に酒肴を供する習ひになつてゐた。院は時に応じて臨御し、近臣それぞれの才覚を、その饗応の品品や配合の上にも鋭く見て取つた。雅経は常に材料を吟味して、京では入手しがたいものも高杯《たかつき》や折敷《をしき》に盛つた。家長は開闔《かいかふ》ゆゑ、妻の下野《しもつけ》を引具して賑賑《にぎにぎ》しく、豊かに佳肴を振舞つた。通具は季節の花を酒に泛《うか》べ、肴は琵琶湖のものを生きながら皿に載せ、人人の目を奪つたが、俊成卿女がその時時に智慧を貸したのであらう。趣向となると定家もかなりの凝り性で、院以下さすがと箸を下すのも惜しむくらゐの品揃へながら、量が少過ぎて小鳥の餌ほどといふ蔭口も生れた。そのやうな口腹の楽しみでも添はねば、新古今切継の、無間地獄《むげんぢごく》めいた労務には耐へられぬと、面面心の底で呟いてゐた。当代歌人の入撰歌数は誰しも興味の的である。天意を折折は曇らせながら、定家は四十首を下らなかつた。天台座主慈円、故摂政太政大臣良経、故釈阿俊成らは寄人の中でも別格、九十首入らうが七十首採られようが、目鯨を立てる者はゐるはずもない。だが定家、家隆が四十首を、寂蓮が三十首を越えるとなると、その歌の上手は諾《うべな》ひつつも、二十首前後の有家や雅経は内心穏やかではない。十数首入集する見込の秀能や通具は、分に過ぎたことと頰を紅くしてゐるが、三首も危い家長は痛憤の余り眠れぬほどだ。院を恨んでも始まらないので、態度の横柄な定家を事事に憎みたくなる。みづからの才能を入撰歌数で量られる晴れがましさと忌忌しさ、切継期間中ならまだ手加減もあらうかとの空頼み、それらが入乱れて、和歌所は異様な雰囲気であつた。根が温順な家長は、下野にさへそのやうな不満は洩らさず、夜夜したためる日誌にも感情の起伏は一切写さなかつた。しばらくの後、春歌上の巻末には有家の「つれなく消えぬ雪」を、秋歌上の掉尾には雅経の「宿るか月の袖」を置けと院の命があつた。家長はもう羨しいとも思はなかつた。四十数首がまだ少いと不平を鳴らす定家が憎憎しいよりも疎ましく、人間への好悪を敢へて抑へて、定家の作を認めようと懸命の院が、むしろいたはしかつた。罰当り、彼はひそかにさう呟いてゐた。

最勝四天王院に鎌倉将軍を禱《いの》り殺すための祭壇が設《しつら》へられるといふまことしやかな噂が、和歌所寄人の間でも交されてゐた。だが、決して定家の耳には届かなかつた。彼が二年前に、青年将軍に逸早《いち》く、実質的には未完の新古今を贈呈し、続いて師匠となつたことに、院は勿論寄人の面面もかなり反撥を覚えてをり、妙な風聞が定家に聞えると、鎌倉へ筒抜けになるとまで臆測する。そして一方では、大役拝受に恐懼感激、和滅私奉公してゐる彼の姿を皮肉な目で眺めてゐる。実朝が幼い頃から蹴鞠を愛し、和歌と比べていづれがと問はれるほど上達したと聞くからに、雅経など内心血を分けた末弟のやうにいとしく思ふこともあり、長明はまた別のゆかりで一度は鎌倉に下りたいと考へてゐた。それを、二人ながら別に隠さうともしてゐない。にも拘らず、定家の場合とは異り他の寄人に警戒などされたためしもない。雅経は、定家が、鎌倉と近しくしてゐれば、近来絶間のない所領に関する紛糾も、一挙に解決する方法が見つからうと、ひそかに計算に入れてゐるのを感じ取り、人には言はず、眉を顰《ひそ》める。定家は、鎌倉将軍の歌の師に任ぜられることは、すなはち、京が鎌倉の風上に立つこと、院の御気に入らぬはずはないと信じ込み、むしろそれを鼻にかけてゐるやうだつた。誰よりも敏感に家長はそれを嗅《か》ぎ取る。だが忠告を試みようとは決してしない。寄人達の腹の中は、小うるさい、面倒なことは一切定家に下命されるがよい。万一、定家が院の底意を知つて、今頃、障子絵や歌の采配を投出し、切継の労務にも外方《そつぽ》を向いては一大事、おだてておくに限る。だがいつまで続くかと、冷やかなものだつた。部立の終つたのを浄書するのも、いつの間にか定家の仕事になつてゐた。書役《かきやく》の清範、宗宣らより迅速で、間違ひがなく、むしろ誤りを正してくれるゆゑと、院は大いに称揚して定家に命じた。まともに受けて彼はまたまた感涙にむせぶ。そして悪いことに、日頃の横柄無礼な態度を反省するやうな気配は更になくなつた。才能抜群を愛でて院が一切任せて下さるのだと、家人にまで洩らしてゐるのだから、つける薬もない。

定家の東奔西走の甲斐あつて、障子絵は撰定の通り、四人の絵師が分担して、未曾有の秀作が生れつつあつた。かつて東国に赴いたことのある秀能に、院は、信濃房康俊のため、かの地の景勝つぶさに聞かせてやれと命じられる。森羅万象も人の心も、荒荒しく飾りを嫌ひ、一途な趣《おもむき》こよなし。万葉の東歌《あづまうた》の調べを、そのまま描くがよからうと、教へられた方がへどもどするやうな答へであつた。歌枕四十六、それぞれ書き写して詠進にそなへる。近頃頓《とみ》に歌会、歌合の催しも間遠《まどほ》になつた。何となく下火になりかけてゐた作歌熱が、果してこのやうな障子歌制作で、また炎《も》え上るかどうか、たとへば一歩離れて眺めてゐる慈円などには甚だ疑問であつた。彼はもともと、この寺院の建立自体、何の必然もないことと憤《いきどほ》ろしく思つてゐた。新古今集竟宴より前、釈阿の死の前後に既にこの話は持ち上つて、彼の耳にも伝はつた。訝《いぶか》しんでゐる最中、建立用地は物色中だが、上皇の心中は慈円の坊舎、三条白川の百坪が是非召上げたいらしいと聞き及んだ。故良経の注進であつた。鎌倉云云の風評も伝はつた。代りとなる坊舎用地も決らぬまま、翌年春から否応なく坊舎は取り毀され、着着と四天王院建立は始められた。慈円は不吉な予感がした。鈍い怒りが胸元にこみ上げ、仏門の身でありながら瞋恚《しんに》の戒を犯すことを恥ぢた。着工の翌月が竟宴、翌年の弥生に良経が頓死、その翌年、四天王院落慶まぢかしと聞くより早く兄の兼実が薨《こう》じた。何が実朝調伏《てう ぶく》、院の思惑は九条家の今一度の崩壊ではなかつたかと、またまた呪詛の戒まで犯してしまつた。僧侶とて憎悪は抱く。慈円は腸《はらわた》の煮える思ひがした。障子歌の題四十六羅列した紙を見て、歯噛みがしたいほどだつた。院は厄病神、九条家には魔王だと口走りさうで、ぐいと唇を引結んだ。

この度の障子歌の中からも、秀歌あらば新古今集に撰入する。磨の歌も既に用意があると、院が家長、秀能二人同席する場で洩らされたとか。そのことは勿論口づてに、詠進候補者の耳にその日のうちに伝はつた。竟宴後の幾つかの歌合歌《うたあはせうた》が、次次と継入れられてゐるのは一同の承知するところ、特に元久詩歌合など、これで秀能が男を上げさせてもらつたと言ふ人もある。六月になると詠進歌が次次と院の手許へ集まつた。別して暑熱の厳しい夏で、秀能など合点《がつてん》の一区切毎《ひとくぎりごと》に院に沐浴を勧め、終ると許しを得てみづからも身を清めた。涼を取るにも沐浴に限ると、院は三日に一度氷室《ひむろ》の氷を盥《たらひ》に浮べて、その冷水を浴びた。秀能は冷やかなしぶきを裸の上半身に受け、夏もよいものとほほゑんだ。院の得意の作は、大輔房尊智が彩管を振ふ十二間の中の、特に吉野山、

み吉野のたかねのさくら散りにけり嵐も白き春のあけぼの

障子にもこの歌を書かせ、新古今にも、定家の「桜色の庭の春風あともなしとはばぞ人の雪とだに見む」の前に継入れさせるつもりで爪点《つまてん》を施した。定家の千五百番歌

合歌のその次が、これはまたまた院御製、それも故摂政との贈答が続く。吉野の桜に続いて庭の桜、次が大内山の桜、いづれも春の余波《なごり》を歌ふ。またその次は式子内親王と惟明親王の贈答が並ぶ。そして贈答四首の余韻を受けて、家隆一代の名歌「さくらばな夢かうつつか」が据ゑられるのだ。院の存念はそればかりではなかつた。院の吉野の落花に四首先んじて、故宮内卿の、これも「若草」を凌ぐ秀作「花誘ふ比良の山風吹きにけり漕ぎ行く船の跡見ゆるまで」と「逢坂や梢の花を吹くからに嵐ぞかすむ関の杉むら」が、まさに匂ひ立つやうに置かれてあつた。だが、定家の歌は、一応殊勝と犒《ねぎら》つておきながら、障子への揮毫《きがう》にはなかなか撰ばれさうにもなく、まして新古今集への横滑りは望む方が無理であつた。定家得意の作、生田の森は見向きもされず、慈円の「白露のしばし袖にと」といふ、平凡な一首が障子に書かれると聞いて、彼は怒髪《どはつ》天を衝《つ》くばかりの形相《ぎやうさう》で、院の撰歌は盲同然、これでは折角の障子絵が泣くと罵つた。

涼風が立ちそめたと思つてゐるうちに萩が散り、露深くなり、立冬も近づくある日の夕暮、下向しようと手を洗つてゐる寄人達のところへ、秀能がいつもの爽やかな顔を一段と輝かせて帰参した。この日院は西面に籠つて和歌所へは出ず、秀能を午過《ひるす》ぎに呼んだ。また夏の名残か餞《はなむ》けかに、水練の催しでも思ひ立たれる頃かと、誰彼は首を縮めて待つてゐた。秀能は懐紙を拡げると、障子歌から新古今集に継入の腹案のもの、今のところこの十余首と承つたと嬉しげにあたりを見廻す。一同期せずして躙《にじ》り寄り、秀能の太太と認《したた》めた文字を目にたどる。春下には例の院の吉野のみ、夏には雅経の安積沼《あさかのぬま》と通光の浄見《きよみ》が関《せき》、秋上に秀能の高砂、秋下に院の鈴鹿川、冬は院と慈円の宇治川、秀能と通光の鳴海潟、雑に入つて家隆の阿武《あぶ》隈川《くまがは》に有家の布引《ぬのびき》の滝、なほまだ考慮中の由であるとか。定家は始めから諦めてゐた。詠進した時、院は総じて非凡だが、殊に大淀浦は白眉とまで称揚した。それさへ落ちるなら、他に望みはあるまい。院は三首で、これは御勝手であらうが、秀能、通光は思ひもかけぬ幸、雅経、家隆、有家、それぞれに、不承不承捏《でつ》ち上げた障子歌が優遇され、笑ひの止らぬところだらう。家長は秀能の入集追加をわが事以上に歓び、「風吹けばよそに鳴海の片思ひおもはぬ波に鳴く千鳥かな」を幾度となく口遊《くちずさ》んでみせる。秀能も二十四にしてどうやら人の情の深さが判つたやうな、この哀艶の調べ、作者の男振《をとこぶり》にふさはしいと、目を細める。定家は心中、秀能に似合はぬこまやかな詠風、入撰歌中では見られるものの一つと苦笑した。この苦笑も誰かの目にとまり、生田の森の悪口と共に不日院の耳に達した。

　ともあれ、障子歌継入の代りに同数の切捨が命ぜられ、夏の初め定家が不眠不休で浄書した新古今はたちまちずたずたにされてしまつた。院はそれくらゐのことはすべて計算済であつた。切り刻むためにこそ浄書させたのだ。百首作らせておいて採らずにおき、悪罵怨嗟《あくばあんさ》の声を上げさせるのも予定の中《うち》だ。除目毎に定家が昇進を切望して卿二位兼子のもとへまで、音物を携へて叩頭に罷《まか》り出てゐることも、様様な述懐歌を詠進して憐れみを乞うてゐることも承知してゐる。その彼が、六条家顕昭今生《こんじやう》の名残に法橋《ほつけう》を切望し、家長を通じて日本紀歌注を進めたことを、例の調子で非難したと聞き、院は大笑ひした。笑ひつつ、彼が左近中将在官二十年、一向に位階の昇らぬのを歎いた歌「年を経てみゆきになるる花の影ふりぬる身をもあはれとや思ふ」を自讃歌とせよ、新古今集にも入れてやらうと言つた時の、彼の恨みがましい表情を思ひ出した。あの男は愁歎面《しうたんづら》が似合ふ。笑顔は気味が悪く、怒つた顔は頗《すこぶ》る醜い。当分召すまいと考へた。最勝四天王院障子絵と歌を以て、ほぼ半歳奔命に疲れさせ、まづ歌の方で失意を味はせておかう。いづれ遠からず、この寺院自体が凄じい徒労の象徴であつたことに気づくのだ。鎌倉にいささかでも心を寄せた者には、何かの形で必ず目にものを見せてやらう。雅経も、蹴鞠の指南に東下《あづまくだ》りでもするつもりなら、きつと報いてやらねばなるまい。あの関東の猿共に一体何が判らう。文は京、武は東などとも絶対言はしはせぬ。帝こそいづれをも統《す》べて聳《そび》え立つ至高の存在、現にここに身を以て示してゐるのが判らぬか。鎌倉将軍、家の子を率いて、天皇家の精華を拝みに、なぜ来ようとせぬか。願ひ出《い》でたら許してもやらうに、そ知らぬ顔で、詞華にのみ憧憬の目差《まなざし》を向けるのがむしろ忌はしい。

切継中の新古今本は正を院の手許に置き、切継は副本で試《けみ》して、一区切毎に、すなはち二、三箇月を隔てて正本を浄書させた。既に一年半を閲してまだ落ちつかぬ。他人の目には大同小異と見られる箇処も、院にとつては一巻を左右する要《かなめ》であつた。巻頭第一首、良経の立春の歌から巻末に一応置いた西行の釈教歌まで、目を瞑《つむ》れば二千近い歌が犇《ひしめ》き合つて浮ぶ。当代の歌は作者の面影まで顕《た》つ。西行の歌は九条、御子左両家の狂言綺語を見飽きた折節の佳き清涼剤であつた。そのかみ鎌倉で頼朝に会つた時、詠歌は花月を眺めて感動したら、三十一文字に綴るのみで、奥義《あうぎ》など全く知らぬと言ひ、専《もつぱ》らに兵馬の事を語つたといふ逸話を、院は後白河法皇から聞いた。彼の死後間もなくのことゆゑ十一、二歳だつたらうか。妙に胸の透く思ひで、爾来、この硬骨の歌僧が殊の他好きになつた。新古今集に、寄人の面面が渋い顔をするほど多数入撰させたのもそのためだつた。釈阿より四つ若かつたと聞くが、もし矍鑠《くわくしやく》として存《なが》らへてゐたら、この西行にこそ、鎌倉へ新古今集携へて下らせたかつた。介添同行は秀能と雅経、詩歌のみならず、兵馬にも蹴鞠にも、京にはかほどの達人のゐることを存分に見せてやれたものを。実朝が和歌の秘伝を乞うたなら、京に来て最低十年修業せよと言へばよい。あるいは西行なら、秘伝など京の名ある歌人みな念頭にない。生れながらにして歌ひ、口遊む詞、悉皆《しつかい》法にかなひ、天来の調べをなすのだ、人のまねびは下《げ》の下《げ》とでも喝破《かつぱ》したことだらう。院は山家集《さんかしふ》を座右から離したことがない。そして、鎌倉への示威も、今は麒麟の遠断《とほいば》へに過ぎぬことに思ひ到り、俄に腹が立ち、憤然として、水無瀬へ赴く、用意をせよ、何をためらふかと大声で先に立つ。淀川も岸の枯蘆に霜の煌《きら》めく神無月の半ば、院はこの頃頓《とみ》に怒り易く、かつ倦《あ》き易くなつてゐた。

いにしへの人さへつらし帰る雁などあけぼのと契りおきけむ

建暦二年十二月二十首

第四章　などあけぼのと

――建暦三年 1213

筑紫へ下つた秀能から院に消息が齎《もたら》された。豊前の国守が京詣での便に託したその書状は門司《もじ》の関でしたためたもの、彼らしい雄渾《いうこん》な筆蹟は紙からこぼれ落ちさうで、院は拾ひ読みしながら声を立てて笑つた。都を出てまだ二十日も経つてゐないのに、ひどく寂しげな文面で、あの泣く子も黙る北面の荒武者が、歌となるとどうしてかう甘つたれて見せるのかと、それもをかしく、使者が畏《かしこ》まつてゐる前で院は一人楽しんでゐる。秀能は既に筑紫に渡り、今頃はあはただしい日日を過してゐよう。

都出でて百夜《ももよ》の波の仮《かり》まくら馴れてもうときものにぞありける
月のさす門司の関屋の関の戸を明けがたに聞く波の音かな
波の声の月はよそなるかげながら同じ都の人ぞ恋しき

都へと誘ふしるべも白波のあとなき方に月ぞやどれる

旅の歌はたびたびの熊野御幸の供奉《ぐぶ》で、昔に比べれば随分馴れて来たが、まだ洗練され切らぬところがある。定家に貶《けな》されるのも無理はない。だが、この四首、さりげなく消息の終りに書きつけてゐるが、菅家写しの調べ悲しく流人《るにん》の歌の面影がある。たとへば院の逆鱗《げきりん》に触れて、筑紫あたりに追放され、その悲しい旅の途次、門司あたりから都のしるべに寄せたとすれば、かう詠むかも知れない。院は使者をねんごろに犒《ねぎら》つて引取らせた。改めて展げる消息の行間に、書き手の面影が浮ぶ。

秀能は宝剣を求めて筑紫へ下つた。壇の浦は早鞆《はやとも》の瀬、平家滅亡の悲劇の海に、宝剣が今なほたしかに沈んでゐる。その証拠には南岸門司の関の風師山に登ると、夜半、特に雨夜には光り輝くものが、あの方角に見えるといふ噂が流れ始めたのだ。安徳帝入水《じゆすい》二十七年を経て、今更また何の流説《るせつ》と、取合はぬ人が多かつたが、院は耳を欹《そばだ》てた。赤間が関功山寺の僧を招いて噂の真相を聴取するやうにも命じた。その頃の生き残りの者共《ども》で、しかと存じよりのことある場合は褒賞を与へるから奏上せよとも命じた。だが西方からの反響は気短《きみじか》な院を満足させるほど速《すみや》かには届かない。側近の公卿達はまたまたさんざ飛ばつちりを食ふことになる。院は久しく見忘れてゐた宝剣の夢に悩まされる夜が続く。黄泉路《よみぢ》とも地獄ともつかぬ道に行き迷ひ、濛濛たる瘴気《しやうき》の中で立往生してゐると、突如白髪赭顔《しやがん》の異形《ゐぎやう》の者が立ちはだかる。身分を問はれ、帝と応へると、その証《あかし》はと迫る。懐から勾玉《まがたま》に鏡を取出して見せると、剣なきは帝ならずと、後へ突き戻され、その時暗闇からけらけらと嘲笑が打ち響く。何十人、何百人かと思はれる凄じい笑声が、走つて逃げる院の背後に反響する。全身汗に塗《まみ》れて目の覚めた時も、その笑ひはまだ耳の底に谺《こだま》してゐる。

龍顔の曇り拝するに堪へずと、秀能が探索の役を願ひ出た。筑前大宰府の天満宮、豊前宇佐の八幡宮に奉幣の上、事と次第では船団も海人《あま》も出動させ、今一度海底の砂、藻の根分けてもと、熱意がその目に溢れてゐた。十六歳で北面に取立ててから十三年、秀能も既に頰の肉も鞣革《なめしがは》のやうに鍛へ上げられた壮年二十九、さう言へば、生れた翌年、平氏が西海に亡んだとは彼の口癖であつた。供の侍三人を連れて水路を西へ下つたのが五月下旬、今年の名月は清涼殿で眺めよう、催馬楽《さいばら》を歌へ、見事に歌うたら盃十度差してやらうなどと、この夏の始めまでは語らうてゐたが、行けば三月《みつき》は帰れまい。その月を彼はどこで見るのやら。

秀能は全く信じてゐなかつた。院の気が済めばよい、徒労に終るのが目に見えてゐても、確めずに承知する院ではない。肉親の兄も及ばぬ寵を蒙《かうむ》つて今日に到るまで、院の心は隈隈《くまぐま》まで知り尽してゐる。九分通りは諦めてゐても、残る一分の存念に火がつけば、たちまちめらめらと炎え上る。日常においても「剣」の一語は院の言ひ出さぬ限り口にせぬ方が無難とされてゐた。そのくせ、必要な時わざと避けてゐるのが見え透いても、覿面《てきめん》に機嫌を損ねる。剣を探しに行けと大音声で叫ばれぬ間に、誰かが無駄足を踏みに行かねばならぬ。豊前、筑前あたりへの旅で院の気が済むのなら、いと易いことだ。延喜の昔、菅家の道真は冤罪を蒙つて大宰府に流された。一言の弁疏《べんそ》も聞かれず、配所にそのまま果てる無念、思ひやるだに腸《はらわた》が煮える。秀能にしたところで院の寵を一身に鍾《あつ》めて来ただけに、その危さは他人事《ひとごと》ならず、慄然とする。流謫の道行を思へば、この旅など遊山に似る。その道真の歌を院は新古今集雑の下の巻頭に十二首撰び入れた。二十巻の部類の中、このやうな巻頭はこれのみ、道真への思ひの深さがうかがはれる。「山日月雲霧雪松野道海鵲波」の十二題、その悲痛な調べは胸を搏《う》つ。秀能は他に採られた数首をも含めて、天満宮社頭でひそかに朗詠奉告するつもりであつた。

あしびきのこなたかなたに道はあれど都へいざといふ人ぞなき
筑紫にも紫生《お》ふる野べはあれど無き名悲しぶ人ぞ聞えぬ
流れ木と立つ白波と焼く塩といづれかからきわたつみの底

これらの歌を院が思ひ立つ前に、定家がすべて撰進歌の中に加へてゐた。その志をかりそめならず、心中で嘉《よみ》したゆゑに、和歌所での度重なる不埒な言動をも赦し、撰入四十数首の特別の沙汰も試みたのだ。院のさやうな心の動きを定家はつゆ知らぬ。のみならず菅贈太政大臣が巻頭におかれたことも、むしろ意外なことだ。秀能は揣摩《しま》臆測《おくそく》の好きな定家が、かういふ事になると鈍感なのが滑稽であつた。家長も院の菅家贔屓には気づいてゐた。だがそのゆゑよしまでは探らず、奇特な叡慮よと忝《かたじけな》がるだけ、流謫の悲愴な感慨を、時としては院がみづからの上にたぐへて、戦慄を覚えてゐることなど、思ひも及ばなかつた。秀能にしても筑紫へ着いて、一夜二夜を重ねるうちに、望郷の心そぞろに起る折節、もしこのまま帰れぬ身であつたらと、殊更に思ひこみ、身を顫《ふる》はす時、院の菅家傾倒の一因を仄《ほの》かに見る心地であつた。

宝剣は現れるはずもない。秀能は西海の流説に何かいかがはしいものを感じ、警戒しつつ地元を奔走した。聞くのは当時の壮年、今は老境の漁夫の元締や、権守《ごんのかみ》であつた人の子や甥、一宮の禰宜《ねぎ》とその由縁《ゆかり》の者達の昔話ばかりであつた。三種の神器の沈んだのは元暦二年弥生の二十四日だが、その五月六日、都では二十二社に奉幣して出現を祈願した。これを手始めに時と所を問はず、あまたたび奉幣し、ひたすら禱《いの》り、様様の手は打たれたが、待つてゐて浮び上るものでもない。三年を経て痺《しび》れを切らした後白河法皇は、厳島《いつくしま》神社神主佐伯景弘に命じ、選りすぐつた練達の海人を潜水させることにした。周防、長門の海の猛者《もさ》を百人ばかり募り、中から三十人を採り、長府住吉社で斎戒沐浴の後、六月の半ばから終りまで、前後二十度に及んで海底捜査にあたらせた。朝廷のお声がかり、しかも西海道諸国に、この費えを賄《まかな》ふため糧米を課するほどの大規模な事件であつただけに、覚えてゐる者も多く、つひには、その時水に潜つた一人といふ老爺さへ秀能の前に現れた。壇の浦の海底は潮の流れも激しく、鉄の銹《かざ》りのある櫃や、鉄棒、錨さへ、砂と共に処を変へる。彼の潜つた時は、遺骸は勿論、鎧や兜も滅多に見られなかつた。まして剣など、恐らく更に西か、逆に東の三、四里四方、百人の海人が捜しても無理であらうと気の毒げに語る。たとへば地上でも、人の通はぬ砂丘に小刀《せうたう》一振《ふり》落し、三十年を経てそれを探す時、見つかるものかどうか考へてみよと彼は首を振る。まさにその通りであらう。あの頃、誰か逸早《いちはや》くひそかに潜つて宝剣のみを拾ひ上げ、褒賞目当に隠し持つてゐたのなら、これまでに現れてもゐたらう。また身分を隠した古老が深夜枕頭に侍つて語るには、壇の浦ではたとへば、備中吉備津宮《びつちゆうきびつのみや》の神主のやうに、平氏に与《くみ》して殺された者もゐる。厳島の佐伯とて往時どれほど本気で取組んだやら。滅亡した側に心を寄せる者らは、この辺にも数知れず、必ずしも宮廷に逆《さか》ふ気持はないにしても、宝剣を是が非でも引上げねばとは決して思ふまい。引上げたいなら、沈めた張本《ちやうぼん》の源家が一族郎党引具して、海人になど命じず、みづから海底に下りて探せばよいのだ。十年前都で権勢並びなしと言はれた土御門内大臣も、元を質《ただ》せば源家、その威を宝剣探索に振へばよかつた。上皇何故、鎌倉の実朝やその母政子、家の子総出でこれに当れと院宣を下されなかつたのか。今はすべて後の祭、決して剣など出て来ないだらう。三種揃つてゐたとて非運薄命の帝はゐた。上皇の禍は剣が即位の時欠けたことではない。欠けた剣を恋ひ、これに執するところに不幸の翳はつきまとふ。剣を忘れさすのがただ一つの策、それにはみづから剣を作り鍛へる他途はない。夙《と》く都へ帰つて、早鞆の瀬戸の底の、凄じい潮の流れを詳しく言上し、おもむろに鍛刀の誘ひを試むべし。これだけ告げて姿を消したが、あの合戦で行方不明を伝へられ、追及追討の手を遁《のが》れた侍大将の中の一人ではあるまいか。宮中の消息にも通じ、秀能の位置も心得てゐるのはただものとも思へぬ。翌朝、その老爺にもう一度会ひたいと従者にしるべを探させたが、姿を晦ませて二度とは現れなかつた。赤間の宮の神主の父に似てゐるとの声もあつた。だがもう深追ひは差控へた。すべてもつとものの意見、頂門の一針といふ他はない。

　周防、長門、豊前と巡り歩き、あつと言ふ間に百日は経《た》つた。既に八月末、帰京の足は重かつた。だが院とてさほど期待をかけてゐるわけでもあるまい。折から野分《のわき》の吹き初める頃とて、秀能は陸路をゆるゆると馬で行くことにした。最勝四天王院障子絵の例もあること、歌枕もこの目で見ておくに及《し》かず、厳島、音戸、鞆、虫明《むしあけ》、長船《をさふね》と長月《ながつき》の長閑《のどか》な日日を費し、室まで来ればここはもう播磨《はりま》の国、血の気の多い二人の従者に二夜暇を遣り、秀能自身は妻の乳母が隠居する飾磨《しかま》へ足を伸ばして、鄭重至極のもてなしを受けた。その名も津津浦浦に聞えた飾磨の市《いち》の総代を勤めるのが乳母の長子、さすが商才ばかりでなく風采、器量も申分なく、上皇が宝剣に執着の風聞も、しかと胸に納めてゐる様子、その上、備前の刀工信房が、八月の始めにお召を受けて京へ上つた噂も聞き及んでゐた。秀能は一瞬わが耳を疑つた。奉授鍛冶《たんや》の構想でも練つてのことか。刀剣の鑑定にも怖るべき眼力を持ち、時には佩刀《はいたう》鍛冶の場へみづから臨御して、飽かず眺めて半日過すためしもあるにはあつたが、あの老爺の予言めいた勧めが、以心伝心、このやうに院の心に響いてゐようとは、夢にも思はなかつた。翌日は重陽《ちようやう》、京にゐれば菊花を何にも増して愛する院が、手を尽して集めた百千の花に囲まれての終日終夜の宴に、片時も離れず侍つてゐることだらう。殊に水無瀬は寛平の昔の「菊合」にも「みなせ菊」の題になるほどの菊名所、近年の見事な眺めは宮人の嘆賞するところだつた。せめてその様をここに偲ばうと、この家の籬《まがき》にも乱れ咲く菊を眺めつつ、爽やかな面持で帰つて来た従者も交へ、ささやかな酒盛を催す。そのうちに聞き伝へた由縁の者らも、音に聞く上皇腹心の武者歌人、北面西面切つての美男の顔を拝まうと、夕闇迫る頃から三三五五訪れる。長子は誇らかに灯台あまた立て並べ、市から集めて来た珍味の数数、処狭しとばかり高杯《たかつき》に盛る。秀能が和漢朗詠集、菅三品《くわんさんぼん》の「蘭蕙苑《らんけいゑん》の嵐の紫を摧《くだ》く後　蓬萊洞《ほうらいとう》の月の霜を照す中《うち》」と、敏行の「ひさかたの雲の上にて見る菊はあまつ星とぞあやまたれける」を、先づ誦《ずん》じ、院直伝《ゐんぢきでん》の発声旋律で、詩の方を三度唱つた。水無瀬離宮では、院の琵琶を伴奏とし、元稹《げんしん》の「是れ花の中に偏《ひとへ》に菊を愛するのみにあらず、此の花開けて後更に花の無ければなり」を演唱した一夕を思ひ出し、ふと胸が熱くなつた。従者の一人が鼓を打ち一人は今様を歌ひ、並《なみ》ゐる播磨の里人、あれが都の流行、さて雅やかなものよと、目を細めて聴聞し、やがて盃が廻ると、この家の主人が妻女の箏《さう》に合せて、面白をかしく歌ひ興ずる。

飾磨《しかま》の市《いち》に何を売る、褐《かち》売らばそれを買はうや、われらが殿は夜離《よが》れがち、それ否《いな》まうや、かちを言はば勝ちいくさ、妻鹿《めじか》かち得し広峰山《ひろみねやま》の男鹿さへ、紅葉《もみ》づる頃は迷ひがち。

節は催馬楽の律に似て、都で遊女などにも歌はせたいやうな凝つた文句だ。早速繰返し繰返し歌つてもらひ、従者にも覚えさせる。翌日は数数の家苞《いへづと》を調《ととの》へ、もうよいと断るのも聞かず、高砂のあたりまで見送りに来た。

京へ戻つて早早に御所へ伺候したが、院はいたはりの言葉をかけたのみで、宝剣の顚末は訊《き》かうともせず、飾磨の重陽の話に耳傾ける。秀能の方からさてと切り出すと、話さずともよい。土産が無いのが何よりの返事、早鞆の瀬戸の底ひは、矢のやうに流れてゐるさうな、平氏の亡霊も武者が潜れば取り憑《つ》かうぞ。忘れよう、剣は磨が作る。

今に見てゐよ、菊花紋入りの大業物（おほわざもの）を鍛へて見せうと、新月のやうな明るい笑顔で秀能を振返る。退出しようとすると、その頭の上にまた爽やかな声が降つて来た。留守中に、医王《いわう》を殿上童《てんじやうわらは》に取立てた。麿が召使ふ。宮廻りの傘差させると早口の言ひ渡し、秀能は唖然として立往生し、やがて院の方を仰ぐと、そこにはもうあの猛猛《たけだけ》しい姿は消えてゐた。

秀能の養子はもう八歳になつてゐた。三歳の夏行願寺から家に入れ、院の命で医王丸と呼び、秀能には輝かしい青春の記念でもあつた。その誕生は元久二年、新古今集竟宴の年、しかも医王は五日後、四月朔日の誕生、今日からは夏といふ爽やかに明るい朝のことであつたといふ。院の御所へ猶子として届け出たその日の夕暮、家長の妻下野が、院の思召なれど前例なきことゆゑ内密にと、黄櫨染《くわうろぜん》の霞のやうに薄い麻一匹を届けに来た。蚊幬《かや》など作れば最高のものになる。このまま衣服にするには禁色ゆゑ憚《はばか》りありと、彼女らしい念の押し方、それにしてもこれほど見事な苧麻《からむし》の織物は、滅多に見られるものではない。元服まで医王丸と呼べとのお言葉もあつたと伝へ、下野は幼児の顔を見るとただちに下向した。その後院には時時、医王は息災か、汝に似て眉目麗しからうなどとわざと満座の中で尋ねられ、その頃まだ二十歳をいくばくも出ぬ若い父親は、面を赤らめて返答に窮した。長ずるに従つて眉目は生家の母に肖て来た。子供ながらに、眦《まなじり》の切れ上つた優美な顔立ち、それもさることながら体軀堂堂として、七歳の時既に四尺五寸、膂力《りょりょく》も尋常ではなかつた。八歳の誕生の日に院から、北面へ伴へと命じられ、新調の浅葱《あさぎ》の水干《すいかん》姿で、遥かにお目通りを賜つた。ほほう、これは出青《しゅっしゃう》の藍《らん》と言ふべきか、文殊の面影もありめでたいと、院は上乗の御機嫌で、またいささかならぬ金品を下げ渡される。出仕させよ、蹴鞠を教へて相手を命じる、水練も今からがよい、刀鍛へるにも、あの腕なら今に鍛匠を凌がうと、翌日から大変な執心であつたが、真字《まな》の五十や百覚えさせた上でなければ、とても御所には昇らし得ぬと半歳の猶予を願つたのだ。帰つてみると妻女が、八月朔日、今日は日が良い、秀能には使者を以て知らせるから、早早に御所に参れと厳命があり、医王は医王で懼《おそ》れげもなく、お望みとあらばすぐ参らう、背けば父上の名にも関ると、みづから装束を改めて出て行つたと、ほとほと呆れ顔に告げる。最初の日から日吉《ひえ》の社《やしろ》へお供した。雨が降つて来たので近習《きんじゅ》の一人が傘を差しかけたところ、石階の昇降すら難儀であり、傘の重みに堪へず、蹉跎《さだ》として進まぬ。院の肩はびしよ濡れになつた。医王代れと命が下り、彼は藺笠《ゐがさ》でも持つやうに軽軽とその長柄の傘を捧げ、分社廻りも併せて約一里の道、ただの一度も乱れを見せなかつた。褒美に太平楽《たいへいらく》の太刀一振を賜り、面目を施したといふ。翌日改めて参内すると北面でも医王は評判らしく、怪童の名さへ囁かれつつある様子、一方院女房は雄大な美童の出現に目を瞠り、前を通ると呼入れて菓子に草子、また笏拍子《さくはうし》や安摩《あま》の面など与へて手なづけるのに鎬《しのぎ》を削るとか。長じて天晴勇士になるのが楽しみと、家長や雅経あたりも、心から祝つてくれた。

　医王の年は新古今の年、あれから八年を経て、どうやら切継の沙汰も稀になり、和歌所へ参集する人影もほとんど見ない。寄人間《よりうど》の往来《ゆきき》も絶え絶えである。鴨長明は四年前、日野の外山《とやま》に方丈の庵を結び行ひ澄ましてゐるといふ。竟宴前年に出家して大原山に隠れてゐたのを、呼出されて新古今集に関つたのだから、これがよいしほどきと見極めて、もう一度世を棄てたのだらう。だがその後わざわざ鎌倉へ下つて、実朝に会ひ、歌の話に時の経つのを忘れたとか、随分不思議な世の捨て方もあるものだと言ふ人もゐる。実朝の噂も京へは筒抜けで、長明が鎌倉詣でした前前年、定家が、これまたわざわざ筆を執つて、長文の詠歌口伝《えいかのくでん》を作り、将軍に献上したと聞く。その年実朝十八歳で従三位、右近衛中将に昇つてゐた。翌年彼が大江広元邸で和歌の宴を催し、広元から、古今、後撰、拾遺の三代集を贈られたことも、いつの間にか京へ伝はつてゐる。院はそれを聞いて、無用の長物、山猿に瑠璃玻璃《るりはり》の類よと苦笑したと、これも宮中で誰知らぬ者もない。その院を将軍が「大君」とひたすらに鑽仰《さんぎやう》してゐることも有名だし、それを院が知らぬはずもないのだから、何やら奇怪な雰囲気だ。憎しみは最勝四天王院建立の頃から、いささかも衰へてはゐない。定家が公然と師匠振《ぶ》るのも、出家遁世した長明の親近振も、逆鱗を擽《くすぐ》つてゐること明らかだが、誰一人それを口にはしない。四天王院落慶の翌年、承元二年の夏の終り、定家は絵師の宗宣と清範を連れて、障子を見に赴いたところ、寺務を司る僧は鍵が無いから扉は一切開かぬと言ふ。探して開けてくれと頭を下げても、傲然として取り合はず、不得要領のまま踵を返した。どうやら障子絵も歌も完成以後ほとんど日の目を見ず、日夜を限つて秘密の修法《ずほふ》が行はれてゐるらしい。僧侶は二位法印尊長の内命を受けて人の入るのを拒むのだらうと、これも亦消息通は意味ありげに頷き、定家に再度参詣を思ひ切るやう忠告した。だが、あの数箇月、おのれの才と誇を賭け、精魂耗《す》り減らした晴の仕事が、こんな扱ひを受けるのは黙視できぬ。彼は僧の無能と無礼を、会ふ人にここをせんどと訴へた。僧の背後に院の影のあることを知りつつ、決して舌鋒を抑へはしなかつた。秋の一日、無駄を承知で今一度訪れると尊長が現れ、無言で扉を開けた。光の差し入る御所の一部の障子が見えるだけ、東南三間障子の大和名所も楽所の陸奥名所も闇の中であつた。灯台がつけてほしいと申出ると、彼は冷然として、火事の懼《おそ》れあり、火気厳禁の至上命令を受けてゐる。是非共と言ふなら検非違使庁へ届け出で、勅許を得ての上にされよと言ひ捨てて、取合はうとしなかつた。

承元四年、建暦元年、二年続いて年二度の熊野御幸があつた。前年は五月と十月、翌年は閏《うるふ》一月と十一月、供奉《ぐぶ》の指名がなければよいがと首をすくめる公卿も多い。数へて十五回に達するこの御幸は、その目的もやうやく移り変り、十度目、すなはち後京極良経の死の翌翌月の御幸からは、熊野到着後、別当の範命や湛政、あるいは検校《けんげう》の長厳らと、人を遠ざけての密談が主眼となつて行く。三度に二度は供奉する家長や通具も、それには夙《つと》に気づいてゐた。熊野三山の最高位検校職は、寛治四年堀河帝の御代に、園城寺《をんじやうじ》の増誉がこれに補されて以来、例外なく三井流《みゐりう》の高位の僧侶が継いで来た。院が十九歳の八月、初めて熊野へ詣でた折は、五代目検校実慶が八十四歳、壮者を凌ぐ確な足取りで奉仕した。翌年八月には矍鑠《くわくしやく》として先達に当り、三度目はその弟子覚実、爾来《じらい》次次と代は変つても、いづれ劣らぬ辣腕の、剛直な人物ばかり、都の貴族を信者に持ち、その莫大な寄進を受けて栄えて来た熊野であれば、歴代の帝はその総帥《そうすい》、応待にも心を尽さねばならぬ。鬱然たる神威を示すのは勿論のことながら、それにもまして、源平合戦の昔から、衆徒、神人、さては海賊まで配下に入れた熊野別当家の、並びない海上武力を仄めかすのも、肝要な術策の一つであり、院もそれを頼んで、特に近年頻繁に御幸になるのは別当、検校にも見え透いてゐた。何に備へてのことか、それは不明であつた。戦への加担は危い賭で滅多なことで賽《さい》は投げられぬ。保元、平治の乱以後をざつと振返つても源、平のいづれに味方するかは熊野三山の生死に関る大事であり、その盛衰浮沈、今たどつてみても胸騒ぎがする。在職十五年、建久九年に世を去つた湛増の、昨日は源氏、明日平氏の変り身の早さなど、未だに語りぐさである。以仁王《もちひとわう》の挙兵を平家に密告した彼が、清盛の死後はひたすら源家加担の実《じつ》を見せ、頼朝の覚え抜群、かねて覇《は》を争つて来た新宮別当家を、睥睨《へいげい》する地位を得た。後白河院の厚い庇護を受け続けて来た別当家は、次代の帝の叡慮如何《いかに》と固唾《かたづ》を呑みつつ形勢を窺《うかが》つてゐただけに、院政開始のその年の初秋、御幸ありとの情報を摑んだ時は、愁眉を開くと同時に、如何にして若い院の心を引きつけるか、徹宵の会議すら持つた。ともあれ儀式は豪華を極めるに及《し》かず、幣は白妙と金銀、傷んだのは新調し、加持僧も十数名に増し、経供養所も荘厳《しやうごん》せねばならぬ。熊野川本宮殿舎の礼殿が御在所になるから、ここは建具、調度も吟味し、殊に前庭は広広と整理して莚を敷き連ねる。祈禱、看経《かんきん》、説法もおろそかにはできぬが、何よりもその夜の御遊《ぎよいう》が眼目、さらぬだに武技堪能の院には、山伏、荒法師の、凄じい修験《しゆげん》の秘法が御意《ぎよい》に入らうと、練達の者を選りすぐつて待機させた。盟神探湯《くかたち》はまづ序の口、白衣の裾翻して、飛石状に転《ころが》した烙鉄《らくてつ》の上をはだしで歩む者、白刃を腹にあてて玄能《げんのう》で打込ませ、一滴の血もこぼさぬ者、畳針で舌を刺し、咽喉を縫ひ、その痕も止めぬ者、熊野川の淵に柩のまま投入れて、半刻の後引上げれば、微笑と共に越天楽《ゑてんらく》を一差し舞ふ者、いづれも激しい気魄夜気に満ち充ち、京の公卿達は圧倒され蒼褪《あをざ》めてゐた。膝を乗り出すやうにして視るのは院一人、眼は爛爛《らんらん》と炎《も》え、舌舐《な》めずりせんばかり、麿も一度試みよう、その刃こちらへ持て、などと言はれねばよいがと、山伏先達が懸念するほどであつた。

勿論その後は歌会、供奉の者らは皆疲労困憊《こんぱい》してゐるのに、院は意気揚揚、夜気は冷え冷えと迫つて来るが、それが清清しいとたちどころに五首を詠み、山上月、水中月、林間月等、新秋にちなんで月を尽し、磨の歌に番《つが》へたいものは前に来て即詠せよと大変な機嫌、具親、家長、寂蓮がどうやら相手を勤めた。新宮でも那智でも、負けず劣らずの趣向で若い院を興がらせ、来年も今頃是非共御幸をと、声を揃へて懇請する。

供奉の者もその頃の方がむしろ懐しい。見るもの聞くものすべて新しく、心が踊つた。院も亦単純に楽しみ、宮中でなら憚られるやうな振舞も、誰一人咎《とが》める者はゐない。さういふ人物は始めから人選の折除外する。度重なれば王子、王子の宿に美しい巫女や遊女を侍らせ、都では味はへぬやうな海の幸も夕餉の折敷《をしき》や杯を賑はす。日が遊山、夜夜は法楽《ほふらく》、院にとつては政務などよりどれだけ楽しいことか。何よりも熊野三社への帰依信心といふ大義名分が、誰にも文句を言はせぬのが面白い。院の興味は急速に三山《さんぎん》の水上の武力に傾いて行く。一朝事ある時は熊野灘の彼方から、艨艟《もうどう》舳《へさき》を連ねて、帝に逆ふ者共を地獄の果てに追ひ払ふため、堂堂の軍《いくさ》を進めてくれるやう、今から篤《とく》と命じておかねばならぬ。この水軍さへあれば、東は志摩、西は淡路で敵軍を堰《せ》き、勝利疑ひなし。熊野御幸の度重なるにつれて、この幻想は確信に変つて行く。都の周辺もその時は朝廷方に靡《なび》く武士万を下るまい。陣頭で獅子奮迅の働きを見せるのは必ず秀康に秀能、あの白皙の額に反り血を浴び、はつたと東の方を睨み、四散する敵を蹴散らして、不破の関も越えて追討することだらう。その勇姿が、院の脳裏に、今描き上げた絵巻物の中の人物さながら鮮明無比に浮び上る。

だが、京へ帰つて、深夜仙洞の物音もせぬ闇に目を凝らしてゐると、刀折れ矢尽き果てた秀能が、甲冑《かつちう》を血で染めて院の前に平伏し、滂沱《ばうだ》と落涙する様も、よりくつきりと顕《た》つて来る。疾風逆巻く海の上を、卑しい荒武者共の監視を受けて、何処とも知らぬ孤島へ拉致《らつち》されて行く自身の姿も亦、暗闇の彼方に見える。潮のしぶきは頻に飛び散り、都はいづれの方と尋ねると、あの夕月の光る方と指差すのは、六尺豊かな若者で、よく見れば紛ふ方なき医王丸だ。察するところ行先は孤島ではなく、どうやら補陀落浄土《ふだらくじやうど》、ならば慈円も連れて行き水先案内を命じよう、あれは聞くならく熊野灘を南へ南へ、無限に漕いで行くと、その果てにあるとか、ならば三山の荒法師らも伴《とも》につけよう。意を決して護送の船を見廻すとそこには誰もゐず、櫂ばかりが漂つてゐる。医王、いづれに潜つた。剣はもう海底には無い、止めよ、早う現れよ、大音声に呼ばはつてはつと夢から覚めた。宿直《とのゐ》の通具が白けた顔で、医王を呼びに人を走らせようかと聞く。夜伽をさせたことはまだないが、それも面白からう、但し、明夜でよいと答へて衾《ふすま》を引つ被る。あの囈語《うはごと》、通具なら人には告げまい。今後も滅多な奴を宿直にはつかせぬと院は苦笑する。

　定家の子為家も承元元年三月一日、十歳で初めて伺候した時は、今の医王に似て、潑溂とした少年であつた。八歳の年末に元服、父親に連れられて挨拶に来た。院は、渋柿の枝に桃が生つたのを見るやうな妙な気がしたのを覚えてゐる。さして悧発とは思へないが、鷹揚で単純、からりと明るい性格が気に入り、十三歳で昇殿と同時に蹴鞠の相手をさせると、驚くべき勘のよさで、三箇月も経たぬ間に、何を子供がと見縊《みくび》つてゐた公卿達が、これは手ごはいと舌を巻くやうになつた。そのかみの院に、この点は酷似してゐる。師匠雅経も、比べるのも畏れ多いが、為家の天分は千人に一人、もう二、三年技を磨けば、よい相手にならうと保証した。折に触れて鍛へると、蹴鞠は勿論、武技一般、何をさせても一応はこなすし、第一血の気の多い勇敢な振舞が快い。それこそ毎夜宿直を命じても頼もしからう。医王と二人で伽に侍《はべ》らせれば面白からう。だが院は、あの父親の鹿爪らしい顔を連想すると急に白白とした気持になつた。医王なら煮て食はうと焼いて頭から嚙み砕かうと、秀能が御意のままに、どうされようと身に余る光栄と挨拶してくれるだらう。そして心底、彼はさう思ふ男だ。一方、為家の場合、さうは行かぬ。口では恐懼の何のと言ひながらあの定家は、前例が無いとか、臣下として分を踰《こ》えるとか、沙汰の端端にまで批判がましい目を向けるだらう。だからこそ、院は為家を蹴鞠の相手以上には認めぬことにした。第一彼には歌の才など求めるのが無理な様子であつた。鞠に明け暮れる日が続くと、定家が家でいらいらするらしい。為家は天下泰平な表情だが、あちこちから例によつて、定家が、上北面まで異口同音に鞠、鞠、鞠、これが天下第一の道らしいと口を歪《ゆが》めて皮肉つてゐるとかの風聞が伝はつて来る。天下第一の道は和歌で、自分はその第一人者、その息子が鞠のみ認められて仕へてゐるのは心外と言ひたいのだらう。思ふ壺であつた。そのやうな両者の思惑《おもはく》をてんで知らず、天真爛漫に振舞ふ為家を見てゐると、時時ふとあはれになるが、それも偏窟《へんくつ》な父を持つた因果よと、心の中で突き放した。定家の恨みがましい素振が鼻につき、院は一計を案じた。秀能が筑紫へ赴いて数十日後、初秋の一夕九条道家の邸で詩歌会の催しがあり、十日も前から院は臨御《りんぎょ》を乞はれてゐた。良経の子道家は時に二十歳、父の良経ほどの才は見られぬが、尋常に詩歌を学び、院を畏れかつ敬することただならず、この会も臨御なくば流会のつもりであつた。院は承知した。但し条件あり、定家にその子、光家、為家の二人、必ず同伴出席を命ぜよ、題は与へず、当日の探題《さぐりだい》にせよと言ひ渡した。定家長男光家は先妻腹で既に三十、九条良輔に仕へてゐた。和歌については、これが定家の子かと驚くほどの菲才《ひさい》、真字《まな》は勿論、仮名さへ書きかねるらしいとの噂もある。定家はそれを恥ぢて、晴の席には極力欠席させ、万《ばん》やむを得ぬ場合は、給題《きふだい》を待つて事前に数多《あまた》作らせ、添削して会に臨み、それでもいざとなるとしどろもどろ、蔭口、もの笑ひの種であつた。頼みの綱の為家はいつまで経《た》つても鞠以外に取柄がない。十五とはいへ、歌の手ほどきは受けてゐて当然の年頃、上手、下手、残す残さぬは別として、新古今集に入つた当代歌人、十五で歌の詠めなかつた者は一人もゐない。これはまた定家の哭《な》きどころであつた。

院はそれを十分聞及んでゐながら、当夜は三人とも作詩の側に廻れと命じた。定家が蒼褪《あをざ》めて、息子二人は未だ平仄《ひやうそく》も弁へぬ浅学《せんがく》の身ゆゑと、和歌の方を望む。望むからにはさぞ堪能であらうと一瞥すれば、光家は後退りしつつ平伏、為家は大汗の体、この辺から二人は満座の晒しものになり始め、定家の額に青い癇筋《かんすぢ》が浮く。「潤月七夕《かんげつしちせき》」「野亭夕萩《やていのせきしう》」「江辺暁荻《かうへんのげうてき》」等、次次と引き当てる題の、第一その訓《よ》みすら見当がつかず、二人はおろおろするばかり、定家は席を遥かに隔ててゐるので耳打すらできない。その夜の作者は左右各三人、判は定家の予定であつたが、つひに光家、為家は一首も成らず、院が歌に廻り、今一人、道家邸の女房因幡《いなば》を入れて、どうやら結番、従つて判詞も常に似ずしどろもどろ、会終つて酒宴に移ると、途端に為家は喜色満面、大人も顔負けの如才のない斡旋を始め、四十女の因幡さへ思はず盞を重ねる。一座に酔ひの行き渡る頃は、定家もそぞろ嫌気《いやき》がさすのか、頃日《けいじつ》不例のところを推して参上したから、これで下向したい。不肖の子二人も介添に連れて帰るから御諒承をと、酔ひも醒めるやうな固い声で陳謝し、早早に引上げて行つた。その後姿が渡殿《わたどの》の端にまだあるのに、院は怺《こら》へかねて呵呵大笑、これに道家が連《つ》られ、つひに作者六人も、給仕の女房達も、庭に控へる随身も、身をよぢるやうにして笑ふ。皆知つてゐるのだ。鈍物二人の父のあはれを肴《さかな》に痛飲するのも、ここに侍る人人の楽しみであつた。

晩秋から暮にかけて院は続けさまに連歌会を試みた。何でも熱中しだすととめどがない。二、三度会を重ねると、一夜置きに、家隆来れ、定家を呼べ、家長記せと命が下り、連歌連歌で諸卿も追はれる。長連歌《ちやうれんが》で相聞《さうもん》のやうに唱導唱和するのは、その場で息がぴたりと合ふゆゑに、面白さ歌合の比ではない。賦物《ふしもの》となると丁丁発止《ちやうちやうはつし》、機智頓智の競合となり、負けるのが大嫌ひな院は、相手が音《ね》を上げるまで、次次と難題を考へつく。和歌の、やや奇趣に富む問答形式を有心連歌《うしんれんが》、誹諧体の滑稽な趣向を無心連歌と呼んで、今宵は有心、明日は無心と座を変へたり、前者を柿本衆《かきのもとしゆう》、後者を栗本《くりのもと》衆《しゆう》と称して別別の座に、連衆《れんじゆう》を分けて競はせたり、二派併せて交互に唱はせたり、院は、新しい玩具を与へられた子供のやうに、得意満面で興行に没頭した。二年前譲位した新院は十八歳、今上も十六歳、いづれも新古今竟宴の折が十代の始め、和歌こそ帝王の文学と信じて来たからに、父院の連歌狂ひは心外であつた。歌人諸卿の中にも、定家はおろか家隆まで、連歌などにうつつを抜かしてゐるのを苦苦しく思ふものは少くなかつた。五、六年前、狂連歌の面面が尋常連歌の同好者に勝負を挑み、これを耳にした院が、みづから二派を左右において、賭物まで示して、賑賑しく張行したが、あれはあれでその場限りの座興、咎める方が野暮といふものだらうが、和歌所寄人を中心とする尋常連歌、すなはち有心派、柿本衆も、今では崩れに崩れて、古今集の誹諧歌がむしろ懐しまれるほど、遊びふざけに傾いてしまつた。有心派は定家、家隆、有家、雅経、無心派は長房、光親、家綱、重輔、後者はいつも晴の場所へは召されることのない弁官や北面の武者の集まりで、詩才もかなりある上に、滑稽や諷刺、あくどい擽《くすぐ》りにかけては、有心派も辟易《へきえき》するやうな手際を誇る。賦物を黒白とか五色とか鳥魚とかに定めて、これに付けて行く時、いづれか一方が続けて三句以上出し、一方が沈黙する時は、その負方は全員殿上から下りて、庭の砂の上に坐り、勝方から赦しのあるまで土下座する極《きま》りになつてゐた。詞の良否や詩性の有無などてんで問題ではなく、なるほどと合点の行く、穿《うが》つた句を付ければ勝と目されるのだから、有心派が後れを取ることも少くはない。もつとも、かういふ時でも定家は、鎖歌《くさりうた》の即詠や、韻字の量詠で鍛へてゐるから個人的には退けを取らぬ。院はある時は有心派の筆頭に座を占めて一同を導き、気が向けば無心派の末座に坐つて揚句を唱し、嬉嬉として遊び興じた。さて明日の賦物は何にしよう。魚河名、草木、当世人名、国名源氏、三代集作者名、差物引物、それらを百韻興行すれば、宵の口から深夜までかかる。単なる歌才の他に臨機応変、当意即妙の技が必須、それを見定めるのが楽しい。あれほどの男がと意外に思ふ時も、このやうな男にこんな半面がと嬉しくなることも多多ある。

賭物の吟味選択も亦院の楽しみの一つで、秀能あたりに命じ次次と新手の品を調達させた。彼は有心方に属したいのだが同僚が全部無心方ゆゑ、何となく出そびれ、内輪の一座以外は加はらない。狂連歌、尋常連歌の昔は賭物も、勝つた方に檀紙《だんし》一束程度に限られてゐたが、次にはその檀紙も色漉《す》きや墨流しを渡し、次には山水、草花の下絵を施したものに変へた。翌年の大張行《だいちやうぎやう》には鹿皮の鞠、檜扇、五節櫛《ごせちぐし》、墨に筆硯、焼石包み、極彩帖紙《でふし》、石帯《せきたい》、鏡、柳筥《やないばこ》、枕筥、茵《いん》、龍鬢筵《りようびんのむしろ》、書櫃《しよびつ》等等、次第に過差になり、文具、調度の類も、いつか螺鈿《らでん》や金銀箔で飾つたものでないと、賭物の気がしなくなつてゐた。

白　豊明《とよのあかり》の雪のあけぼの
黒　こはいかに破《やれ》うへのきぬ見ぐるしや　光親
白　綿のくづにて額をぞゆふ
黒　大髭《おほひげ》の御車添《みくるまぞ》ひの北面《きたおもて》　定家
白　橋姫の衣《きぬ》みづに染まらぬ
黒　ぬばたまの夜の逢瀬も堰《せ》かるれば　長房
白　鶴こそわたれ蓬萊の空
黒　朝ぼらけをとめの髪の棚引きて　家隆
白　雪霜霰紙にかをれど
黒　待宵の鉄漿《かね》洗ふこそ宿世《すくせ》なれ　重輔
白　忍ぶるこころ花の夕顔
黒　大鴉塒《ねぐら》求めて鳴かば鳴け　有家

時にはこのやうにいづれ無心、有心を定めかねるやうな十数韻の続くこともあつた。院は眸を輝かせて、白、黒、白、黒と促す。一呼吸の間に次の句が生れると、勝負など問はず、いきなり吟者の方へ魚袋《ぎよたい》を投げたり、もつとたかぶると袍《はう》を脱いで着せてやつたりする。家隆など、かつて歌会で賞《め》でられた記憶は朧だが、連歌会ではなくてならぬ存在と見られるやうになつてしまつた。それは有心派が思はぬところで滑稽無類の句を披露する顕著な例を、彼が示したからでもあらう。終始寡黙に、至極目立たず、定家の後へ後へ廻るやうにして永年勤めて来た家隆を、院はそれなりに殊勝と思ひ、目もかけて来てゐた。別に拗《す》ねてゐるわけでも、この世を斜に見てゐるわけでもなく、なかなかに毅然として所信を通す一面もあるのだが、ともかく晴の場所では人を掻き分けてまでといふ素振を決して見せない。派手に振舞つて御意を得ようとする近臣が、やうやく数増《かずま》して来た院の御所では、かういふ地味で志の深い存在が却つて目立つ。時代《ときよ》といふものであらう。院も三十三、家隆も五十五、まこと十年は夢の間に過ぎた。熱に浮かされたやうな年月が過ぎると、人は人の隠れた一面に気づくものか、知りつつ触れ得なかつた側面に触れるものか、ともあれ連歌の遊びに耽《ふけ》り始めてから、院は家隆に、より度度声をかけるやうになつた。寄人連の中でも、かういふ才気煥発を望まれる場では一番難儀しさうな家隆が、意外な離れ業を見せる。定家が有心を気取つて、遊びも心得てゐますと言はぬばかりの構へた句を、これ見よがせに示すのと対照的に、家隆は前後とのかねあひを考慮しつつ、面白くて悲しい佳句を一呼吸で吐く。定家が神祇釈教《じんぎしやくけう》は困るの、花と月が並んではぶち毀《こは》しのと、一巡する毎に説法を始め、連衆の顰蹙《ひんしゆく》を買つてゐる頃、家隆は連衆の数だけの菓子を工面しに、女房達の部屋を訪れる。とある日は午後からすぐに会が始まり、陽の傾きそめる頃五十韻が成つた。その時老女が三人、高杯を捧げて入つて来た。菓子を献上してくれるらしい。一つ一つ恭しく院の前に置かれた。縁を赤く染めた檀紙から、こぼれ落ちんばかりに盛られてゐるのは、椎、蓮、榧《かや》の実、院の好物ばかりである。相好崩して手を出さうとする時、家隆が進み出て、一句吟じた。

しひてはすれどなどかやみなん

院ははつとして手を引つこめる。と、老女が、年甲斐もなく面を赤らめる。「しひ、はす、かや」と詠みこんで、それも、老女ゆゑ強ひて事をするとは、ひどい皮肉でもあり、彼女らの赤面も当然だ。そのくせ、当の家隆は樸訥な表情で顎のあたりを撫でてゐる。院は怺《こら》へきれずに爆笑した。榧の実がその息で転《ころ》がり落ちる。

たましひのおはすかやとてかきいだき

院はかう朗誦すると、立上つて賭物を並べかつ積み重ねた棚から、干柿の夥《おびただ》しく入つた籠を取り、立往生してゐる老女を差し招いて、手づから三つづつ与へた。老女達にしてみれば、魂があるのかと問ひつつ、怖怖《こはごは》抱かれるとは女としてこの上ない恥、さう言ひたいところだが、「かきいだき」との仰せゆゑ、その趣向を汲まねばなるまい。下賜の干柿、おのれ同様皺の間に白粉の吹いたのを抱き、しづしづと退出した。最後の一人の姿が見えなくなると抱腹絶倒、一座数十人が鎮まるのに半刻はかかつた。そしてその夜は家隆活躍いちじるしく、賭物の最高、象嵌《ざうがん》の硯箱は彼のものとなつた。それが契機となり、さて連歌会といふと、家隆を呼べの声あり、趣向の打合せにも彼が顔を出さぬとなかなか進行しない。不本意なことであらうと家長が同情すると、今日の院の鬱屈を遣《やら》ふすべがあるなら、傀儡《くぐつし》師の真似でも放下僧《はうかぞう》の真似でも、何でもして御覧に入れたいと涙ぐむ。院にも亦家隆の、その老いの純情が自然と伝はるのだらう。秀能も、傍で家隆の涙を見た日から、医王にも耳打して、心してつきあふやう言ひ含めた。院も、顧れば六百番歌合の大昔、水無瀬殿での恋十五首歌合の近い昔から、家隆の作はなかなか鮮やかに綺語を鏤《ちりば》め、詠風も意表を衝くところがあつたと一人頷く。「待てしばしやよや弥生の帰る春行方も知らぬ夕暮の空」「寝《ね》ても見ゆ寝《ね》でも見えけり桜花はかなの春の夢の枕や」「昨日だにとはむと思ひし津の国の生田の森に秋は来にけり」、家隆を思ひ浮べるや刹那湧くやうに彼の歌が現れる。院は知らず知らずの間に、彼の詠風に魅されてゐることを発見する。改めて見直せば定家にもをさをさ劣らず妖艶で、しかも骨太な面白さもあり、生田の森のとぼけた味など絶品だと思ふ。この歌は良経や慈円にもない。あの後味の悪い最勝四天王院障子の生田の森の、慈円と定家の歌が饐《す》えた噯《おくび》さながら、咽喉元にこみ上げて来る。

五月に入つて、そろそろ菖蒲《しやうぶ》の根を引かねばと女房達は騒いでゐる頃、鎌倉で事件が持上つたらしいと地獄耳の公卿の一人が情報を齎《もたら》した。京都守護の武士に娘を妻《め》あはせてをり、その婿が、ために急に鎌倉に呼び戻されたといふ。何でも幕府始まつて以来の源家の宿将、一徹な忠誠無比の武人、和田義盛が乱を起したとのことだ。院は俄然興味を持つて聴耳を立てる。義盛のことはかねてから聞き及んでゐた。彼は頼朝の昔を忘れなかつた。徹頭徹尾、源家の家人《けにん》として棟梁に滅私奉公するのであり、北条氏など、主家の廂《ひさし》を借りて、寝殿へ乗込まうとする強盗に過ぎなかつた。彼らの信じ愛してやまぬ青年将軍は、しかし、執権職北条義時の傀儡であつた。冷酷無残に実朝と義盛を隔て、国中をおのが掌中に収めようと虎視眈眈である。義盛は六十七歳、頼朝の歿後十四年、日夜切歯扼腕し続けて来た。武勲戦功一切を黙殺し、邪魔者、余計者の飼ひ殺し、そのみじめさを死ぬまで味はへと言ひたいらしい。下総の国の守護職を、将軍に願ひ出たが、義時はせせら笑つて握り潰した。今は北条氏を相手に乾坤《けんこん》一擲《いつてき》の合戦を挑む他はない。義盛には判つてゐる。彼等に戦を仕掛ければ、それはそのまま、擁立された将軍への謀叛と見做《みな》されることになる。判つてゐながらもう勘忍も限度に達した。義時も、大江広元も、義盛が憤怒に前後を弁《わきま》へず、兵を起して自滅するやうに、ぢりぢりとしむけて行つた。きつかけはこの年の二月、九年前修善寺で殺された現将軍の兄頼家の忘れ形見を奉じて、北条氏、否《いな》実朝に謀叛を企てたといふ疑ひで、義盛の甥胤長《たねなが》らが捕へられた。義盛は早速一族百名近くを率《ゐ》て御所へ赦免陳情に押しかける。胤長はつひに赦《ゆる》されず一族の居並ぶ面前で罪人として縛り上げられ、陸奥に配流、家屋敷もたちまち没収された。源家の者の没収地は同族に与へられるといふ厳たる掟も何のその、ここに住み込まうとした義盛の従者は、乞食同然義時の手の者に追ひ払はれた。

和田一党の若者達は激昂した。義盛は意を決して志を同じうする縁者にひそかに檄《げき》を送る。戦ひの準備は着着と調うた。義時は勿論この兆候は先刻承知してゐた。だが直接追討などといふ単純な手は決して打たぬ。彼は同じ一族でありながら、義盛がかつて侍所《さむらひどころ》の要職を頼朝に与へられた頃から、快からず思つてゐる、従兄義村、本家三浦一族に目をつけた。和田と三浦を離反させるのが一石二鳥の名案である。本家分家一丸となれば、北条もあるいは危い時が来る懼《おそ》れもないとは言へない。義時は言葉巧に義村を抱きこんだ。十三年前、あの梶原景時を討つ頃から、義盛は胡散臭くしかも愚鈍な男で、将来も何かと邪魔にならう。御所や執権職の頼みとするのは三浦の一族のみ、敗けると決つた戦に、義盛の私憤に、殉ずる義理はあるまい。自重せよ、報酬は必ずある。それは半面の真理ではあつた。義村は起請文《きしやうもん》まで書いて誓つた盟友義盛を、蜂起の寸前に裏切つた。義盛の計画は、極秘とされてゐた細部に到るまで隈なく曝《さら》け出され、わづか百五十騎で北条邸、大江邸、それに御所を囲む他はなかつた。千に一つのかねあひで、側近を鏖殺《あうさつ》し、実朝将軍を擁立できるかも知れぬといふ儚い望みは、たつた一日で潰《つひ》えた。義盛の子、父を凌ぐ荒武者で、武勇は鎌倉一といはれた朝比奈義秀の猛攻で、大倉御所は炎上、将軍はあやふく逃げのびた。だが、その火こそ和田勢の一世一代の火勢、一瞬天に冲《ちゆう》して、そのまま灰となつて終る。一族郎党、由比が浜に追ひつめられ、雑兵《ざふひやう》一人すら残さず潰滅してしまつた。この時から義時は侍所別当《さむらひどころべつたう》の地位も併せて、名実共に執権となる。彼はあの、新古今竟宴の元久二年閏七月に、実の父時政を伊豆へ追放した時から政所別当の職を襲つてゐたが、周囲の情勢も、義盛敗亡と同時に一変した。後妻牧の方に操られる父を容赦なく弾劾放擲《だんがいはうてき》する時も右腕となつた三浦義村を傍に、この後は源家の終焉を、これまた自分の手を汚さずに早めよう。権謀すべて面白いほどなめらかに運び、余計者は次次と自分の設《しつら》へた罠に落ち、みづから放つた火で焼け爛《ただ》れて消えて行く。

このやうな事件顚末も、義時の思惑も、引いては二十二歳の傀儡《くわいらい》将軍の立場も、意外に早く京へ伝はつて行く。勿論鎌倉側、すなはち北条家流の記録報告形式で、簡潔に言ひ送られ、書き送られるのだから、院の耳に達する時は必ずしも真相は伝へてゐない。むしろ義時の苦衷、源家の衰弱無能、その家の子の頑迷粗暴を、助けかつ抑へるために、いかに心身を労してゐるか、執権職がどれほど労して功の薄い大役であるかを説得するやうな態度が、見え透くやうな伝聞ではあつたが、事の真相は、わづかづつでも、日を経、反鎌倉派、源家生き残りの郎党から、地頭の口を経て伝はつて来るものだ。院はこの頃既に、敏腕の貴族の何人かを、鎌倉への使者と称して手許に置き、折に触れては東下りさせて、その辺の雲行をしかと見届けてゐた。青年将軍実朝を鎌倉の象徴と見、憎悪の対象とすることが、いかにも見当違ひであると、内心では、はつきり自覚してゐた。だからこそ、却つて、未だにさういふ見当違ひな瞋恚《しんに》を抱いてゐるやうに見せておいた方が、元凶をたぶらかす良策であらうと考へもした。既に五十一歳、剛胆狡猾《かうくわつ》な義時の耳には、院の華美、過差な宴遊振《ぶり》は始終聞えて来ても、失笑苦笑以外報いることもなかつた。頻頻たる熊野御幸も、物好きなことよと鼻であしらつてゐた。この数年、東下りを試みる公卿や武士の中、宮中の事情に通じる何人、何十人かの話を聞いて来た。その言葉の端端に現れる院の印象を繋ぎ合せると、文才と腕力があつて、高慢で移り気な、手に負へぬ暴君、それ以上でも以下でもない。帝にはよくある型で血は争へぬと思ふのみ、恐れもせず嫌悪も覚えず、同時に興味もない。ただふと念頭に院が子飼同様の北面、西面の武士達が浮ぶ。御家人にならなかつた源氏ゆかりの者、畿内、近畿を根拠地とし、鎌倉とは縁の薄い者、彼らが今、院とどれくらゐ密接に結びついてゐるかが、唯一つ、漠然とした疑念となつて、心の中に拡がつて行く。だが、それさへも身辺多忙の中に紛れることが多かつた。

和田父子及び一党全滅を聞いたのが五月、その夏から冬にかけて飛鳥井雅経は二度も鎌倉へ下つた。定家は彼にその都度将軍宛《あて》の歌書を託してゐるらしい。大江広元を舅《しうと》に持ち、将軍家の歌と鞠の師匠、さぞかし覚えもめでたく、こぼれざいはひも多からう。帝威及ばぬところで精精恩恵に浴するがよい。諸卿は各地に散在する荘園の管理に手を焼き、ほとほと困《こう》じ果ててゐた。地頭の濫妨《らんばう》は日常茶飯事で、米麦、布、塩、馬匹《ばひつ》等、納入すべきその地の産物はまともに届くことの方が少い。それぞれ現地へは代官を遣つてゐるが、彼らがまた地頭と結託して悪事を働く。院の威令もここまでは届かぬ。定家は数度の苦い経験から、いざとなれば幕府に直訴の道も開いておくべきだなどと、人にも洩らした。院にはこれもその日のうちに聞えた。その年の十二月五日、院は雪の中を、医王の傘、彼の叔父秀澄の警固で日吉《ひえ》へ詣でた。降り積る雪で傘はみしみしと撓ふくらゐ重くなつたが、医王は頰を紅に染めて耐へてゐた。重からう、雪の日の供は辛からうと院が声をかけると、微笑して「しばしな消えそ傘の白雪」と明るい声で答へる。唖然として九歳の童の顔を見返す。多分父の秀能が、院の旧作

「このごろは花も紅葉も枝になししばしな消えそ松の白雪」を愛誦してゐる証拠であらう。重くはない、否たとへ重くとも、君のために差す傘の雪、その重みなら味はつてゐたいと、子供心にも忠誠を誓つてゐるのだ。この子なら、たとへ奈落へでも傘を差したままついて来てくれる。さう思ふと、ひしと掻き抱いてやりたい。秀能は勿論、その兄秀康、ここにゐる秀澄、その一族、一朝事ある時は欣然と馳せ参じるだらう。北面西面、これに気脈を通じる近畿、中国の守護達も頼もしい。無言の激励を与へてやらうと心決め、白皚皚《はくがいがい》の世界を御所へ帰つて来た。家長が言ひにくさうに、雅経が霜月下旬鎌倉に到着、定家から預つた相伝秘蔵の万葉集を将軍に献呈した様子、然るべき者から消息があつたと報告する。何のためにそのやうな貴重な書を奉るのかと追及すると、伊勢御厨《みくりや》の地頭の非法を直訴し、停止を乞ふためらしいと言葉尻を濁す。濁しつつ、万葉は大江広元の手を経て渡され、将軍は重宝これに過ぎる物なしと雀躍、伊勢の現地地頭渋谷善左衛門尉《じよう》には、早速非法を改めるやう指令が飛んだと、詳しく言上し添へた。

医王に定家の所領のうち、近江箕浦荘《みのうらさう》を遣はす、霜月二十日に遡つて効を発すると申渡しのあつたのは翌日のことだつた。十にもならぬ童に、亡母のゆかり深い荘園を奪はれるのは、一体何の理由によるかと、定家は蔭でいきまいたが、すべて後の祭であつた。医王のこの日の振舞は、父からも嘉《よみ》されて、花菱紋、二藍《ふたあゐ》の童直衣《わらはなほし》を一揃へ新調してもらつた。来年の年賀にはそれを着て昇殿せよ、さう言ひながら秀能は、このやうな泰平が果していつまで続くのか、そぞろ薄気味悪くなつて来た。外では凍雪の上にまた牡丹雪がしきりに降りつもつてゐた。

神無月しぐれに暮るる冬の日を待つ夜なければ悲しとも見ず

建保四年二月百首

第五章　まつよなければ

——承久三年 1221

実朝が暗殺された。建保七年正月二十七日、午過《ひるす》ぎまでは眩しいほどの快晴であったが、鎌倉は夕刻に入つて雪が降り出し、暫くの間に二尺ばかり積つた。去年の神無《かみな》月《づき》十日には内大臣に、続いて十二月二日右大臣に昇つた将軍実朝の就任、拝賀の式が、鶴岡八幡宮で威儀堂堂と行はれた。退出の時が近づく。夜に入つてもなほ雪は霏霏《ひひ》として小止《をや》みもせぬ。松明《たいまつ》の火の粉を散らして前駆が通り過ぎる。式典は滞りなく終つたらしい。束帯姿の実朝が蒼白い顔を寒気で仄《ほの》かに紅潮させ、しづかに石階を下る。石階の両側から参道にかけては、京から参列に下つて来た公卿もあまた居並ぶ。新右大臣、三人寄れば、和歌と鞠に明け暮れると噂に高い青年将軍をしかと眺めておかうと、雪明りの中で目を眇《すが》める者もゐる。

実朝は妻の兄、坊門忠信を人垣の端に認めて一揖《いちいふ》する。鳥居の外には数千数百の武士が威儀を正してゐた。境内は咳の音と、樹樹の梢から雪の滑り落ちる響きがするだけで冷気が刻刻に増して来る。実朝は俯《うつむ》いて、小刻みに石段を二、三段下りた。その時、法師姿の者が白い裾を翻して将軍に走り寄り、下襲《したがさね》の衣を踏みつけ、振りかぶつた太刀を頭のあたりに打ちおろした。親の敵はかく討つぞと嗄《か》れた声で叫んだらしい。実朝は笏《しやく》を持つたまま顚倒し、石階を転《ころが》り落ちた。曲者はその上に乗つて止めを刺し、首を打ち落して引つ提《さ》げる。その時暗がりから三、四人の法師が走り出て、気を呑まれた供の者を押し退け、蹴散らし、前駆を勤めてゐた源仲章にも襲ひかかつた。一瞬の後、境内は阿鼻《あび》叫喚《けうくわん》、裂帛《れつぱく》の悲鳴を聞きつけて警固《けいご》の武士が馳せ参じた時は、八幡宮石階の頂きに、「われこそは八幡宮別当阿闍梨公暁《くげう》、父の敵を討ち取つたり」と大《だい》音声《おんじやう》が響き渡り、雪明りの彼方の闇に、その姿はたちまち掻き消えた。

院の耳にこのむごたらしい情報を齎《もたら》したのは、勿論坊門忠信であつた。院の母七条院殖子は忠信の伯母であり、妹、坊門の局《つぼね》は院の後宮に入つて冷泉宮《れいぜい》頼仁親王を生んでゐる。地下《ぢげ》の家でなら、院と実朝は姉婿と妹婿、一つ屋根の下で酌《く》み交すこともあつたらう。権門《けんもん》は血を阻《はば》み、愛憎は血を浄化させ、また腐らせもする。坊門の局と将軍御台所《みだいどころ》は、姉妹とはいへ家を出れば他人同様、京と鎌倉は唐土《もろこし》より遥かなこともある。京の隅隅まで噂が拡がるのに、五日も要しなかつた。第一実朝が二十八歳の正月まで生きてゐたことを奇蹟とする者も少くない。あのあはれな源家の裔は生きながら死んでゐたのだと、忠信は思ふ。十三歳の秋、兄頼家が修善寺で殺されたその直後、下野《しもつけ》の豪族、足利義兼の息女を夫人にとの縁談が、婿は聾桟敷に置いたまま、着着と進められた。事後報告に近いかたちでこの話が持込まれた時、少年将軍は呆れたことに頑として受けつけず、伴侶は京から迎へると宣言した。源家の生き残りは拍手し、母の政子やその血縁は複雑な笑みを浮べた。京からと望むのならそれも面白からうと早速政子はかねて面識のある卿二位などに手を廻し、候補者を探した。大姫を後宮に入れる時よりも、もつと複雑な思惑が彼女らの心中にあつた。源家の裔、それも恐らくはこれで絶えるかも知れぬ末の、その性《さが》も繊細で翳の多い少年に、果してどんな配偶者を選ぶべきか。表向は華やかで晴がましくて光栄の至り、裏には何やら不吉な予兆を含んでゐる縁談をどう運ぶべきか。尼御台所の継母、時政の後妻牧の方の娘はたまたま坊門家に輿入してゐる。婿は忠信、その妹はあまたゐるはず、中の一人を選ばう。高倉家とは一切関《かか》りのないところで、華やぐなり血に塗《まみ》れるなりすればよい。ひそかな呪詛をもこめて、坊門信清の娘に白羽の矢を立てた。彼女は将軍と同年の十三歳、美貌を以て聞える坊門家の十数名の娘の中、院の寵を受けた姉とは、あやめ、かきつばたと謳《うた》はれる。姉の中には左大臣良輔の室、源雅親の室があり、其他いづれも貴顕に輿入した才媛ぞろひだ。卿二位兼子の邸を借りて出立《いでたち》の場とした行列が絢爛と鎌倉に向ふ。随行の者は美青年を選りすぐり、衣裳もすべて吟味させた。元久元年臘月十日、華麗を極めた姫君の一行は鎌倉に到着する。兄の忠信は妻の母へのかねあひもあり、すべてに京の粋を尽してみせた。その時は、都の公卿の垂涎の的となつてゐるやうな心地で胸が騒いだ。さんざん揉めた揚句、実朝が横車押し通しての結婚と聞いてゐたが、姑の政子も、そして勿論政所別当として権勢並びない時政も、彼の溺愛する牧の方も、満腔の祝意を以て、幼い花嫁御簾を迎へてくれた。娘婿の妹が御台所になると聞き、この四月《よつき》といふもの、嬉しさで夜も眠れなかつたと、牧の方は未だ老いを見せぬ妖艶な笑顔を向けた。少年少女の華燭の典は泰時邸で行はれた。あどけない二人の暮しがその夜から始まつた。御台所の名のそぐはぬまま、京から連れて来た女房は姫君と呼んだ。草子類は厨子《づし》に満ち、秀歌撰のたぐひも手文庫にぎつしり詰つてゐた。実朝にはその一つ一つが憧憬の的であつた。彼女の匂、彼女の声、彼女の衣、すべてが長い間見続けて来た夢そのものだつた。まだ操りそめたばかりの和歌を披露すると、涼しい声を立てて笑ひ、そのやうな言葉遣ひはをかしいとか、それは古今集の恋にあるとか、大人びた批評をしてくれた。女房の一人は姫の歌や文などまで見て来ただけあつて、控へ目ながら、心きいた進言も試み、実朝の作歌熱はそぞろにかき立てられた。少女御台所の好みとあつて蹴鞠《けまり》も日課の一つとなつた。衣をさわさわと捌《さば》き、青穹《あをぞら》に、軽やかに鞠を蹴上げる姿に、彼女はもつと幼い頃から憧れてゐた。姉の坊門の局が上皇の英姿をうつとりとした表情で語るのをただ一度傍にゐて聞いた。

それが蹴鞠の試合を望見した印象であつた。若殿は鞠蹴る時こそと局は吐息をつき、幼い妹には判るまいといふ表情をした。だが、今は判る。実朝は美男ではなかつたが、姿は抜群で、殊《こと》に蹴鞠の時に映えた。胸のときめくやうな春の日が過ぎ、都では新古今集完成奏覧との知らせもあつた。姫御台所やその女房が伝へ聞く千五百番の大歌合《おほうたあはせ》や、天才宮内卿の局の若草の歌の話を披露する時、実朝の目は輝いた。父頼朝の歌二首が入撰してゐると、藤兵衛朝親《とうのひやうゑともちか》から教へられた時は、ほとんど涙ぐむばかりだつた。羇《き》旅《りよ》の部には「道すがら富士の煙《けぶり》もわかざりき晴るる間もなき空のけしきに」が、雑歌の下には、慈円僧正への消息にある「つぼのいしぶみ」の歌が載つてゐるといふ。一日も早くそれが見たい。励みがあれば歌も生れる。初夏、彼は、これなら都の人に見られても恥づかしからずと思ふ歌が十二首できた。坊門忠信が心なごやかに東下りのできたのも、この頃までであつた。夏の終り、突如源家の重臣、武蔵の豪族畠山重忠が討たれた。事件の真相は京へは容易に伝はらず、何でも少年将軍を弑《しい》して、新将軍を奉ずる陰謀を企てたかどによると噂された。不日、その新将軍候補が平賀朝雅であると知れた。忠信は愕然とした。朝雅は牧の方の別の娘の婿である。彼は故鎌倉殿の義理の息子にもあたり、牧の方に愛されること無類、忠信ごときの比ではなかつたが、縁に繋る一人に違ひはない。京都守護の彼とは度度会つてゐる。更に驚いたことに、七月に入るとその陰謀の張本人は他ならぬ牧の方と、彼女に嗾《けしかけ》られた時政であることが明白となり、娘政子、息子義時は意を決して三浦義村を味方につけ、時政を幕府から追放し、朝雅には追手をさし向けて殺した。実朝は母と叔父の加護で事なきを得た。そしてそれはそのまま終生遁《のが》れ得ぬ檻に入れられたことであつた。

この腥《なまぐさ》い陰謀劇のからくりをしかけた女の縁続きとなつてしまつた忠信は、もう今までのやうな晴やかな態度で鎌倉へは行けなくなつた。儀礼的な挨拶の裏に、それとない針が隠されてゐる。将軍の官位競望の手助けをすれば、却《かへ》つて官打ちかと勘ぐられることもある。打つてほしいのだらうと、言つてしまへば身も蓋《ふた》もない。姫御台所にまで牧の方の累《るい》の及ぶことのないのがせめてもの慰め、実朝はこの騒ぎに眉一つ動かさなかつた。別世界の椿事に過ぎなかつたのだ。九月、新古今集が届いた。その日、将軍の歌心は炎《も》え上つた。爽やかにみづみづしい言葉の焰は、将軍の魂を今一つの世界へ誘つた。その炬火《きよくわ》に導かれて、彼は喜怒哀楽、森羅万象を現すすべを知りそめた。歌は滾滾《こんこん》と湧きとめどがないと思ふ。思ふのみで俄《にはか》に一首には成りがたい。そして初夏に十二首、これならば京の人に見せてもと思ふ歌が生れた。それからの実朝は神詣でと和歌と蹴鞠に明け暮れた。営中で開く和歌の会は、いくら京都を真似てみても、参集する顔触れが変り映えせず、よほど興に入らねば試みることもなくなつた。鴨長明や藤原雅経に会つて禁裏の歌会、和歌所の様子を詳しく聞くにつけても、憧憬はいよいよ募り、ならうことなら明日にでも京へ上りたいと思つた。だが実朝はつひにただの一度もそれが実現できなかつた。師定家に見《まみ》えることも帝や上皇に拝謁することも儚い夢に終つてしまつた。二十歳を越えると、毎年一月か二月に二《に》所詣《しよまう》でに出かけた。伊豆と箱根の両権現《ごんげん》に詣でる前には精進潔斎せねばならぬ。この神詣での短い旅の間、彼の暗い心は晴れる。鎌倉の中の寺社へも大小を問はず、しげしげと参詣に廻る。神仏の前に額《ぬか》づき、心を凝らす時、彼の魂はその肉を離れてあらぬ世を遊行《ゆぎやう》する。近習《きんじゆ》はその間、両側から昏睡状態の将軍を支へてゐる。三日に挙げず参籠、加持祈禱を行ふこともある。それだけは政子や義時や広元が黙認し、時には勧め、また同行した。朝廷への伺候など言ひ出す前に黙殺され、政治への発言や裁断はすべて尼将軍と執政に左右から見守られてゐた。かうなることは判つてゐた。ただ神仏に奉仕し、これを司る職分は、これら三人も決して代行できぬことを、いつか実朝も自覚してゐた。坊門忠信は、実朝が誰に言ふともなく、神仏まで奪へはすまいと呟いてゐるのを聞いたことがある。折に触れて京からは夥しい扇や櫛、精好《せいがう》に纐纈《かうけち》、紅などを届けた。坊門の姫君は二十歳を越えても少女の面影を止《とど》めてゐた。実朝との仲もあるいは十三で輿入した時のままの清い身ではなかつたらうか。子が生れる気配もなく、まして別の夫人や妾を望む様子など微塵も見えない。

　実朝は二十二歳の暮を限りとして、あれほど没入してゐた和歌すら、最早《もはや》作らうとはしなくなつた。辞世に似た作は既にあまた詠んでゐた。霜月の二十三日、京の師定家から届いた相伝の私本万葉を、ねんごろに繙《ひもと》いて味読し、翌月、何か思ふところあつて、初学の昔からの歌七百首余りを一気に浄書して、京の定家に託送した。何ゆゑにかくまでこの道に執したのか、今は朧であり、あるいはこれらすべてが、この世への餞《はなむ》けであるやうな気もした。翌年、亡兄頼家の遺児、僧栄実が殺された。出家遁世も、北条の毒手を免れる手段とはならなかつた。遁れるなら、この世の外以外にあるまい。忠信は、二年後二十五歳の将軍が渡宋のための船を陳和卿《ちんなけい》に作らせてゐることを聞いた時、それが死出の旅路の代りであることに気づいた。彼は力説した。宋の医王山参拝は終生の望み、神仏祈願の窮極ここにあり。ゆゑに唐船建造を進める。扈従《こしよう》の武者は六十数人、朝光を奉行とすることまで定めた。義時、広元が面を正して断念するやう諫めたが、今度は絶対に思ひ止まらうとしなかつた。京にゐて、この将軍には珍しく毅然たる態度を知つた時も、忠信は暗然とした。翌建保五年の四月、船はどうやら進水に漕ぎつけた。数百人の人夫が由比が浜を曳行《えいかう》し、海に浮べようと力を尽したが、すべて徒労であつた。唐船を浮べ、出航させるやうな港が、始めからここにはなかつた。船はそのまま砂浜に放置され、夏の間に見る影もない残骸となり果てた。陳和卿の行方は、その後誰一人知る者はゐない。船は浮ばぬやうに工夫されてゐたのではあるまいか。陳和卿は徹頭徹尾、将軍を愚弄してゐたのではないか。陳和卿一人ではない。皆寄つてたかつてあの青年を瞞《だま》してゐた。政子、義時、広元は今更喋喋《てふてふ》を要しない。だが京都の貴族さへことごとく、彼を欺いてゐた。欺くといふ言葉が過ぎるなら、適当に、うまくあしらつてゐた。忠信は建保三年の晩夏、彼のために仙洞歌合の詠草と歌合次第、判詞を届けてやつた。会ふ毎に上皇の天機は麗しいかと尋ね、鎌倉のこの将軍職の一武家をどう思召《おぼしめ》すだらうと、最大の関心事のやうに、おづおづ打診した。見る目もいぢらしかつた。院のお声がかりで、御製の入つた歌合記録を贈つたやうに繕つてゐた。だがあれは雅経の控へを写させてもらつたものだ。事後に、鎌倉へも一部下賜させて頂いたとさり気なく言上したといふが、聞き止められたかどうかも怪しいものだし、問題にならぬ些事かも知れぬ。にも拘《かかは》らず将軍はただもう恐懼感激してゐた。さらぬだに数年前から、京にゐる者の方がどぎまぎするほどの熱烈な恋闕《れんけつ》の情、仙洞讃美の真心を歌つてやまなかつた。定家は鎌倉右大臣家集を「金槐」と名づけて、しかるべく披露してゐたから、忠信さへその中の幾つかを聞き及ぶ。

大君の勅をかしこみ千千《ちぢ》分《わく》に心はわくとも人にいはめやも
ひむがしの国にわがをれば朝日さす藐姑射《はこや》の山のかげとなりにき
山は裂け海はあせなむ世なりとも君にふたごころわがあらめやも

万葉の昔に還つたかの尽忠の最上級表現は、いささか誇大に過ぎてそらぞらしい。

賀の歌の「わが君は千代に八千代に」なら、またそれはそれとして認めもしようが、これは述懐である。畏《かしこ》むほどの勅が、この鎌倉に行はれてゐたか。位階昇進の沙汰があるたびに、その一事のみに、大君を思ふのが関の山、あまりにも遍《あまね》き君恩は陽光のそれと等しくなどと称するのも詭弁、さういふ鎌倉にゐて、これらの歌を照れも恥ぢらひもなく作れるのは、実朝の稀なる潔さであり、同時に稚さと言はねばなるまい。そして、この声を限りの忠誠誓願は、捧げられた相手を鼻白ませてしまふ。

院も夙《つと》に聞き及んでゐた。始めは古歌を敷き写した大仰な賀歌の一種、妙な古今伝授を受けた鎌倉武士の物真似くらゐに思つたのも当然だ。その後それとなく坊門家の誰彼から伝へられる噂では、この青年将軍が、ほとんど狂気を以て都を、内裏を恋し慕つてゐるらしい。「都べに夢にも行かむたよりあらば」とは、必ずしも上の空の、作られた言葉ではなかつた。御台所を具して、夢にのみ見る京へ上りたいことであらう。院が鎌倉憎やの一念で、ひそかに将軍調伏《てうぶく》を企み、最勝四天王院を建立したのが承元元年、二十八歳の夏、その時実朝は十六歳だつた。それから十年経《た》つ間に、実朝の姿は次第に明るみに浮んで来た。意外に繊弱鋭敏、京の公卿、それも陰陽家《おんみやうけ》にでも生れてゐたらと思はれるやうな一人の青年以外想像できなかつた。彼は祭祀を司る男《をとこ》覡《みこ》の一種として、その外戚一党に擁立されてゐるだけ、政事に直接関りたくても関れず、今に抹殺される存在であることも徐徐に判つて来た。建保三年の正月には時政が伊豆で、半幽閉の身の最期を迎へた。七月には栄西が入滅した。何となくざわざわと騒がしく、この頃から、あの和歌執心の将軍が、もはや一切これを顧なくなつてゐると、坊門忠信から局に伝へて来た。そして、あれほど師匠気取ではたの見る目もをかしいほど文書を頻頻と届けてゐた定家が、ふつつりと縁を絶つたやうだとも聞き及ぶ。荘園の紛糾を直訴して、有利になるのが目的の師弟の契りと、一部の毒舌家は諷したが、さすがの院もそこまでは考へぬ。だが、実朝と殊に親しく交ることは、義時ら北条一党、執権の心証を損ふ懼《おそ》れのあることを、万事に小心翼翼、保身の術のみに汲汲としてゐる定家は、このあたりで身を躱《かは》した方が安全と予測したのかも知れない。作歌の杜絶《とぜつ》が師弟関係の切れ目、のみならず人間関係の解消にまで繋るのだらうか。実朝暗殺の報が入り、宮中でもそこここで公卿達が立話をし、女房が寄ると触ると噂してゐる時も、定家は全くの他人事《ひとごと》と考へてゐるのか、哀悼の意もあらはにはしなかつた。それよりも一月五日の除目《ぢもく》で、息子為家が正四位下に昇つたことの方が大事で、晴晴とした表情であつた。

院は無性に憤ろしかつた。変り身の早さは院自身人後に落ちぬが、それはそれで神変の称もある通り天子の特性、定家のやうな意地の強い一徹者が豹変するといかにも嫌らしい。二月に、水無瀬《みなせ》の梅花一枝、衣筥の蓋に入れ、歌一首と共に奉つて来た。一応はゆかしい心ばへと返歌も持ち帰らせたが、院の心を過《よぎ》るのは、叔母式子の新古今集春上の梅、「ながめつる今日《けふ》は昔になりぬとも」であつた。まさに、あの時の今日は、もう二十年も昔のこととなつてしまつた。そしてこの定家の梅も、今に白白しい記憶の一つに紛れ去るだらう。その年の神無月、院は久久に、最勝四天王院に御幸した。障子歌と絵の作者も洩れなく召して、賑賑《にぎにぎ》しく法要を修した。四天王院は京都守護一条能保《よしやす》の子二位法印尊長に寺務一切を任せてゐた。彼にさへ呪詛の意のあることは明してはゐなかつた。呪詛なら、もう実朝に対しては無益だ。否、それは十二年かけてやつと成就したとも言へる。院は尊長の兄信能を呼んで、あの寺が何かの目的を持つやに巷間噂する者もゐる由、鎌倉に曲げて伝はるのも、寺務総轄の尊長のためにならぬから、近いうちに廃毀《はいき》して、別の離宮でも建てよう。一年以内にひそかに事を進めるがよいと命じた。それは院の思惑通り、翌年の十月跡方もなく崩されてしまつた。かつて定家が、寝食を忘れて完成に尽力した障子絵も歌も、一切無に帰した。菊が枯れ尽し霜が雪のやうに甍《いらか》を覆ふ、とある曇日に、かねて手配の番匠が、配下五十余名引き連れ、その日のうちに片づけた。障子はその場で焼き払はれたが、他の仏具調度等はすべて、ひそかに尊長と信能の邸に運ばれた。そしてこの、最勝四天王院消滅を、誰一人として知る者はなく、時経て巷の噂に上り、まさかそのやうなことがと、伝へる側が虚仮《こけ》扱ひにされつつ次第に拡がつて行つた。四人の絵師や定家は、まだ信じ切れずに見に走り、その場にくづほれた。禁中でもこの事件についての取沙汰は一時喧《かまびす》しかつたが、そのうちにぴたりと口にしなくなつてゐた。すべて院の命とはうすうす判りながら、それを確めるすべはなく、定家さへやうやく、周囲の臆測の通り、そもそもは将軍調伏のために建てられたが、その目的も果されたことゆゑ、満願成就の法要法楽の後、烏《う》有《いう》に帰せしめたのだと考へるやうになつてゐた。

十四歳で即位した今上《きんじやう》も二十歳を超え、目鼻立ちのくつきりした青年帝王、それは新古今成立前後の院の面影を写す。十代から中宮、女御、更衣あまた侍らせて来た中に、殊に麗しく寵愛抜群であつた修明門院重子の生んだ子だけに、露骨なほどの溺愛振《ぶり》であつた。在子腹の新院が今上とは対照的に端正に過ぎる冷やかな容貌で、万端に論議と道理と形式を尚び、院にとつては若い血の通つてゐるとも思へぬ小うるさい存在であつたのに比べて、皇太子の頃から親王守成は、放胆でしかも歌才も抜群、院の美質を享《う》けてゐることは明らかだつた。二つ上の兄上皇はこの弟帝と、四十代の志も行ひも天馬空を行く父院とに挟まれて、日日をなすこともなく過す他はない。時には歌会を催し、それも当今和歌から遠離《とほざか》り勝《が》ちな、新古今時代の代表歌人を召すが、意外に精勤を誇るのは、父院の覚えめでたからぬ定家、それに詠歌の力も衰へた良平、通具らで、秀句飛び交ひ、番《つがひ》の二首実力伯仲、手に汗握る見事な持《ぢ》判になることなど絶えてない。帝は兄院のところで歌会があると聞くと、わざとその日に歌合を催して父院を判者に招いたりする。御判《ぎよはん》はみだりに仰いではならぬことを知りながら、わざ日に延ばせと言はれれば、何のこだはりもなく中止することもあるから憎めない。さして深い意図はなく、明と駄駄を捏《こ》ね、兄君の邪魔になるのを承知で人を集める。さして深い意図はなく、明日に延ばせと言はれれば、何のこだはりもなく中止することもあるから憎めない。そして帝の声をかける会の方は不参がほとんどなく、新古今集時代の面面が次次と伺候する。院は連歌の方を好んで、歌会や歌合は傍観の体《てい》に見えたが、それでも、酣《たけなは》になるとびしびしと容赦のない批判を加へ、いつか会の中心に奉られて行く。帝はそれを頼もしげに眺めた。ただ帝と兄院の召しに応ずる顔触れが次第に定まり、かつ偏りはじめる。定家はともかく慈円や公経は父院や帝の方へは滅多に参じない。そのくせ、兄院の催しには顔を見せる。家隆、秀能、家良、家長、そして家隆の子隆祐《たかすけ》が弟帝、父院の方に、まめやかに出席する。勿論三御所揃つての、晴の歌会などには、これら歌の道の者も揃つて伺候する。家隆の娘は兄院に殊に目をかけられる歌人で小宰相《こざいしやう》と名告り、父院の傍にはかつての俊成卿女に代り、家長の妻下野が歌才を愛でられてゐた。何となく心の通はぬ妙な雰囲気は、承久二年の春、二月十三日夜爆発した。内裏和歌会で、「春山月」「野外柳」の二題が出、遅参して出詠した定家の歌「あはれ歎きの煙くらべに」が院の逆鱗《げきりん》に触れた。院の心には、定家の柳といへば、七年前の正月の末、彼の冷泉の家にあつた二本の柳を召上げ、高陽院に移し植ゑた記憶が蘇つてゐた。その折、蔭でいろいろと恨みがましいことを触れ歩き、当時為家が鞠だけで取立てられることとも併せて、不平たらたらであつた。官位昇進遅遅たることも諷したいのだらう。柳の芽生え煙る様を以てそれらすべて、不満怨恨を、この折にとばかりつきつけたに違ひない。第一この陰に籠つた不吉な調べは我慢ならぬ。院はこれを不埒《ふらち》千万《せんばん》と罵つた。怒りかけると止《と》めどがなかつた。胸から腹の底から憎悪がこみ上げて来た。新古今切継以来の小賢しく傍若無人な振舞が、一つ一つくつきりと脳裏に浮び上つて来る。和歌に関しては御所も何するものぞと言ひたげな表情、酒色や歌舞は下《げ》臈《らふ》の好むところと、白眼視する勿体振つた素振、かねてから忌忌しいと思つてゐた。柳などどうでもよい、何かきつかけがあらば、あの高慢の面《つら》、足蹴にしてやりたいと思つてゐた。即日蟄居《ちつきよ》、以後公《おほやけ》の会に召すべからず、二度と目通りは望まず、許しもせぬと吐き出すやうに言つて、そのままた歌会を続けた。兄院が、暫《しばら》くの後、あれは余りにも酷に過ぎよう。「道の辺の野原の柳下もえぬ」にさして他意はあるまいと宥《なだ》め、慈円もこれに同調したが、院はこの言葉で更に機嫌斜になり、会果てるまで、つひに笑顔を見せなかつた。帝は同調せず、父院の怒りに頷いてゐた。分際を超えれば天才の才も無用の長物、遠離けるに及《し》くはないと、至極明快に割り切つて定家を惜しまなかつた。歌も故後京極良経に心酔し、他は父院の御製を畏れるのみであつた。

御製のみでは勿論ない。今上十四歳の即位の頃はまだ三十そこその父上皇、文武両道の英傑と人の称へるのを、漠然と鑽仰《さんぎやう》してゐたが、和歌を教へられ、弓馬を学んで行くうちに、その底知れぬ力量がありありと目に見え、時には神かと疑ふことも起つた。強盗交野八郎《かたののはちらう》が京の都に出没、大内裏まで荒さうとした時、検非違使庁《けびゐしちやう》はこれを追つて賀茂川に追ひ詰めた。五月雨に増水した川は濁流渦巻き、見るも怖ろしい水勢、罵り騒ぐ面面を尻目に四郎は手下らと巧に舟を操つて下流へ逃げる。内裏の捕物が始まつた時から固唾《かたづ》を呑んでゐた院は、早速秀能を召した。汝はいやしくも防鴨河使《ばうかし》の長、河を犯されて黙視する法はあるまい。早早に船を出せ、磨も助けてやると叱咤する。得たりと三隻の船で八郎を逐ふ。院は先頭に立つて櫂を打振り、それそこは岩ゆゑ避けよ、一同左岸に廻れと指揮し、河原院の南の淵のあたりに追ひ詰めた。四郎は濡髪《さば》を捌いて船上に立つた。院は上手《かみて》の船から彼を櫂で指《さ》し、観念せよ、さなくば磨が刎《くびは》ねて見せうと叫んだ。八郎は精悍な顔を歪めて船中に平伏した。彼は陸上に引き据ゑられた。近畿の地上、水上隈なく駆け廻り、神出鬼没と謳《うた》はれて得意になつてゐたが、先刻の御所の英姿、重い櫂を箸でも操るかに軽軽と打振り、海人《あま》よりも水馴れした身ごなしで船に立ち、しかも息の乱れも見えぬ。軍神とはかかるものかと、最早刃向ふ心も消え失せたと告白し、恍惚たる表情で院を仰いだ。水で洗はれた顔は凜凜しく、装束を改めれば殿中に置いても目立つたらう。院の口もとに微笑が浮んだ。縛《ばく》を解け、雑兵として召使ふ。西面に預けよと命じ、秀能らを従へそのまま仙洞に引揚げた。

帝が二十歳の夏、父院によつて始めて菊作りの太刀が鍛へられた。粟田口久国と福岡一文字信房が奉授工として選ばれ、試みに打つたところ、院好みの雄渾な幾振かが生れたので、翌年は諸国から名工を召した。院が手づから鍛へたものには中子の鎺《はばき》の下に十六弁の菊を刻んだ。菊御作と称して次第に宮中の評判になると、院は興に乗つた時、惜し気もなくそれを近臣に与へた。熱中し始めるととめどのない院は一年十二箇月、月毎に担任を変へて、競作を試みさせた。一例を挙げれば一月は備前国則宗、二月備中国貞次、三月備前国延房、四月粟田口国安、五月備中国恒次、六月粟田口国友、七月備前国宗吉、八月備中国次家、九月備前国助宗、十月備前国行国、十一月備前国助成、十二月が備前国助近といふ陣容で、それぞれに極めつきの名工であつた。彼らの中には左衛門尉《さゑもんのじよう》、刑部丞《ぎやうぶのじよう》、権守《ごんのかみ》等高官の名さへ授かり、所領を分たれ、貴族達の嫉妬を唆るやうな栄達を遂げる者もゐた。出自も怪しい僻鄙《へきひ》の地の男児でも、鍛冶の才あらば禁中に出入できる。御所焼の向う槌打つて末代に名を残せと、諸国の鍛工は奮ひ起つた。院は一振心にかなつた太刀が生れると、乱舞して喜び、その夜は必ず宴となつた。一刀失つて千刀を創《つく》るの心意気であらう。宝剣への意趣、否、宝剣を継ぎ得なかつたみづからの運命に報復するやうに、院は夥しい刀剣を鍛へた。素人の慰みなどではない、伝家の銘刀力王作の一振を持ち、刀剣鑑定《めきき》に関しては比肩する者なしと噂される信濃の勇者仁科盛遠《にしなのもりとほ》さへ、反《そ》り深く優美を極め、豪宕《がうたう》にして気品あり、古今未曾有と讃へ、この刀となら生死を共にしても本望と、心から左右の者にも伝へた。勿論、このやうな歎賞には一たまりもない院のことゆゑ、二振も下賜されて羨望の的となる。盛遠はもと、院が熊野御幸の途次偶然那智で行きあひ、かたみに一目惚れして、そのまま一行に加はり、否応なく京へ連れて帰られた男であつた。その頃の仙洞御所には、これに類した人物が踵を接するやうにして召されてゐた。一芸に秀で、院を慕ひ、意気盛《さかん》な荒武者や、地方の豪族が多かつた。胡散臭い者も混り、宮廷生えぬきの諸卿とは肌が合はぬ。合はぬままにいつか黙契が生れ、かういふ雑然とした雰囲気、そこに生れる得体の知れぬ熱気と悲愴感、滑稽感を、院はこよなく愛した。秀能兄弟、それにもう十七の若武者で能茂《よしもち》と名告る医王丸らは、これら荒くれ者たちを馴致するやう命ぜられてもゐた。馴らすまでもなく、おのづから気脈相通じ、心は結ばれる。昔の和歌所の面面も老いて、かういふ現象には脅《おびや》かされる。殺伐無類の気風が御所に瀰漫《びまん》しつつあると愁《うれ》へる者もゐて、定家など苦情派の最たるものだつた。顧れば三十回目の熊野御幸のその夏、有家と長明が歿した。六十歳を越えてゐた。重陽の宴は近年、殊に院の好みで諸国の菊花が召され、次次と変種の華麗な花が見られるやうになつた。その菊を愛でて歌ふ名手も櫛の歯を引くやうに世を去つて行く。伊勢から、美濃から、九月に入ると芳しい菊の株が御所に運び込まれ、清涼殿の前はこれらの犇《ひしめ》く場と変じた。

　八日の夕暮になると黄白の大輪五十鉢ばかりを、不時の雨に備へて軒下に入れ、女房達がさんざめきながら被綿《きせわた》で覆ふ。翌朝は宿直《とのゐ》の者が帝や上皇方、それに中宮の御所を廻つて、菊の香の沁みた綿を奉る。そのかみはこれで身体を拭ひつつ長寿を念じたといふが、院などはこれで額を押さへ、掌上に載せて瞑目する。花を浸した菊酒も八日の夜には準備する。早朝には被綿採りの他に、宴のための花包みも用意せねばならぬ。すべて女房達の仕事で、八日の夕刻以来眠るのも交替である。それだけではない。九日の日からは平素の衣は綿入れを着るやうになるので、その手配もせねばならぬ。十月一日から正式の冬装束に変るが、それまでの褻《け》の衣更へである。女達の気ぜはしい一日の果てに、院、新院、帝の前で重陽の宴は始まる。菊花紋に菊花栽培と殊に執心の深まるにつれ、父院のことを菊の御所、菊帝などと雅称する者もあり、まんざら御意に入らぬでもない様子、殊にこの二、三年、花の宴、紅葉の宴よりも、この菊花宴は贅を尽すやうだ。夜に入つても五節《ごせち》の淵酔《えんずい》以上で、若い殿上人や公卿は、飲みに飲んで陶然となり、蹣跚《まんさん》と女房達の局《つぼね》の前を練り歩き、日頃思ひをかけてゐた相手を誘ひ出す。あるいは酔ひ冷ましに、庭に下りて数人一組になつて舞ひ始める者もあり、また一方では許されて折り取つた菊を翳《かざ》し、即興の歌を披露する。能茂、為家と連舞せよ、秀能「菊慈童」を歌へ、盛遠弓弦《ゆんづる》鳴らせ、忠信笛吹けと院は殿上から声朗らかに命ずる。折しも月皎皎《かうかう》と照り渡る夜なら、唱ふ者、舞ふ者入れ代り立ち代り、果ては院自身一同に混つて興ずる。交野八郎が召されて、闇の彼方に立てた菊の的を、三十間《けん》離れた所から射ること九度、九輪の菊ことごとく芯《しん》を射られて散華するといふ妙技を示すのもこの夜である。菊題の歌合は酔余の興で十日の暁にまで及ぶ。並の体力では到底この時まで侍《はべ》りかね、ひそかに退出する者も少くないが、院はそれを覚えてゐて、別の日に罰する。かういふ意に従はぬ臣下への懲罰は、四十に近づく頃からいよいよ厳しく、発作的に、かつ残酷になり、平素遠ざけられてゐる者、何となく敬遠し、かつ快からぬ思ひを抱く者は、いつ矛先を向けられるやも知れず、戦戦兢兢の体《てい》であつた。宴終了前に退出することは勿論、宴酣《たけなは》に仏頂面でもしてゐようものなら、それも逆鱗に触れる。右大将公継はそのため閉門を命ぜられたし、彼の左右に侍つてゐた公卿の何人かも、衆人の前で譴責《けんせき》された。院若年の頃の、あの水無瀬離宮竣工間もない頃の遊宴ならば、乱れるといつてもおのづから限度があり、逆鱗も爽やかで、時にはほほゑましいやうな事件も生れたが、三十代も半ば以降、諸国の猛者や遺賢が座に連なるやうになると、徐徐に様相が変つて来る。宮中で、真冬に辻祭《つじまつり》すると言ひ出し、殿上童を唐櫃の蓋に載せて神輿《みこし》代りに担がせ、その辺に畏まる誰彼にそれ獅子を舞へ、馬になれとふざけちらし、また鳥羽殿などで鞠のあつた後は鶏合、鳩合、競馬と矢継早に趣向を変へ、近臣の誰かが負けると即座にその家へ行幸になる。院を迎へた邸は大騒動で、供奉の数十人をも加へての酒肴調達に走らねばならず、斡旋には院の好みに合ひさうな遊女や少年も探す必要があり、万端調《ととの》つた頃には次の趣向を思ひついて、疾風の吹き抜けるやうに還御の例も珍しくない。ほとほと愛想の尽きるやうな野蛮幼稚な遊びにも、院の眼はいつも蒼い炎をちらつかせてゐた。何かに逐はれ、何かに挑むやうに、夢中になり、熱中し、昂《たかぶ》つてゐた。旧くからの側近はその焦慮が何に由来するのかが、朧気ながら判る。新参の狐狼達は、そのやうな狂態を歓迎して火に油を注ぐ。他の鼻白んで進退に窮するところを、彼らはやんやと喝采して煽り立てた。だがその院が時には御所に籠つて、沈思し書見する。また一気呵成に百首歌などを詠み、明夜歌合をなどと言ひ出す。かつての肥り肉《じし》もやや骨が目立ち、頬のあたりが殺下《さいか》しはじめてゐる。宝算四十二、人生の大禍時《おほまがとき》にさしかかつた険しい表情があらはに見える。

　承久三年正月の熊野御幸は供奉の者も二十名足らず、行程も何か慌しく、熊野到着もいつもより余程早く、十日を要しなかつた。王子、王子での法楽、和歌会は勿論盛大に行はれたが、趣向を尽して夜を徹し、翌朝の出発に差支へるやうなことは一度もなかつた。出発前に法印尊長と大僧正長厳と密議を凝らしたが、殊に長厳はかつて熊野三山の検校、今もなほ彼の威令はここにも及ぶ。院は長厳の同行を命じた。紀伊熊野は既に春めき、白梅が行手行手《ゆくて》に香り、桜さへちらほらと綻びそめてゐた。熊野本宮での祈禱は垢離《こり》も入念を極め、証誠殿、若宮、一万十万での礼拝も、何か期するところあるかに瞑目、口中でしきりに何かを称へた。経供養所でも通例の二倍の時間を誦経《ずきやう》にかける。そして夜に入ると供奉の公卿達には心おきなく法楽を催させ、院みづからは奥に湛増の孫快重を始めその子千王禅師、快実の叔父にあたる湛勝、湛全、湛秀、また行快の子尋快、その子長王禅師、行快の弟行全の子行忠、これら別当家の面面を親しく召して、何か懇懇と説得を試みた。八名の僧、いづれ劣らぬ屈強精悍な面《つら》魂《だましひ》、後白河院の昔からの恩顧を、多くは先代から語り伝へられてをり、皆拳を握り、院の言葉の一区切毎に大きく頷いた。縁の上を時ならぬ大きな土蜘蛛が突走《つつばし》る。湛勝が持つてゐた錫杖《しやくぢやう》でぴしりと打ち据ゑた。院の視線が一瞬それを捉へて宙に迷ふ。長厳が立上つて奇妙な歌を口遊《くちずさ》んだ。

孔雀明王一面四臂《いちめんよんぴ》、金の孔雀に乗り給ふ。手にし給ふは蓮華《れんげ》、具縁菓《ぐえんくわ》、吉祥菓《きちじやうくわ》、
紫磨紺青《しまこんじやう》の孔雀羽根。
孔雀明王説《と》い給ふ。除災請雨《ぢよさいしやうう》の加持祈禱《かぢきたう》、おどろの中に蟠《わだかま》る毒蛇悪虫《どくだあくちゆう》食ひ裂きて、
行手を浄め給ふなり。

孔雀明王法の経文がいつの代にか和讃となり、今様に流れ、かつ歌はれたのであらう。威嚇的な、胸に響くやうな重い節廻しで、軍歌《いくさうた》を聞く心地がする。孔雀明王法とは東寺の法会、東寺といへばここは長厳のゐた寺である。院二十八歳の砌《みぎり》の熊野御幸

には、彼は東寺の僧として先達を勤めた。あれは夏の最中《もなか》、山野には蛇がしばしば現れて一行を悩ませた時、彼はあの歌を大音声で聞かせた後、凄じい修法《ずほふ》を試みた。鎌倉をおのが掌中に収め、文武両道においてこの世を領する望みは、思へばその頃既に体内に鬱勃としてゐた。剣を執つて進む時、その時も、必ずやこのやうな屈強な先達が要る。蛇のみかは悪疫も天災もすべて逆修《ぎやくしう》しおほせる修験道の強者《つはもの》が欲しい。今、その夢が怖ろしい正夢となつて目の前にある。もう後へは引けぬ。

院の一行は何か急き《せ》立てられる思ひで帰途についた。田辺を経て切部王子を過ぎた頃咽喉が痛み、湯浅の宿では少し熱が出た。夕暮に着き錆色に漣《さざなみ》立つ海を眺めてゐると、遥か西の小島のあたりに二つ三つ漁火《いさりび》が燃えてゐた。夜半微熱にうるむ目で見つめると、火は一つになつて、弱弱しく瞬く。院は一瞬慄然として衾《ふすま》の襟をかき合す。あの篝火《かがりび》を深夜ただ一人で焚いてゐる自分の姿を思ふ。孤立無援で、次第に細つて来る火を揺《ゆす》る。火の粉が散り、漆黒の水面が刹那煌《きら》めく。万が一敗れたら、そのやうな身になるだらう。万が千になり百になる。勝敗のかねあひは、天地人の和の上に成り立つ。そのいづれにも院は深い確信はない。側近には晴晴と無敵の予想を述べ、一夜明ければ津津浦浦の草木も、ただ上皇一人に靡《なび》き伏す世の到来することを確約しながら、その実、何ものかが囁く、禍禍しい理外の理、殊に人の心の恃《たの》めなさには、耳を塞ぐわけには行かぬ。崇徳院は敗れると思つて起ち上つたか。伯父以仁王《もちひとわう》は討死《うちじに》覚悟で頼政に身を委ねたか。崇徳院の悲惨な晩年が、おどろおどろしく瞼の裏に顕《た》つ。百に一つ、五十に一つの敗北の後、自分は果してどのやうな仕打を受けるか。遠島で済むにしても還幸を切望する臣下は何人ゐるだらう。何百人が望めば鎌倉は同意するか否か。否と思へば憎しみは墨のやうに心中に拡がり、五十に一つの疑心が憤ろしい。そのくせ、沖の漁火の無心に燃え続ける、そのひそかな姿も亦、恋しく懐しい。院はそのまま眠つた。眦《まなじり》に涙を溜めて眠るその枕許に、風病を懼《おそ》れてこの王子の老巫女が、一椀の葛根湯《かつこんたう》を置いて去る。院は夢とうつつの境で「あはれなりよをうみ渡る浦人のほのかにともす沖の篝火」と低唱してゐた。どのやうなことがあらうと、他人にあはれとなど言はしはせぬ。みづからを悼むことはあつても、沖の小島に半生を過さうとも帝王は帝王、そこを内裏と化し、おどろの藪に道をつけても見せる。

三月桜の咲き極まつて散り初める上旬、飛鳥井雅経が世を去つた。歌、鞠二つの楽しみを永年共にしてくれた。その妻の父、鎌倉の大江広元からも弔問の急使が駆けつけ、院は極度に警戒して葬斂《さうれん》の公卿に箝口令を布《し》いた。彼の追悼会《ついたうゑ》でも、やうやくものものしい雰囲気が噂され始めた。各地の社寺で二月以来盛んに加持祈禱が行はれ、その凄じい様相は、明らかに武士の軍立《いくさだち》の前の戦勝祈願を思はせるといふ。院は涼しく笑つて、新古今集切継も悉皆《しつかい》終了、建保四年十二月末には家長にこれを改めて浄書させた。竟宴前後からこの方、この集に関《かかは》つて名を残しつつ他界した者、後京極良経、釈阿俊成を始め、この度の雅経まで十指に余る。彼らの冥福を禱《いの》り、全き集を供物として、歌運の弥栄《いやさか》の加護を冀《こひねが》はねばならぬ。鎮魂法要を兼ねて、念仏会も祈願会も大いに催すと宣言した。だが一方、兵部省隼人司《はやとのつかさ》の卿が連日院御所に詰めかけ、左右の近衛、衛門、兵衛府の将達も色めき立つてゐるやうだ。左《さ》、右馬寮《うめれう》、兵庫寮《ひやうごれう》にも公卿の出入が例ならず見られる。院はそれを云云する者らにも、永年鍛へた宮中の武技を、この夏空の下で華やかに験す所存、腕に覚えの者は心がけおくべしと、明るく答へてみせた。五月三日、菖蒲の節句を翌翌日に控へて、三宮、異母兄の惟明親王が薨《こう》じた。一つ上の四十三歳、四十年前、次の帝を決めようと、後白河法皇が膝に抱き上げた時、もし三宮がもの怖《お》ぢせず、先ににつこりと笑つてゐたら、彼こそ今日のわが立場、自分は四宮として、風雅を友に遊蕩三昧の日日を送つてゐたかも知れぬ。あるいは兄帝を退位させ、やはり今日までかくあつたやうに、ほしいままに生きてゐただらうか。

　兄の喪に服するのも束の間、院は畿内、近畿、また折から上京中の武士に、鳥羽離宮内城南寺《じやうなんじ》で流鏑馬揃《やぶさめぞろ》ひを催すと檄《げき》を飛ばさせた。犬追物《いぬおふもの》も賭弓《のりゆみ》もせうぞ、血気の者は集まれ、五月十四日払暁には主上も臨御になると秀能兄弟が下知して廻つた。「いざれ独楽《こまつぶり》、鳥羽の城南寺の祭見に。われは罷《まか》らじ怖しや、懲《こ》り果てぬ。作り道や四塚《よつづか》に焦《あせ》る上馬《あがりうま》の多かるに」と今様《いまやう》にも歌はれたその城南寺、それなら競馬も催さう、その声に釣られて集まる者千七百余騎、だが流鏑馬や競馬が行はれるとは、大将勤めるほどの侍は、勿論考へてはゐなかつた。参集することはそのまま、院のこの度の志に殉ずる決意を示すことだつた。その志が討幕にあることとくらゐ、彼らとて以心伝心承知してゐた。北面、西面の武士は事ある毎に彼らと通じ、武断の英雄として院を語り、たとへ遥かからでもその謦咳《けいがい》に接する機会を作つて来た。心中頼んでゐた武士はほとんど顔を揃へてゐた。かうなると不参の者がむしろ逆に目に立つ。大江広元の子、京都守護の一人親広を即刻呼びに遣つた。一両日熟考などといふ申出はまづ不可能な、愚にもつかぬ遁辞《とんじ》である。従はねば斬られよう。今一人の守護伊賀光季は院の命を否み、翌日館を取り囲まれ、斬り死にした。城南寺はあの時、そのまま義時追討の旗上げの場となつてゐた。

法印尊長はその前夜既に、親幕派筆頭の西園寺公経とその子実氏は、内通、妨害の懼れ多多あり、捕ふべしと進言してゐた。しておいて実は殺すつもりであつた。五月雨の上つた夕方、雑兵十数名と共に西園寺邸に乱入した。関東申次に天誅《てんちゆう》下ると呼ばはり、父子に襲ひかかつて縄を打ち、弓場殿に拘禁し刺し殺す機会を窺ふ。公経は心中、この無謀な荒法師や妖婆兼子の暗躍で、今日までどれくらゐ院が道を踏み迷つたか、この後も取り返しのつかぬ断崖まで行き果てるであらうことを思ひ暗然とした。こんなところで殺されてならうか。こんなおろかな変乱のために犬死にしてならうかと、息子と背合せになつて刺客に備へた。三年前大将を所望して兼子の夫の養子師経と先任争ひをし、院が一度公経に与へた内諾を反故《ほご》にした時、彼は実朝に直訴し、事と次第では鎌倉へ奔らうとまで思つた。院は激怒して即日籠居を命じた。それもその翌翌日には将軍の耳に達した。関東申次が蟄居《ちつきよ》とは何事、すべて卿二位の讒訴《ざんそ》によるものであらう、黙過しがたいとの厳重な申入れに、兼子はあわてふためき、勅勘解きたまへと上奏し、一方鎌倉へも詫びを入れた。院はその時も公経を鎌倉に尾を振る犬、蟄居ではなまぬるいと口を歪めて罵つた。事あらばまづ槍玉に上るのは必定と覚悟し、ひそかに遁走亡命も予定してゐたがやや後《おく》れを取つた。公経の妻は故鎌倉殿の外甥《ぐわいせい》、藤原高能の妹、いざといふ時は関東に身を寄せたいとかねがね口にしてゐた。そのいざといふ時が迫つてゐる。

そもそもの事の兆《きざし》は二年前の二月、実朝歿後、将軍の跡目として尼御台所政子が、院の第二皇子、坊門の局《つぼね》を母とする冷泉《れいぜい》宮頼仁を所望して来た。乳母を勤めては抜群の兼子はこの親王をも哺育し、内内で政子にも将軍候補として推薦してゐたのだ。第一、親王も二十一、またいつ暗殺されるやも知れぬ物騒な位置に据ゑられたくはなかつたらう。院の膠《にべ》もない拒絶に鼻白み、将軍には九条道家の子三寅《みとら》を請ひ、これはかなへられた。その新将軍、未だ二歳になるならずの幼児は、承久元年六月、目も眩むやうな晩夏の盛りに、数多《あまた》の武士に護られて関東に下向した。その一行が鎌倉へ着くか着かぬの七月十三日、源頼政の孫、大内裏守護に任ぜられてゐる頼茂《よりもち》が院の命令一下、突然西面の武士によつて誅された。次代将軍はみづからが買つて出ようと妄想を旋《めぐ》らしてゐたといふ面妖至極な理由であつたが、既にこの時、院の周囲では討幕是非の論議が重ねられ、反対者はさまざまの理由で、消されて行つたのだらう。公経はそのやうな険悪な空気の中でも、あまりにも鎌倉に近いので遠ざけられて、勿怪《もつけ》の幸に、殺し残された。この事件に次いで頼茂に親近してゐた院の腹心の一人、藤原忠綱の不穏な行動があらはれて内蔵頭を解任され、所領は没収となる。もともと真字《まな》さへろくに書けぬ、精精、従者《ずさ》か前駆が相応の下﨟《げらふ》の、どこが気に入られてか急に昇殿を許され、一時は九条道家の養育まで任され、その上京側の使者として鎌倉へ度度下つてゐた。彼も亦、その養子を将軍に立てようと、頼茂ともども画策したといふ罪状であつたが、これも亦訝《いぶか》しい。第一将軍問題で奇怪な謀略が生れたのなら、罰したいのは鎌倉の方であらう。院がみづから裁断を下す要はさらにない。院と尊長と長厳、それに秀康、光親らの外《ほか》関知し得ぬ極秘裏の構想、実施計画の細部は、それでも罅《ひび》の入つた甕から水の泌み出るやうに、何者かの口を通じて鎌倉に聞えてゐた。あの最勝四天王院廃毀も、今にして思へば、討幕実施最早猶予を許されぬといふ、一示威であり、院みづからを鼓舞し、西北面の武士の奮起を促す手段に他ならなかつた。

公経父子拘禁の翌日、全国の守護地頭に、朝廷をないがしろにする仇、また源家の正統を根絶やしにした元凶、執権北条義時追討のため、即刻馳せ参ぜよとの院宣が発せられた。朝敵と呼ばれた以上、その義時に従ふ者千人を越えることはあり得ぬと院は考へてゐた。関東武士はたとへ朝敵と言はれても北条氏に味方する。万を越える軍勢が邀撃《えうげき》するに相違ないと直言しても決して相手にはされなかつた。五月の仙洞御所はこの年早くも湿熱耐へがたく、遮二無二突つ走らねば気が狂ひさうであつた。口では、宣旨一たび下れば枯木も花咲く、などと空景気《からげいき》をつけ、全国の名だたる豪族に、宣旨に随《したが》ふ者は恩賞思ひのまま、勝利決定の暁は論功望みに任すなどと副状をばらまきつつ、心のどこかに一点の不安な翳があり、沈思すれば、それが俄《にはか》に膨れ上つて胸中に満ちるやうだ。副状は三浦義村にさへ届けられた。彼の弟胤義は夙《つと》に院の麾下《きか》に参じ、極秘案さへ承つてゐた。日本の武士が何故神慮叡慮に背き得よう。兄の義村は行賞の折追捕使《ついぶし》を約すれば味方疑ひなしと高を括つてゐた。宣旨の使者が鎌倉に着いたのは五月十九日の午下り、その頃は既に西園寺家から発した急使が幕府に内通してゐた。密書を見た義村も急遽執権のもとへ駆けつけた。

逆賊の名を蒙《かうむ》るのは一大事、六十五歳の尼将軍は、将軍御所の庭に馳せ参じた武士達に、故殿が幕府創設までの苦労を思へ。三代将軍の墓を京家の馬の蹄にかけてよからうか。院は秀康、胤義ら逆臣の讒言《ざんげん》を信じて非義の綸旨《りんじ》を下されたのだ。彼らをこそ討つて主上の曇りを払ふべきだ。もしそれでも宣旨に従ひたい者は、この尼を殺し、鎌倉を焼き払つて京へ行けと、叫び、かつ哭《な》いた。戦ひに敗れたら鎌倉は京の支配下となり、かつての野武士同様の陰惨無残な日日がまた周つて来る。その暗い幻影が武士達を慄然とさせ、団結を誓はせた。大江広元は失明近い眼を瞑《つむ》つて、京都への進撃を主張した。朝廷に弓引くことを躊躇《ためら》ふ者も、諏訪氏が大祝《おほはふり》に神意を問うた結果、出陣然るべしの神判が下つて大挙参加したのを目のあたりにし、疑念を払つた。東海道軍総大将は義時長子の泰時、当年三十九歳、幼名の金剛を今もそのままに、父よりも純樸剛直の好漢であつた。その弟朝時《ともとき》は北陸道の大将軍、武田信光は東山道軍の総帥、それぞれに沿道の武家、御家人を統率して京に迫る。その数十九万騎に垂《なん》なんとし、鬱然たる気勢は天を圧する。

宣旨の効果はいささかも見られぬ。東国大名を巡歴し上皇軍加担の要を説いてゐるはずの押松丸が、既に鎌倉で捕へられてゐることは誰も知らなかつた。義村あるいは東国のわれこそはと思ふ強者が、義時や泰時、朝時の首級提《ひつさ》げて、仙洞御所へ駆け込んで来るのではないかと、院は寝覚の夢に見るほど期待した。だが届いた第一報は、幕府軍大挙して西上しつつあり、その数十数万云云であつた。主要な関に守りの兵を若干遣してゐただけの京方《がた》は動転、美濃と尾張の境木曾川に布陣、ここで鎌倉方を防ぎ止めようとした。だが東軍の一撃で沿岸九箇所は総崩れ、六月六日は暑熱の中をずるずると退き、山田重忠らの奮戦も儚い抵抗に止まつた。上皇方は二位法印尊長邸で改めて作戦会議を開き、比叡山に援助を求めたが、延暦寺の面面は平素憎まれてゐるのを恨みに思ひ、冷やかに拒んだ。七日、この日も暑かつた。院は直衣《なほし》の上から軍腹巻《いくさはらまき》、二院二宮を従へて騎馬で山に登り、したたる汗を押へつつ言葉を尽したが、効はなかつた。九日に誰かの手によつて義時誅せらるの風説が京に流れた。院は一夜日吉の社に籠り天祐を念じた。ところが暗がりに怪しい稚児が走り出て、輿振《こしふり》の意趣を甲高い声でわめき散らし、どこかへ消えた。天は俄に墨を撒《ま》いたやうになり豪雨が襲つて来た。

六月に入つてから雨続きではあつたが、十日を過ぎてからの降りは凄じかつた。宇治川は濁水が逆巻き、ここで支へねばといふ上皇軍の、必死の防戦で、さすがの東軍も一日は足踏みした。だが十四日には、秀康、胤義が四辻《よつつじ》御所に駆けつけて、勢多も宇治もつひに陥落敗走したことを奏上する。関東の荒武者は、昂《たかぶ》り血に狂ひつつ京洛に乱入する。放火、掠奪、凌辱はほしいまま、雲上人も青女も青侍も遊女も、着のみ着のまま、はだしで逃げまどひ、血は辻辻に流れた。坂東武者は雑兵の末まで、公卿や女房の首の一つは提げ、そこへ爛れたやうな真夏の陽が、いらいらと零《ふ》りそそぐ。

土御門、順徳二院と六条、冷泉の両宮は貴船に難を遁れさせて、院は四辻殿にただ一人止《とど》まつた。門は内らから固く鎖し、灯《ひ》もともさず、終夜雨にそよぐ庭の夏草を眺めてゐた。生涯の、たとへやうもない暗いひと時が経つて行く。蓆《むしろ》に胡坐《あぐら》したまま奈落の底へ堕ちる。門扉を叩き叫ぶあの声は、敗軍の将秀康と胤義、それに山田の重忠であらうか。最後の一合戦を宣《の》らせ給へ、我ら主上に殉ずる心のみと声張り上げてゐる。事は畢《をは》つた。事は決つた。最早すべて遅すぎる。院は門の方に向つて瞑目正座する。裏から秀能が忍び込んで来た。紀伊か熊野へ遷《うつ》しまゐらせう、命に代へても護り奉ると目を血走らせてゐる。汗びつしよりの身は苦い異臭を放つ。汝一人落ちのびよ、命あらば会ふ日もあらう。さう言つて夏草の闇に突き放つ。秀能は号泣しつつ姿を消した。

近臣六卿は暁の仄白い光の中で顔を見合す。院は、既に悉く抛棄した。今更何を言はう。死を賭けてもこの戦諫止《かんし》すべきであつたものをと院宣執事役の光親は唇を噛んだ。すべて我ら六人の謀議による大禍事《おほまがごと》として罪を引受けよう。代つて宣旨をしたため、六波羅に届ける他はないと秀康は吐き出すやうに提案し、光親は暗然として墨を磨り出した。院の御璽《ぎよじ》を乞ひに彼は今一度四辻殿の裏門から、一人ひそかに参入した。院はまだ南面して眼を固く閉ぢてゐる。後から小声で奏上するが、声は耳に入らぬのか、院は振向きもしない。光親はそのまま膝をついてじつと後姿を見守つた。白く豊かであつた咽喉から胸にかけての肉置《ししお》きが、この一箇月で殺《そ》げ落ちてしまつた。数日洗はぬ髪が粘つて額に乱れかかり、瞳はあらぬ方角を見つめてうつろであつた。庭の咲き残りの常夏《とこなつ》が踏み躙《にじ》られ、暗紅色の花は折れ伏してゐる。そのあたりから風が吹く。秋風か、背《そびら》が寒いと院は肩をすくめて呟く。風は院の腋を潜つて光親の鼻先を吹き過ぎる。何が秋風だらう。腥《なまぐさ》い真夏の風であつた。

初雁のつらきすまひの夕霜をおのれ鳴きつつ涙問《と》ふらむ

嘉禄二年四月撰歌合

第六章　なみだとふらむ

——嘉禄元年　1225

文月《ふづき》十三日、隠岐への配流の旅に立つことになつた。八日には院もやむなく髪を剃り落した。初秋の風がざらりと後頭部に触れて過ぎる。名高い絵師であつた隆信《たかのぶ》の子信実《のぶざね》に形見の似絵《にせゑ》も描かせたし、母の七条院藤原殖子《しよくし》に暇乞《いとまごひ》もした。彼女の夫の高倉帝は二十一歳の崩御、不思議なめぐりあはせで二代後の帝位に即いた皇子四宮は、その二倍の年の四十二歳の、しかも誕生日七月十四日の前日に京から逐はれることになつた。保元、平治の昔から、后妃、中宮、女御の運命は数奇を極める習ひとは言へ、わが身になれば天を仰いで歎かずにはゐられない。音に聞く隠岐とは、出雲の国の北の海に浮ぶ孤島で、夏三月《みつき》以外は船も通はぬところとか聞く。俊寛僧都《しゆんくわんそうづ》の鬼界が島は、せめて南の国、花鳥も虫魚も豊かに眺められたことだらう。北海の岩山ばかりの島は、雪と月のみ。都で栄耀を尽した身が、果して一冬でも越えられようか。殖子は島の様子を思ひ描くと居ても立つてもゐられず、そのやうな地獄へ行かねばならなくなるまで、無暴な所業に身を駆《か》り立てたわが子が、俄《にはか》に疎ましくなつた。

　思ひは院とて当然同じであつた。夏はともかく隠岐の冬がどのやうにむごいものかは、かつて出雲の守護やその由縁《ゆかり》の者の話を人づてに聞いて慄然としたことがある。島までお伴すると申出たのは伊賀の局《つぼね》亀菊、坊門の局、その侍女で大弐と呼ぶ老女の三人だつた。男は二人まで、他は罷《まか》りならぬとのことでとりあへず俄入道の清範が決つた。院は能茂を心の中で望んでゐたが、彼は父秀能が熊野に落ちたこととて、憚《はばか》りもあらうかと遠慮した。出発の時はわづかな送別の人影が御殿の築地《ついぢ》の彼方に見えるだけだつた。女房の下野《しもつけ》が涙ながらに走り寄つて、夫家長ともども、春秋の消息は欠かさず、いつの日か還幸の砌《みぎり》を楽しみに暮すと言つて、跪《ひざまづ》いた。院は身を屈《かが》めた。家長に、医王が連れて行きたかつたと伝へてくれ。下野にさう囁くと、もう二度と後を振向かなかつた。卿二位兼子の姿も、今生の名残を惜しんで当然の誰彼の姿も見えぬままであつた。

　旅の夜は、七月ともなれば露が身に沁む。この正月には供奉《ぐぶ》の列も美美しく、熊野へ下つた同じ河を、今日は曝《さら》し物同然、むさ苦しい船の奥に面を伏せて、のろのろと送られて行く。女房三人連れて行くことも、思へばむごい所業かも知れぬ。だがかたみに身じまひもきりりと、これより後の怖ろしい日常に身構へてゐるのは健気である。

この度の乱のそもそもの因をなしたと白い目で見られてゐた遊女上りの亀菊が、却《かへ》つて起居から就寝にいたるまでの世話も心きき、警固の武士達や船頭や漁夫とのやりとりも確かで頼りになる。坊門の局も二日目からは飲食のことに心を砕きはじめた。三日目の朝、雀の松原を過ぎて生田の森に差しかかつた時、蹄の音も高らかに迫つて来る二騎がある。あるいは刺客、と清範入道が身構へると、近づいて来た白頭巾、法衣姿の二人の男はさつと馬から降り、網代車《あじろぐるま》の方に向つて膝をついた。

一人が白い頭巾をかなぐり棄てると匂ひ立つやうな青い頭が現れ、目をきらきらさせる若僧は、紛れもなく能茂であつた。御伴《おとも》仕るため剃髪、入道となつて追ひ奉つた。清範入道に代れとの命も受けてゐる。また、今一人は施薬院使《せやくゐんし》の長成入道三十五歳、医薬携へて同じく供奉と手短に説明し、院の傍に躙《にじ》り寄る。医王、やはり来てくれたか、隠岐は雪国、傘も重からうと院は高らかに笑ひつつ泣いてゐた。清範の目は一瞬安堵の明るみを浮べる。彼は京へ召し返される悲しみと喜びにうなだれる。警固の荒武者達の好奇に満ちた目を肩で振り払ひ、馬首を東に向け、別れの挨拶もそこそこに姿を消した。院はふと、仙洞のとある日を偲ばせるやうな、一種水入らずの安らぎを覚えた。死地に赴く思ひ、足手纏《まと》ひを連れて地獄への旅を強ひられる思ひに、今かすかな甘みが加はつた。この男は、死ぬまで、否《いな》死の後も、英雄であつた自分を信じ続けるだらう。白木綿《しらゆふ》の頭巾がこの十七歳の青年の紅顔をいやさらに目立たせる。父秀能の安否は問はなかつた。血の繋らぬ父と子を何が今日まで繋いで来たのか。思ひ返せば医王丸は行願寺の別当法眼《ほふげん》道提の子に生れ秀能に貰はれた。医王山から霊夢に依つて天降《あまくだ》つたといふ麗しい童子であつた。院は彼が元服して能茂になるまで殿上童《てんじやうわらは》として溺愛した。秀能の子は秀範、秀茂、秀行と皆「秀」を冠したのに、能茂は例外、しかも他の兄弟より一入《ひとしほ》愛されてゐたことも院の心を揺《ゆす》つた。秀能は後後、自分の身代りになることを予測して、この子を育て、御所に連れて来たのではあるまいか。

秀能の兄秀康は院方総大将、追手大将軍として血戦の後、この乱の罪を他の五人と頒《わか》ち、河内の僻邑《へきいふ》で自害して果てた。弟の秀澄は墨俣軍《すのまたぐん》の大将として搦手《からめて》にあつたが討死を遂げた。秀康の次男秀信も東軍の矢に斃《たふ》れた。秀能の長男秀範も同じく院のために散つた。そして追手の大将秀能自身は、かつての御幸の道を一路南へ落ち、恐らくは熊野に隠れるだらう。少年の日からの院の寵愛を嚙み締めつつ、落ちのびて必ず生きよの命に従ひ、一人死に後《おく》れて、泣きながら駆けて行つたらう。院は京を軸として西北と東南に引き裂かれる君臣のさだめを思ふ。そして能茂の、このやうな旅にはそぐはぬ明るい眼に会つてはつと気を取り直す。だがこの能茂も十五で娶つて既に二人の男児があり、都に残して来たはず、終生帰らぬことも覚悟の上、後を逐つて来てくれたのだ。院も問はぬ。能茂も語らぬ。隠岐への流人《るにん》は、そのかみの日も、警固の武士達に監視されつつ、あまりにも美しい播磨《はりま》の海や、秋草の花露を弾《はじ》く美作《みまさか》の山路をたどり、あるいは色鳥囀《いろどりさへづ》る丹波路から、青海波《せいがいは》煌《きら》めく但馬《たぢま》、因幡《いなば》の浜に出て、身を心を細らせ、十里、三十里、九十里と都から遠ざかつて行つたのだらう。

京を出て十四日目に出雲大浜の湊《みなと》に一行はたどり着いた。入江には烏賊《いか》釣船《つりぶね》が舫《もや》ひ、眼の鋭い漁夫が右往左往し、京から来て隠岐へ流される一行六人を、殊《こと》に盛り過ぎてなほ美しく、褻《け》の装束でもまだ華やかな女房二人を無遠慮に眺める。施薬院使とはいへ、荒法師なみの修法も心得、荒行《あらぎやう》にも耐へて来た長成は、かういふ時きつと身構へて気色ばむ。そのかみ院が痘瘡《とうさう》を病んだ折、彼は薬種を届ける父に連れられて数度、内裏に赴き、予後の帝を遥拝した記憶があると言ふ。ひたすらに院に殉じ、護り奉りたい。志願して加はつたと実直無比の面を引緊め、早くもこの港でも院や女房達の楯になり、人垣を逐ひ払つてゐる。魚臭紛紛の港の中の社寺本堂を仮の御所として、此処で二夜、船の仕度と順風を待ち、当分の衣食の足しとなるものの調達に奔走する。警固の武士十人も長い旅の途中から甲冑は関所通過か、夜間宿直《とのゐ》の時のみとし、いつしか院一行とも言葉を交すやうになる。能茂には彼らの中に父、叔父、義兄を通じての知人もあり、月を眺めつつ武門の儚さを歎き合ふ夜もあつた。最後の夜、院は都に残した七条院殖子と修明門院重子に歌をしたため、明日は都へ帰る六波羅の侍の幸便に託した。質素な白木の文筥《ふばこ》は、汚れて着くだらう。

たらちめの消えやらで待つ露の身を風より先にいかでとはまし
知るらめや憂《う》き目をみほの浦千鳥鳴く鳴く絞《しぼ》る袖の景色を
八百《やほ》よろづ神もあはれめたらちねのわれ待ちえむと絶えぬ玉の緒

美保が関の松は秋の潮に根を洗はれてゐた。本土もこれが見納めと、東の方に背伸びしても、峨峨たる山山が霞むばかり、北の方を見やれば鉄漿《かね》色《いろ》の潮がぎらりと輝き、沖は白銀に映えて正視もかなはぬ。波路遥か四十里の彼方と改めて聞かされると身の毛がよだつ。それも無事に船が着いてのことと、老船頭は歯を見せて大笑する。葉月初めには珍しい凪といふ日に一行は隠岐に向つた。それでも海は凄じいうねりを見せ、一刻として身の置き処の定まる時はない。水練にたけた院はさすがに泰然として、遥か南に遠ざかる出雲の島山に、小手を翳して別れを告げる。船を操る術も泳ぎも父から厳しく教へられてゐた能茂は、既に蒼白となつて打臥《うちふ》す女房達を介抱する。心安らかにゐたまへ。鏡の上を行くやうなこの船路、辛いと言つては罰が当る。面を上げて、あれ海境《うなざか》を御覧じよ、飛魚が一間《いっけん》も天にはねて、その腹が銀に光る。あそこに漂ふのは鹿尾菜《ひじきも》と指差すのは長成、伊勢は大淀の浦で人と成り、潮の香を聞くと心も蘇るといふ。二人の船頭も都人の意外に動じぬ気色を見て、却つて拍子抜けの体《てい》であつた。漕ぎに漕いでも着くのは黄昏《たそがれ》と、昼餉の包を展げる。焼米と干魚と瓜、それに竹筒の水、勿論女房達は面を背ける。ただ一人、伊賀の局は波に馴れるのも早く、せめて瓜をと一つ取り、さやさやと音を立ててかじれば、他の二人も腫れた面を挙げて咽喉を潤ほす。院が何か口遊《くちずさ》む。北の方を眺めつつ、むしろ恍惚として歌つてゐる。能茂はその歌を覚えてゐた。今年の四月、あの衣更《ころもが》への一日の夜、宿直して滝口のあたりから御所に近づくと、雨催《あまもよ》ひの夜気の中に、まさしくこの歌の調べが流れて来た。何故か瞼が熱くなり、彼は闇の中に立ちつくした。

わたの原八十島かけて漕ぎ出でぬと人には告げよ海人《あま》の釣船
思ひきや鄙《ひな》のわかれに衰へて海人の縄たぎいさりせむとは

四百年の昔参議小野篁《たかむら》は遣唐副使を拒んで隠岐へ流された。その折は難波の港を出て瀬戸内を縫ひ、周防《すはう》から長門の海を周り、出雲の沖を目指すといふ長い長い波枕であつた。八十島かけての歎きは院の身に沁む。篁、若くして弓馬に秀でこれに耽《ふけ》つたが、後《のち》漢詩文、和歌の秀才として名を残したといふ。それも亦院の共感を誘ふのであらう。野相公集《やしやうこうしふ》を摂政良経から借りうけ、愛誦したこともある。女房達の船酔ひを紛らはすため、和漢朗詠集にも採られた「謫行吟《たくかうぎん》」を、藍青の波に乗せて大音声《だいおんじやう》に詠ずる。

渡口《とこう》の郵船《いうせん》は風定《しづ》まつて出づ　波頭《はとう》の謫処《たくしよ》は日晴れて看《み》ゆ

空も海も薄墨色に暮れかかつた頃、知夫里《ちぶり》の島が現れ、その最南端の大波加、小波加の島にともる漁火《いさりび》が見えて来た。船はその奥の浦曲《うらわ》に一夜泊り、次の日に西の島の刈田郷に向ふこととなつた。今宵仮の御所は漁夫の長《をさ》の蔵を、大急ぎで片づけたところへ、藍の木綿を幔幕様に張りめぐらした所、砂の上に筵を敷き、更に菅畳を置いて何とか恰好はつけたものの、これが日《ひ》の御子《みこ》の御坐所かと思へば胸が塞がる。女房達は欲も得もなくくづほれた。院も装束を解きしばし目を瞑《つむ》る。能茂、長成は袖をたくし上げて早速夕餉の調達に奔走する。海藻と干魚と稗《ひえ》の他は何もない。漁夫の長が道《ち》触《ぶり》、渡神《わたすのかみ》への神饌として貯へてゐた米を少少蒸し、折敷《をしき》に盛つて齎《もたら》した。上皇配流の噂は、既に七月の始めからこの島へも流れてゐたといふ。出雲、石見《いはみ》は鎌倉にも遠く、この度の乱も知らぬ他国のこと、いつもの騒動として、余り関心を持つ者もゐない。ただ出雲の神神の御裔《みすゑ》、九重の奥深くいますべき至尊が、事もあらうにここまで逐はれるとは、いたはしやと目頭を赤くしてゐる。秋はまだしも、この冬をどうして越えるやらと声を呑む。島の地頭は今日出雲大社に出頭とか。生木《なまき》を打ちつけただけの名ばかりの御所は、山の上とはいへ数里先は名にし負ふ荒海、激浪の逆巻き轟く夜夜、いかにして眠るやらと老人は案ずる。窶《やつ》れながらもなまめく女房二人を見遣《みや》つては、水若酢《みづわかす》社の巫女《みこ》は出雲大社から遣はされた由緒ある人の娘で、隠岐島前、島後切つての美女の聞え高いが、都の、やんごとない女房方の雅びには及びもつかぬと目を細める。老爺ながらに肩腰逞《たくま》しく、男二人は夜明まで代る代るの宿直《とのゐ》を怠らなかつた。

護送の船は前後三隻づつに止めて、日の昇ると共に御所を設へたといふ中の島に漕ぎ渡つた。宇津屋《うつや》の鼻、知々井《ちちゐ》の岬を廻り、保々見《ほほみ》の浦に上陸した。守護代が一行を迎へ、一行の後には京から携へて来た衣裳、身の廻りの品品、ささやかな調度が荷車で運ばれる。錫色の空からさす薄日が、漆器や銅器を冷やかに照らし、唐櫃《からびつ》の蓋が開いて、精好《せいがう》がはみ出し、疾風にはためく。浦浦の海人《あま》の家族が道の両側に並び、もの珍しげに覗き込む。警固の侍が叱咤しても一向に慎む様子はなく、生の烏賊を提げた童が、上皇を乗せた俄作りの腰輿《えうよ》を見上げる。装束も潮垂れたまま女房達は怪しげな車でそれに続き、男二人はいささか昂然と構へて前駆と殿《しんがり》を勤める。御所の前には守護佐佐木義清が奉迎といふも侘《わび》しい陣容で待つてゐた。生木を打ちつけただけとはいささか酷《こく》な言ひ方ながら、雑木林を切り拓《ひら》いて巨大な岩を支へに、松と檜皮《ひはだ》と葦とで建てた家屋は、その姿も造作も、民家と変ることなく、山水を溜めて泉水風に石を組み、無恰好な石を積んで石階をかたどつてゐるのがむしろ侘しい。簡素に過ぎるのを遺憾と思つてゐるのか、少しでも過差《くわさ》にわたると然るべき筋から咎《とが》めがあるとことわつてゐるのか、一向に要領を得ぬ説明を、小男の守護代が喋喋《てふてふ》してゐる間、義清は懶《ものう》げに院とその一行を眺め続ける。不都合あらば守護代に何なりと仰せつけられよ、都への便は月に数度あるから、文書其他、如何様にも託することは可能だし、その飛脚が京からのものをこちらへ届けることもできる。僻地とはいへこの孤島でも、望むなら都の風は吹き通つて来る。春、人の口に上つた今様が、夏に守護の館で歌はれることもある。心を空しうするなら、この島も亦楽土になると、ほぼ同年の院に、諄諄《じゅんじゅん》と諭すやうな穏やかな口調であつた。何が因となつてこの度の異変が起り、たちまち朝廷方が敗れ、このやうな苛酷な配流が行はれたのか、深くは知らず、知りたいとも思はぬ口吻、無愛想で取りつくしまもない人柄ながら却つて爽やかな印象も受けた。

　十日足らずで仲秋の名月になる。島に来て初めての観月の宴とは、言ふさへあはれな御所のたたずまひであつた。板敷の上に薦《こも》を敷きつめ、あるいは萱《かや》の草墪《さうとん》や馬革の茵《いん》を並べた三間ばかりを、院の、形ばかりの夜御殿《よるのごてん》、昼御座《ひのおまし》餉間《かれひのま》に見立て、続く二間の簀《す》の子《こ》に藁筵を置いて二人の男が控へる。狭い廊で繋いだ一棟は仄暗い塗籠《ぬりごめ》紛《まが》ひの三間、女房三人がここを占め、裏には厨《くりや》と竈《かまど》が備はり、石清水《いはしみづ》と筧《かけひ》、天水桶もあつた。都では物語の中で稀に行き会ひ、風雅な住まひと溜息をついたものだが、いざ来て暮すとなれば泣きたいやうなみじめさが、潮風の吹き上げて来る毎にこみ上げる。それでも十五日の朝には中の島の地頭知々井鞠介が妻を従へ、奴婢《ぬひ》に清酒濁酒各一樽と魚と蔬菜《そさい》の籠二つを持たせて挨拶に罷《まか》り越した。院が簀の子を下りて引見すると、石階の彼方に跪いて面を上げない。敢へて能茂が誘ひ招じると、やつと二、三歩近づき、畏れ多いと、四十過ぎた童顔を紅潮させてゐる。三百年昔周吉団《すきだん》、意宇団《おうだん》の水軍が山陰道の沖に覇を称へた頃、彼の祖先は周吉団の某と五指の中に数へられ、下つて百年前、隠岐は平氏の荘園の中、彼の祖父以来知夫庄の地頭を勤め、西と中は代代兄弟で分けて来たと、能茂を通じて言上する。母なる人は娘の頃禁裏で雑司《ざふし》働きをしてゐたので、節会節会《せちゑせちゑ》の様《さま》もつぶさに書き残して死んだといふ。聞くほどに興を催し、伊賀の局、坊門の局、大弐、それぞれ鞠介の話に耳傾け、思ひ深げに頷く。院は久久に明るい顔で、今宵は共に月を賞《め》で、語り明さうとの仰《おほ》せ出《いで》、男二人は地頭の袖を捉へ、局らはその妻の手を取り、御所の御意に随《したが》へと勧める。生魚《なまうを》は時を移さず料《れう》るが秘訣、山蕷《やまいも》は食ふ前に皮を剝《む》かう、酒器が足りぬなら僕《しもべ》に取りに帰らさう、飯《いひ》を蒸《む》す甑《こしき》を一重ね献上せねばなどと、厨は思ひもかけぬ賑はひ、一同の面にも絶えて久しい喜色が漂うた。

鞠介と名告《なの》るからには鞠が蹴れるかと院が問へば、また年甲斐もなく額に汗、母が隠岐へ下る時、都で主人から形見に貰つた鞠にちなんでの命名、さる人から幾度か作法は学んだが、とても蹴鞠とは呼べぬ云云、ならば麿が秘伝授けよう、日和には訪れよと、盃を賜る毎に言葉も打ち解け、月の昇る頃に伊賀の局が、今もなほ衰へぬ美声で白拍子を歌ひ出した。その昔の御作《ぎよさく》の一つだ。

露には映《うつ》る月よみの、それも涙の珠連《たまつら》ね、千里の外に行く心。波はみどり月はこがねに砕けつつ、みなちりぢりの昔かな。

能茂は、はるかな昔、父秀能が、名月の夜は御所で宴の酒を賜つて後、深夜帰館、「碧浪金波《へきらうきんぱ》は三五《さんご》の初《はじめ》　秋の風計会《けいくわい》して空虚《こうきよ》に似たり」と、あるいはまた「水のおもに照る月なみをかぞふればこよひぞ秋のもなかなりける」を朗朗と唱つてゐたことを思ひ出す。院は三十代の始め、父は二十代の終り、彼は医王丸と呼ばれてゐた。強力の殿上童、今もそれ以上の何ものにもあらず、分際を心得て、この主上の膝下《しつか》に命を畢《をは》るさだめと観《くわん》じた。いつの日か、都へ還つて、清涼殿に月を観る日はあらうか。荒海《あらうみ》と昆明池《こんめいち》の障子《さうじ》の間に昇り初めた満月の光が仄白《ほのじろ》くさす。北の透垣《すいがい》のあたりには秀能が控へ、呉竹の傍には昔医王が膝をついてゐた。南廊のあたりから修明門院が女《め》童《わらは》を連れてこちらへ向かふ。御用水が北風に漣《さざなみ》立ち、孫廂《まごびさし》の前には伶人《れいじん》が居並ぶ。台盤所《だいばんどころ》では女房達のさんざめく声がする。月はゆらりと山から離れる。鼓の一打一打に連れて月は昇る。「月やそれほの見し人の面影を」と歌つたのは誰、「心の底ぞ秋深くなる」と詠じたのは誰、皆九条良経ではなかつたか。「後のあざけりを顧《かへりみ》ざるなるべし」とも、彼は代つて歎じてくれた。新古今集ばかりではない。討幕の存念も、その惨敗も、いづれ「後のあざけり」を受けるだらう。嘲笑こそ、栄光の影であつた。この影なくて何の和歌の光彩、皇統の威光であらう。人は嘲りつつ眼を伏せる。詞華の眩しさに、すめろぎの道の輝きに、つひにはひれ伏す。

院が履《くつ》を穿き、丘の方へそぞろに歩み出すと、一人立ち、二人座を離れ、皆海の見える岩の上へ近づく。院がその岩に立つ。傍には男二人、女三人が蹲《うづくま》る。知々井岬の彼方、海境も白銀に煌めく。東へ東へ、あの月の真下まで飛び翔《かけ》れば、そこには都がある。坊門の局が大弐に支へられて、ふらふらと崖の方へ出る。「都にて月をあはれと思ひしは数にもあらぬすさびなりけり」。聞き取れぬやうな繊繊《ほそぼそ》と潤《うる》む声で彼女は誦《ずん》じた。父の信清が山家集の中で殊に愛した一首であつたが、まさか娘が、今日、この海の極みで、凄じい観月に侍《はべ》らうとは、夢にも思はなかつただらう。赦された兄の忠信はいづこに。また、妹は鎌倉でさらぬだに寡婦の身を、いかに心細く生きてゐることか。伊賀の君が歌つた白拍子の「みなちりぢりの昔」とは、われら兄妹の身の上でもあつた。彼女はその場に哭《な》き崩れる。能茂とてまことの血は繋らないが、兄と呼び伯父と呼んだ人人が血みどろの姿で、今も月光の下にあらはれて来さうだ。誰も一言も言はないが、院の心は千千に乱れる。われ一人奈落に堕ちて天を仰ぐために、如何にあまたの者を犠牲《いけにへ》としたことか。恨みの涙が朱の色に、波となつて打寄せる。沖の彼方から響く潮騒《しほざゐ》は、自分を信じてこの一戦に賭け、一敗地《いつぱいち》にまみれた武士達の叫喚のやうに響く。赦《ゆる》せ、宥《ゆる》してくれ、生恥を曝しても、麿は生きねばならぬ。なほ貶《おとし》められ、憎まれるために、ながらへとほすのだ。

八月十六日都からの便りが届いた。麻縄をかけた葛籠《つづら》が一つ、その中に院に宛てた文筥《ふばこ》、他の者に寄せた消息の紙包み、他に七条院や修明門院が隠名《いんめい》でひそかに調《ととの》へた心尽しの品品がぎつしりと入つてゐた。隠岐送りの物品書簡等一切、当分の間六波羅の改め役に届出でねばならぬ由も、守護代を通じて聞いてゐたが、葛籠の内容目録は家長の手蹟で詳しく記してあり、第一咎められるやうな文言も品も、始めから避けてゐる。差出人は家長とその妻下野《しもつけ》、家隆とその息子隆祐《たかすけ》、娘の小宰相《こざいしやう》、水無瀬の信成、親成父子であつた。院に奏上するのは政事《まつりごと》に関る推移報告と御機嫌伺ひのみ、腥《なまぐさ》い事件は主として能茂への手紙にしたためられてゐた。都を出て三十三日、その間に起るべきことは起つてゐた。離京の前日七月十二日に葉室光親が駿河《するが》の加古坂で斬殺されたこともこの便りで知つた。十四日には藤原宗行が藍沢原で、念仏を称へながら斬られた。彼は遠州菊河の駅では終夜眠らず法華経を誦《ず》し、宿の柱に「昔南陽県菊水《むかしなんやうけんのきくすい》汲㆓下流㆒而延㆑齢《かりうにくんでよはひをのぶ》　今東海道菊河《いまとうかいだうきくがは》　宿㆓西岸㆒而失㆑命《せいがんにやどりていのちをうしなふ》」と書きつけた。二十日には新院がまづ佐渡へ配流になつた。この度の乱では父院の腹心として奔走したゆゑに当然のことと、むしろ御伴《おとも》の花山院少将能氏や上北面の武士、女房二人をいたはり慰めた。

母修明門院は相次ぐ別離に涙も涸《か》れ果てた。二十四日には六条宮雅成親王が但馬に流され、二十五日には冷泉宮《れいぜい》、頼仁親王が備前児島に流された。冷泉宮の寵童勢多伽丸《せいたかまる》は十三歳で、京側に加担した山城守広綱の子、鎌倉から斬れとの命が下つたが、母が六波羅に直訴、助命歎願の結果宥《ゆる》された。十八日には修明門院の兄、高倉範茂が足柄山麓の早川に入水《じゆすい》して果てた。なかなか死に切れずむごい最期であつたと伝へる。七月の末には秀能が熊野で出家、法名如願《によぐわん》を名告《なの》つたと、ひそかに知らせて来た。四月に新院に代つた四歳の帝は七月九日に廃帝、茂仁親王が新帝となつた。何もかも変りつつある。御所も大内裏の中も、一頃《ひところ》はところ嫌はず六波羅から派遣の武士が横柄な面《つら》でのし歩き、女房の局は昼も鎖《とざ》してゐた。今、宮廷第一の権門は西園寺《さいをんじ》公経《きんつね》、実氏《さねうぢ》父子、論功行賞の折は内大臣昇進、間もなく太政大臣疑ひなしと取沙汰されてゐる。あの七月、院出家の翌九日、高倉院の二宮行助法親王の皇子を帝位につけ、帝位に昇つたこともない父親王に院政を開始させたのも、みな公経の画策であつた。乱前に彼を憎み疎んじた者は悉く《ことごと》遠ざけられ、与《くみ》した者か縁戚は一転して陽の目を見ること必定、姉婿定家の得意、思ふべしと手紙の主は綴つてゐた。

狭い御所の中で、つひには奪ひ合ふやうにして読む都の便り、院の目にもすべて入ることとなり、差出人の配慮も儚い。菊河の辞世は殊に涙の種であつた。新院佐渡遠流は既に黙契を交したことながら、六条、冷泉両宮の都落ちはあはれでならぬ。ただ一つの慰めは秀能が命ながらへて入道したことであつた。忠信がただ一人宥されたことと共に、院はそれだけでわづかに救はれる。五月に討死した者達、七月に入つて一番に美濃で殺された信能、そして光親、宗行、範茂、それに赦免直前に斬られた有雅の血みどろの顔が、闇に打ち重なつて浮きつ沈みつする夜が続いた。苛責《かしやく》の声、怨嗟《あんさ》の叫びが暁と共に遠ざかり、そこに秀能と忠信の淋しい笑顔が浮ぶ。その責苦と慰藉は、全島がまづしい黄葉《もみぢ》で斑《まだら》に染められる頃まで続いた。そして十月の消息には、中院がわれも父院、弟院に殉じたいと、進んで土佐に流されたことが報じてあつた。土御門大納言定通と抱き合つて涙にむせぶ別れ、警固の六波羅武士も、鎌倉よりの咎めはないのにと同情を惜しまず、供の女房は四人、それに少将雅具、侍従俊平他雑色《ざふしき》数名を従はせ、配所の手配もねんごろに、香宗我部《かうそかべ》郷《がう》の中原氏、麻植郡《をあごほり》の小笠原氏に申しつけた由、院の面には不思議な微笑が浮ぶ。殉ずるとは果して何を意味するのか。鎌倉に殉ずるのではあるまいか。この殊勝抜群の振舞が尼将軍の心を搏《う》たぬはずはない。この後皇位継承者が選ばれるとすれば、新院皇子忠成王と中院皇子邦仁王、当然邦仁が選ばれ、その時は還御、太上天皇として院政を再開することも多多可能であらう。院はこの四月からろくに話をしたこともない中院の固い表情を思ひ浮べて、苦いものを噛《の》み下したやうな面持であつた。このやうなことを思ひめぐらすさへ、父としてはあるまじき悲しい所業、承明門院あらば泣いて恨んだらう。それにしても、高倉家との複雑な絡み合ひは、このやうなところまで尾を引くかと、これまた憤《いきどほ》ろしい。兼子やその近習の広元の娘関東三条は、この夏をどのやうに過したださう。二人の妖婆にはさらさらあはれみを覚えぬ。消息一通、遠島見舞の品一つ届けぬのは彼女らと定家くらゐであらう。あれほど威光を笠に着、愛顧を求め、一顰一笑《いっぴんいっせう》に翼翼《よくよく》としてゐた連中が、くるりと背を向けて鎌倉と公経に秋波を送るさま、想像しただけでも胸がむかつき目が血走る。

悲喜こもごものうちに島は冬となつた。十月の声を聞くと空は連日鈍色《にびいろ》に垂れこめて、夜もすがら烈風が吹きすさぶ。霜月に入ると霙《みぞれ》、霰、雪かたみに襲ひ、女達は籠居以外すべもない。秋も更けてから彼女らには先に七条院から贈られた真綿を分けてやる。院自身は寒風もさして気にせず、白衣の上に墨染の衣を纏《まと》ひ、岩頭に立つて沖を睨む。われこそは新島守よと高らかに呼ばはり、海の渡宮《わたすのみや》に風鎮《かざしづ》めの命を下す。風雪の猛り狂ふ日は漁夫の長が数十人を引き連れて、祈禱を乞ひに来る。地頭が庭前で護摩《ごま》を焚く。大壇はこの秋の暮、放牧の牛の糞を地中に塗り籠めて造つた。水壇は折からの雨が灑水《さいすい》に代り、木壇は御所の中に安置してある。験《げん》が有るのか無いのか、ともあれ風が止めば烏賊の千や二千は獲《と》れ、獲れれば御所の前で豊漁を祝ひ、院は祭壇で、久方振《ひさかたぶり》に現人神《あらひとがみ》になる。凍《い》てつくやうな夜夜、窒息しさうな荒天の日日が十日続けば、暖い潮がひたひたと沖辺を流れ、ふと蘇る日が三日はある。女房達もいつしか因幡から来た綿を紡ぎ、来るべき春には斜面に粟《あは》を蒔《ま》かうと語り合ふ。能茂は漁夫に混つて魚を刺しに行き、長成は山に分け入つて薬草を採集する。諦めて生きれば生きられるもの、かう悟つたのは立春の頃であつた。

冬の間は月に一度の便船が正月から二度になる。十一月は荒続きでその一度さへ欠けた。船が都の消息を運んで来る。百日経つと六波羅の検問も形ばかりとなり、七条院や修明門院、あるいは坊門家からの見舞品も次第に殖えて来る。寸楮《すんちょ》たりともただの一度も怠らぬ一人は家隆、彼はかなふことならば、身を窶《やつ》してでも島へ伺候したいとしたためて来た。家長と下野は代る代る、内裏の様子を知らせる。そしてその夏の初め、あれからほぼ十箇月振に、秀能から初めての消息が届いた。「上《たてまつる》、如願」としてこれには歌が三首したためてあつた。

石見《いはみ》のや浮世の中のさかの関しばしはゆるせ行きてだに見む
もののふのそのうぢ河の名にしあれど同じ波にも淵瀬やはなき
いかにしてまたわが君にめぐりあひて関のとざさぬ道を過ぎまし

入道しても多感な壮年の身の、一筆ごとに落涙の痕が見え、院は唇を噛みつつ繰返し誦《ずん》じた。太太とした手蹟は昔宸筆《しんぴつ》に倣《なら》ふと言つて定家が難じた筆法、それも一入《ひとしほ》に懐しく、懐紙を抱き締めたい思ひがこみ上げる。能茂への手紙には熊野へ下り、出家するまでの筆舌に絶する艱難辛苦、転変を経て今年の早春、熊野山から高野山に参り、真照法師の膝下で亡き血縁知己の供養と、懺悔に日を過し、今は前宰相中将信成の邸に身を寄せて、風流三昧と瞑想に明け暮れてゐる。三百日三百夜、院を思はぬ時はなく、今日さへ、その御簾の彼方から、秀能花を見に行かうぞと御声のかかるやうな気がしてならぬと結んであつた。能茂は消息を摑んで号泣する。女房達も啜り泣く。泣くな、秀能は身の幸を伝へて来た、泣くなら死者のために泣け。院はかう言つて立上る。

その翌日、奥の塗籠《ぬりごめ》の中に入れたままの、密封した唐櫃の埃を払ひ、思ひ深げに、ほとんど三年振に、かつて家長が浄書した新古今集二十巻を取出した。巻一春上をするすると繙《ひもと》く。二十年昔の夢は極彩も鮮《あたら》しく、孤島の荒畳の上に繰り展《ひろ》げられ、あまりにも照応を絶して、むしろ懔ろしい。春は夕べと思つたのも嵐も白きと観《くわん》じたのも、すべて数にもあらぬすさびではなかつたか。金殿玉楼での言葉の遊び、寵姫寵童を抱きながら、絵空事の別離や忍恋《しのぶるこひ》の涙を歌つてゐた、あれは正気だつたのか。それはいつはり、それは笑止な遊戯、儚いまねびのみと心に囁くものがあつた。さればこそ、ある日翻然と悟るところあつて、西行の歌を一度に三十首も撰入して、寄人、撰者連を唖然とさせた。だが一方に技巧の極みを尽した定家や俊成卿女の歌も、要処要処に飾つた。相容れぬ詞と心、志と遊び、その二要素が殺し合ひつつ新しい生命を生み、息づき、躍るところに新古今二十巻の存在理由はあつた。巻二以下はもう展げる必要もない。院は各巻の巻頭から巻末まで悉皆諳《しつかいそらん》じてゐる。これはこれでよい。そしていつの日か、あの時の若げのあやまちで遮二無二撰入した歌、溺愛偏愛の結果鏤《ちりば》めた歌を消し、おのづから心にかなふ歌を見直す時が来よう。今手を触れるにはあまりにもなまなまし過ぎる。それよりもやうやく心鎮まりつつある今日此頃、自分が青春を捧げた和歌とは何であつたかを振返り、近代、当代の歌人の功績をつぶさに評価し直してみよう。今こそ曇りのない目で、歌の背後の、作者の姿も見通せる。歌作り定家の正体もしかと書き止めておかう。京の、当代の歌人が死に絶えぬ間にそれを伝へてやらねばならぬ。ふとした思ひつきが、いつしかやや悲愴な決心に凝《こ》つて行く。和歌は口もとまで溢れて来てゐる。だがそれを思ふさま歌ふのは、この心緒を隈なく書き止めてからにしよう。院は伊賀の局が着せてくれた白麻の衣を、卯月《うづき》の光る風に靡かせ、大声で能茂を呼んだ。

五月に入つて海は油を流したやうに凪《な》ぎ、また飛魚が銀の腹を見せて跳ね上るある真昼、便船に乗つてあの高倉清範が突如罷り越した。隠岐へ御伴《おとも》が決り水盃で血縁と別れたところ、途中で能茂が来て召し返されたのは昨年の七月だつた。亡き六卿の中の範茂、その妹の修明門院とのゆかりで、在京の頃は女房達も心安く往来してゐた。

家長と共に新古今集のためにいかに身を労し心を砕いてくれたことか。まして彼は当代指折りの能書、前後三、四年は来る日も来る日も休む暇はなかつた。歌作る才に欠けてゐると自認し、それを恥ぢて家長の後に廻り、すべて目立たぬ労務を引受けて来たこの男の誠意を、少くとも院はよく知つてゐる。永らく見ぬうちに、却つて昔より精悍な面魂《つらだましひ》になり、京から出雲大浜まで騎馬十三日の旅であつたと言ふ。荷駄の中には五日の間《ま》に合はさうと神泉苑の近くの沢の菖蒲《しやうぶ》を、濡紙に包《くる》んで三束入れてあつた。消息とは異り、彼の口から聞く都の近況はまた興味津津である。四月に貞応と改元の砌《みぎり》は定家もその会議に列したこと。息子為家は順徳院に供奉《ぐぶ》すべきところ、ひたすら公経の袖に縋《すが》つて除外して貰つた。但し、六波羅を慮《おもんぱか》つて一時出仕を止め、三箇月後に新帝に再昇殿を許させるといふ芸のこまかさ、また定家はこの秋の初めに催される関白家歌合の判者に決つてをり、既に歌を集めてゐる。等等、殿中にゐるだけにさすがに見聞も真に迫る。何一つ院の心に快くひびく話はない。けれども聞きたい。菖蒲は島の蓬《よもぎ》を添へて形ばかり軒に葺き、修明門院から届けられた京ならではの珍味を肴に、地頭夫婦も招いて、ささやかな端午の節句を祝ふ。春夏秋冬、折を見、機を窺《うかが》つて訪れたいが、逗留日と往復でほぼ一箇月、順風を大浜湊で待つてゐる時は四十日近く都を離れることになる。清範の来島も年二回が関の山であらう。家隆の手紙には、いづれ生き残りの歌人に新進を加へ、一度近作を撰《すぐ》つて詠進する所存と嬉しいことが書いてあつた。隆祐や小宰相も進境を示してゐることだらう。彼の手紙も既に数通、いつも昔変らぬ清清《すがすが》しい詠風で歌の三首五首は記してゐる。だが、歌に関してはかつての栄光の日日を顧る時も今日の衰微を歎く時も、決して定家の名を挙げなくなつた。それが彼の旧友に対する精一杯の礼節であらう。清範は義憤に面を赤らめて訴へる。京では、今や西園寺公経が太政大臣、飛ぶ鳥が落ち泳ぐ魚の翔《かけ》る権勢、北山には目下、院の水無瀬殿も及ばぬ豪華無比の別邸を建てる計画で地均《ぢなら》しが始まり、竣工までに二年はかからうと噂される。彼とて新古今には十首入撰の歌人、凡才とはいへ歌の道に暗くはない。家隆を用ゐる道は心得てゐるだらう。だが隠岐への音信絶やさぬことをむしろ誇りかに言ふ家隆に向ける目は冷い。定家さへ、あの卿、院御在京の頃は天下一と称されかねない詠手だつたが、乱後は果してどうであらうかなどと、人中《ひとなか》でも皮肉な評価をして、家隆を敗残歌人扱ひにする。かたはら痛い。院は聞かでものことを耳に入れたと、清範離島の後《のち》悔ゆる思ひだつた。だが聞かずとも想像はできる。時《とき》を得《え》顔《がほ》の定家の高慢な面、処世に不器用な家隆の、それでも素樸な笑みを忘れぬ顔、公経の涼しげな敏腕貴公子振《ぶり》、今、この目の前に居並ぶやうに浮んで来る。歌のみ巧でも、それが人の一生に、死んで後に、一体何になるのかと、清範は帰りぎはに院に尋ねた。あれは歌詠《よ》まぬ男の僻《ひが》みではない。まことに自然当然の、飾りけのない疑問であつた。頂門《ちやうもん》一針、大切なことを忘れてゐた。そのことも亦改めて書き止めておかねばならぬ。

一年前の腥《なまぐさ》くみじめな記憶が、初秋の風と共に重ねて蘇る。七夕は勿論誕生会《たんじやうゑ》の十四日も、地頭の申出を忝《かたぢけな》く辞退して宴は催さず、八月五日に、この島に初めて足踏み入れた思ひ出の集ひを持つことにした。その夕暮、鞠介が満月さながらの面を綻ばせて参入、折も折珍客を連れて来たから、列席を聴《ゆる》していただきたいと言ふ。どこかで見たやうな骨太の若者が面を伏せて石階脇に畏まつた。名を問へば備前の甲伏《かふぶせ》、おもむろに上げた顔を見て院は膝を叩いた。四、五年前御所で菊御作《きくぎよさく》と呼ばれる太刀を鍛へてゐた頃、七月の御番鍛冶、担当は備前の宗吉《むねよし》、この刀匠が寵愛する弟子、その頃はまだ十五、六の少年がこの甲伏であつた。少年ながら逞しく、向う槌三人の中でも決して退《ひ》けは取らなかつた。その年の乞巧奠《きかうでん》の前日、どういふ拍子か宗吉の槌の叩き出した火の粒が、ぴしりと甲伏の額に飛び、一瞬白い煙を上げた。あたかも院が臨御の折、宗吉も他の向う槌もうつと声を呑んだ。甲伏は柄杓の水をざつと浴びせると何事もなかつたやうに槌を取り、師匠に会釈した。半刻の後火傷は赤く腫れ上り、見る眼もあはれであつたが、彼は強ひて微笑を絶やさず、きびきびと働き続けた。天晴と感じ入つた院は薬師《くすし》にねんごろに手当させ、翌日の宴には甲伏一人を末座に加へてやり、朱の大盃で酒を与へた。その盃も引出物として持ち帰らせ、二、三日は噂の種になつたものだ。傷痕は残つてゐる。だが陽に灼けた顔の、眉間のそれはまさに白毫《びやくがう》、粗野に傾く男振を、見事に荘厳《しやうごん》してゐる。甲伏か、よう生きてゐた。懐しや。ともあれ一献《いっこん》差さうぞと提子《ひさげ》を取ると、嵩張つた懐から、ぐいと抜き出したのが朱の大盃、あつと目を瞠《みは》りつつ院はそれを満たしてやる。

　備前福岡に帰つて今は宗吉の一番弟子、師命で鉄礦の買入吟味は一切任されてをり、この度は出雲の国の斐伊《ひい》川《かは》の上流、横田の郷《さと》に砂鉄を求めに来たといふ。隠岐へ渡ることは暗黙の諒解あり、福岡では信正も助則も、御召あらば、時到らば、いつでも踏鞴《たたら》に槌提《ひっさ》げて馳せ参ずる覚悟を秘めてゐる。山城粟田口の面面も思ひは同じであらうと、眼を輝かせて言上した。そこへ鞠介が割つて入り鍛冶場を築くなら、今ある里鍛冶の炉や竈を、家督山《あとどさん》の麓に移して拡げるに及《し》かず、銛《もり》に鏨《たがね》、針に鎌、一切を鋳《い》、鍛へることにすれば、国司に一一届ける要もないと、彼も亦この道に明るい様子、この談合今しばらく鍛へ合はうぞ、叩いて火花の出てゐる間は、未だ未だ太刀の身にはならぬと院が言へば、地頭は笑つて、ではその間に朴《ほほ》の木でも伐りに参らう、伊賀の君、「深山の朴」を歌ひたまへと見事に収《をさ》めて水を向ける。

鞘《さや》にならまし深山《みやま》の朴《ほほ》ぞ、君が夜毎の太刀《たち》包み。亮《さや》に鳴らまし神楽《かぐら》の鈴は、心すずろに君に傾《かたぶ》く。さらさやさや、さらさやさや。

衰へても昔の名残あてやかに、坊門の局の笛に合せて歌ひかつ舞ふ。甲伏は朱の盃を幾度も乾し、院にも劣らぬ酒豪と見えた。能茂は医王の昔、この今様の裏の意味が判らず、秀能に根掘り葉掘り問ひ立てて、つひに顔を赤くさせ、慌てて口を噤《つぐ》んだことを思ひ出す。院は流汗淋漓、槌を打ちに打ち、秋水さながらの太刀を鍛へて菊を刻むあの爽やかさを、今一度味はふのも、決して夢ではないと、思へば武者顫《むしやぶる》ひが止らぬ。太刀さへ鍛へ上げたなら、大満寺《だいまんじ》山《さん》へでも鷲が峰へでも打ち連れて朴の木を伐りに出かけよう。

翌年五月十四日、院の一つ違ひの兄、践祚《せんそ》も譲位《じやうゐ》もなく突然上皇となつた太上法皇が、四十五歳で崩じた。怖ろしい腫物のため三月から苦しみ続けてのことだつたといふ。弟が事さへ起さねば世を捨てたままでゐられたらうものを、光栄《はえ》とも恥ともつかぬ称号を奉られて、二年足らず、騒がしい日を過してしまつたと恨んでゐるだらう。同時に一生陽の目を見るはずもないその皇子も今上の位に即くことができたのだ。いづれ公経の傀儡《くわいらい》なら当年十二歳の帝の方が却つて罪がない。だが院がもし事を起さずに、鬱勃《うつぼつ》たる希求を抑《おさ》へに抑へて仙洞に居坐つてゐたら、どんな世になつてゐただらう。鎌倉は、たとへば実朝にぢりぢりと魔手を伸ばしたやうに、京都守護に次次と北条の血の濃い、憎憎しい武士を差し向け、院が憤怒惑乱するやうに謀《はか》つたかも知れぬ。最勝四天王院一つでも、「天皇御謀叛」の証拠にしようと思へばできたのだ。あり得たかも知れぬ歴史を逐つて行く時、その起承転転三転、すべて鍵は自分にあつたことに気づく。次いでその月の二十七日、土佐配流となつてゐた中院が阿波に土地変へになつた。阿波の守護小笠原長経が迎へに行き、都にある最愛の皇子邦仁王の息災祈禱まで行つたといふ。還幸の日も遠くはあるまいと、都の人人は囁き交してゐるらしい。

家長、家隆とその家族、如願秀能、それに水無瀬父子の便りはたがひちがひに、重なり合ひつつ隠岐に着き、七条院、修明門院の伝言、見舞の品も絶えない。清範もその後夏の凪を待つて必ず訪れた。家隆が珍しく、「昨年秋為家卿が千首和歌を詠じた。父君定家卿もさぞや御満足」云云との消息を齎《もたら》したのは、翌貞応三年の春だつた。数を揃へるだけなら小児でもたやすいこと、どのやうな歌か察するに余ると心中せせら笑ひながらも、院は為家の明朗な人となりが懐しく、千首詠歌もほほゑましかつた。彼ももう二十七、月日の移ろひの早さは慄然とするばかりだ。その怖ろしさを更に唆るやうな噂を抱へて、六月の終り、あと三日で夏越《なごし》の祓《はらへ》といふ日に清範が島に着いた。この十三日鎌倉の執権北条義時が頓死したといふ。院の眼は蒼く煌めいた。清範は旅装も解かず、大弐の勧める清水を二椀飲み干し、これにまつはる奇怪千万な流説風聞を伝へようと坐り直す。

六波羅の長男泰時に届いた知らせによれば脚気《かつけ》の上霍乱《くわくらん》が起つたとのことである。だが戸の立てられぬ人の口から、この公《おほやけ》の報と前後して、近習《きんじゆ》の若侍に刺し殺されたとの噂が拡がつた。その噂を打消すやうに、更に低い声で、後妻が毒を呑ませたと囁かれ始めた。後妻は伊賀光宗の妹であるが、義時との間には政村がをり、腹違ひの兄泰時の影で一生浮び上れぬ。後妻は例の三浦義村と諮《はか》つて、娘、すなはち政村の姉の婿一条実雅《さねまさ》を将軍として擁立し、政村を執権とするための非常手段を考へ出し、その第一歩に夫を血祭に上げたのだと、事細かに、清範は絵解きしてみせる。院は今額に脂にじませつつ聴き入る。一条実雅、その名をどうして忘れよう。京都守護能保《よしやす》の子で、目をかけた側近の一人信能《のぶよし》と、この度の乱の腹心尊長の弟ではなかつたか、おお因果は巡ることよと何度も頭《かうべ》を振る。尊長の行方は乱の後、六波羅、鎌倉の厳しい探索にも拘らず皆目摑めないといふ。秀能が熊野で聞いたところによれば、尊長は十津川八郷荘に隠れてゐるとのことであり、次には既に髪を伸ばして還俗《げんぞく》したと語る人も現れた。それはともかく、この陰謀の蔭には彼がゐると院は直感する。それならば面白く、かつ頼もしい。彼は裏切りはしなかつた。伸《の》るか反《そ》るかの危険な企てに、よく全力を傾注してくれた。逃げおほせるものなら逃げおほせよと禱《いの》つてもゐた。だが彼の法力、念力は常人を遥かに超える。身を晦《くら》ましたのみか、この分では義時を呪ひ殺すことにさへ成功したのではあるまいか。彼の修法《ずほふ》に操られて夫に毒を盛る妻、彼女を継母とする長男泰時の驚駭、継母といへば、その昔、義時と姉政子にとつての継母の牧の方も、全く揆《き》を一にした陰謀を企てた。まことに巡る因果の悪意と言はねばならぬ。

義時の怪死には今一つの説が力を持つ。それは彼に殺された実朝の怨霊の祟りであつた。既にこの晩春から禍禍《まがまが》しい予兆は続出した。まづ二月二十二日神火によつて総社と富士新宮が炎上、三月十九日には甘縄山山火事、二十一日は月と熒惑星《けいこくせい》に異変が現れ祈禱を行つた。五月十三日突如三浦崎一帯に無数の死魚が浮び上り、鎌倉中の人人はそれを焼いたので異臭が天に満ちた。その五月、雨は一滴も降らず、連日の祈禱、その験《げん》も全くないままに六月一日には大地震があり、惨状は目を覆はせるばかり。十一日になつてやつと雨が降り、愁眉を開いたのも束の間、義時が急に七顚八倒の苦しみ、翌日寅の刻六十二歳を一期として他界した。死霊の怨みといふなら必ずしも実朝のみには限るまい。和田義盛、その子朝比奈義秀、甥の胤長、頼家の遺児にして実朝の下手人公暁《くげう》、いづれも意趣は義時に対して深からう。この度の乱に果て、あるいは罪されて死んだ者、ことごとく憎しみは義時に集中するはず、かつてあの殺人者頼朝が奇怪な死を遂げたやうに、この冷血の策士に尋常な死の訪れるはずがない。

次から次へ鎌倉の狐狸猿《こりましら》の類は悉く悶え死ぬ。遥かに眺めてゐよう。清範は院の唇の端に浮ぶ嘲笑を見て、その心中の呪ひを察する。呪ふ者は呪はれる者、すべてを鎌倉に肩代りさせては死に切れぬ死者もゐように。殺し殺されるのは必ずしも戦国のみの習ひではない。それが人といふ忌まはしい生きものの本性《ほんしやう》なのだ。院も実朝も義時も、考へやうでは悲しい宿業《しゆくごふ》に翻弄《ほんろう》されてゐるに過ぎぬ。最早《もはや》怨念は捨て去り、ために殉じた者共の冥福だけでも日夜禱つてほしいと思ふものの、院の眼にそのやうな静かな光はなかつた。十九の春仙洞に移つて以来のあの華やかな生きざまは何にたぐへよう。獅子奮迅、天馬飛翔、それも及ぶまい。傍若無人に人を愛し、かつ憎み、飲食《おんじき》にも宮殿にも装束《しやうぞく》にも、あまつさへ和歌の上にも贅を尽して二十年、あの二十年は凡庸な男の八十年の生涯にも匹敵する。しかもその光り輝く二十年、院はただの一日も飽くことはなかつた。栄耀の限りを験《ため》しながら、院の心は底の漏れる山上湖さながら、決して満ち溢れなかつた。いかに医《い》やさうとしても魂の奥処《おくど》に残る渇きは、院を二六時中不安にさせた。

やや離れて院を眺めてゐた清範なればこそ、その不安が透視できる。秀能父子、家長夫婦、また兼子あたりはむしろ近過ぎて見えず、定家、慈円は構へるところあつて見ようとはせぬ。見抜いてゐた者ありとすれば、ただ一人、後京極良経だけだつたかも知れない。心の飢ゑを宝剣喪失にのみ結びつけるのも単純に過ぎる。二歳の春父に死に分かれて以来、四歳の践祚、五歳の即位、六歳で異母兄安徳帝の入水、この神神《かうがう》しく不吉な事件の重なりを、聡明で純粋無比の幼時の院がいかに受取つてゐたか。十三歳までは祖父法皇に、以後十年は通親に行く手遮られて、あの破格自在な性《さが》の、それも青年の院が、いかに歯軋りし続けて来たことか。抑へに抑へ、宥《なだ》めに宥め、つひに極点に達した欲望が、血が、志が、堰を切つて迸《ほとばし》り出た。新古今集となり、菊作りの太刀となり、水無瀬殿となり、そして最後には乾坤一擲《けんこんいってき》の討幕となつた。院が必勝を念じはしても確信してゐたはずはない。逆に勝算まづなきものと投げ出しながら、空元気を見せ、自暴自棄の末、われとわが身を絶壁から躍らせたとも言へぬ。勝利を冀《こひねが》ふ心の隙に、どこかの荒海の巌を嚙む波頭が見え、堕《お》ちようとする刹那危ふく踏み止まり、遥かな淵を見れば、義時、泰時の首級が泛《うか》ぶ。そのやうな慄然たる酩酊感に、院は承久三年五月まで、ひねもすよもすがらどつぷり浸《つか》つてゐたのではなからうか。

愛憎、悲喜、禍福、静動、陰陽、清濁、寒熱、貴賤、そして戦乱と泰平と、そのいづれか一方の次元でだけ生きるのは、殊に院にはできぬ相談であつた。両極に肉と魂を引き裂かれ、したたり落ちるみづからの血を嘗《な》めて、生きては文武の英帝、死しては他界の魔王、さうなることが生れ出る前からの宿運と決めてゐた。口には出さずとも、新島守としてこの隠国《こもりく》の地触《ちぶり》の神を引具し、傲然と生きるのも、魔王となる前の儀式に過ぎぬ。孤島に遣《やら》はれて悲愴感に浸《ひた》るなど、それは二十歳の若君の感傷であらう。院のうちなる一つの声はかう宣言してやまぬ。今一人の院はその霹靂《へきれき》の声にうなだれ、人恋ひしさに、口惜しさに声を放つて哭《な》くのだ。

嘉禄元年の冬、秀能如願法師から長い消息が届いた。近年、法衣のまま、そのかみの西行法師に倣《なら》ひ、私《わたくし》の歌会や歌合に招かれて行き、もつぱら述懐をのみ詠み、知るべの人人には、一首に一つ、涙、露の入らぬ歌はないと笑はれてゐるといふ。そのさりげない文の彼方に、別れて既に四年、顕《た》つ面影もやうやく薄れる秀能の、嗚咽《をえつ》が聞えてならぬ。九月に住吉に赴き、家隆の息隆祐と共に詠んだ「古江月」が一首、紙の端に、恥ぢらふやうな手蹟で書きつけてあつた。

うき身世にながらへてなほ住の江のつきぬ思ひの有明の空

その便りを携へた清範は、加ふるに、この九月、秀能が便りをしたためた直後、慈円の入寂《にふじやく》したことを告げた。七十一歳と聞く。兼実の薨《こう》じた時はさほどでもなかつたが、慈円亡しと聞くと寄りかからうとしてゐた巌が俄に崩れた思ひであつた。事を起す前、慈円は延延七巻に亙《わた》る諷諫《ふうかん》の書を著《しる》してゐたと聞く。それを熟読する機会があつたとて、心は変りはしなかつたらう。頬杖を突いて沈思する院を揺すぶるやうにして清範は言葉を継ぐ。鎌倉では六月十日に大江広元が死に、続いて尼将軍政子が、つひに七月十一日にその生を畢《をは》つた。広元七十八、政子六十九。去年義時死去の知らせを聞いた時、院の心に湧き上つたあの死の呪詛は、余りにも鮮やかな験《げん》を示した。刹那わが耳を疑ひ、院は聞き返さうとして唇をわななかせた。死んだか、呻《うめ》くやうにさう呟いてきつと宙を見据ゑる。鎮魂、哀悼の情など爪の垢ほどもない。そのくせかつての灼けつくやうな憎悪《ぞうを》、嫌悪《けんを》も、盗汗《ねあせ》さながらべつとりと冷えてしまつた。

事畢《をは》りぬ、などとは思はぬ。この凄じい別邸で今から残した何事かを完了せねばならぬ。そして歌も亦、初心に還つて歌ひ直すのだ。あの栄華の日日に、まことは和歌など要りはしなかつた。詩歌を擲《なげう》つたとてその日その日は光り輝いてゐた。良経の語つた通り、帝王は賀歌を奉られ、これに応へてゐるものであつた。それ以外はすべて遊戯、花鳥風月は消閑の具に他ならぬ。そして今日、賀歌にも神祇歌にもまして、院は花鳥風月を欲《ほ》る。和歌なくしてはながらへる便りもない空虚な日月が、瞑《つむ》つた瞼の裏に茫茫と展がるのが見える。かつて菅家が残した悲歌はまだなまぬるい。帝王として、かくまでも無一物になり、和歌と一体になるまでおのれを空しうし、そこに始めて生れる絶体絶命の悲歌を詠んで見せよう。

院は清範の乗つた船の澪《みを》を眺めつつ、その時、この島に来て以来始めて、心に湧き上る自詠を誦《ず》してゐた。ともあれ面目新《あら》たな絶唱をものして家隆と如願に示さう。定家の目に入るならそれも祝着《しうちやく》である。寒風やうやく身に刺さる朝夕、院は払暁から机に向ふ習ひを持つやうになつた。かつて愛し学び、あるいは心に逆つた歌と歌人の列伝をも、作歌の暇暇に綴り始めた。既に近代は終り当代歌人も定家を別として終章に近い。様様の面影が心の中に去来する。麿の歌を果してこのやうに誰が顕彰してくれるのか、院は思はずかう叫びたくなつた。定家の顔が浮び、たちまち消え去つた。

秀能法師《ひでたふほふし》身の程よりも丈《たけ》ありて、さまでなき歌も殊の他出《い》で映《ば》えするやうにありき。然《さ》るを定家無下《むげ》の歌の由申す由聞ゆ。鹿をもて馬とするの類なり。傍若無人ことわりも過ぎたり。彼の卿の言葉、更に聞くに及ばず。

ここまで書いて院は筆をおいた。充血した眼に潮風が吹きつける。彼方岩陰に、今年も最後まで咲き残つた浜菊が、乾いた花弁の白髪を打ち靡かす。明日からは霜月、仰げば、雪催ひの天が次第に垂れ下つて来る。

完

跋　五黄の菊

帝王のかく閑《しづ》かなる怒りもて割《さ》く新月の香のたちばなを

私は既往に二度後鳥羽院を歌ひかつ語つた。一度は「幻視《げんし》絵《ゑ》双六《すごろく》」と題する帝王伝の中の「菊花変」で、短歌三十首、歌謡二篇を以て構成した。初出は『現代短歌'70』、第六歌集『感幻楽』所収のものである。二度は小学館『人物日本の歴史』の第六巻「鎌倉の群英」中の一人として試みた伝記であつた。

少年の日から後鳥羽院は何よりも「新古今和歌集」の独撰者として、次には菊御作《きくぎよさく》の太刀の主《ぬし》として、終《つひ》には隠岐に果てた悲劇の人として、強烈な憧憬の的であつた。文武両道の達人などといふ通俗的な見地からでも、書かるべきことの数多《あまた》を持つ稀なる一人であるが、王侯貴族の独占し続けて来た芸術と政治の、その有終の美を、惜しげもなく断崖から深淵に突き落した天才かつ英雄として、世界に冠たる一人であつた。詩歌や評伝には尽さなかつたこの英帝の姿を、私は小説の中に浮び上らせたかつた。

玉葉《ぎよくえふ》、吾妻鏡、明月記、愚管抄、増鏡《ますかがみ》等等を身辺に並べて一年二年は過ぎ、それらすべてを書庫に納めて、新古今集と手製年代表のみを机上に、約二箇月でこの一篇を書上げた。発端は建久五年十五歳、正月七日、すなはち六百番歌合《うたあはせ》の翌年、中宮任子《にんし》が第一皇女を生む前年とし、終章は嘉禄元年四十六歳、その冬の、口伝《くでん》執筆時を想定した。あの哀韻切切たる自歌合を試み、家隆が加判するのはその翌翌年のことである。これ以後崩御に及ぶまでの歳月は、また、いつの日か稿を改めて別の物語にしたい。

思へば来年は後鳥羽生誕八百年、私のかねてからの悲願に等しい後鳥羽院物語がその前年に本になつたことを至福と心得よう。かつまた、わが眷恋《けんれん》の歴史的人物シリーズ、レオナルド伝『獅子流離譚』、イエス伝『荊冠伝説』に続いて、ゆかりの集英社版となつたことも、かりそめならず、各巻を推進していただいた同社釣谷一博氏の厚志にも感謝する次第である。なほ、参考とした名著は、保田與重郎『後鳥羽院』、丸谷才一『後鳥羽院』等現代作家のものも尠《すくな》くはないが、別項列記は謹んで省略する。

にくむべき詩歌わすれむながつきを五黄《ごわう》の菊のわがこころ踰《こ》ゆ

昭和五十三年三月六日啓蟄　　　　　著者

解説　後鳥羽院投影

千街晶之

　現在、皇室の紋として十六葉八重表菊が知られているけれども、そもそも菊は奈良時代末期から平安時代初期の頃に中国から渡来したと推測される外来植物であり、皇室の紋となったのは、こよなく菊花を愛した後鳥羽院に由来するとされる。

　後鳥羽院は、今年（二〇二二年）のＮＨＫ大河ドラマ『鎌倉殿の13人』にも登場しているので一般にもお馴染みだろう（ドラマでは尾上松也が演じており、一九七九年の大河ドラマ『草燃える』では初代尾上辰之助が演じた）。諱《いみな》は尊成《たかひら》、高倉天皇の四宮として治承四年（一一八〇年）に誕生し、寿永二年（一一八三年）、平家が長兄の安徳天皇と次兄の守貞親王および三種の神器を擁して都落ちしたため、四歳で第八十二代天皇として践祚《せんそ》した。神器がない状態での登極は若き帝にとって引け目だったとされ、中でも宝剣が壇ノ浦の合戦で海底に沈んで見つからなかったことを、後年の彼の武芸への傾倒に結びつける見解もある。建久九年（一一九八年）に譲位、以後二十三年間院政を敷いて朝廷に君臨したが、承久三年（一二二一年）、鎌倉幕府執権・北条義時を討伐しようとした承久の乱に敗れて隠岐《おき》に流され、京に戻ることなく延応元年（一二三九年）に崩御した。

後鳥羽院は『新古今和歌集』の実質の撰者にして自らも天才歌人であったが、至尊の身でありながら文のみならず武にも通じており、交野八郎《かたののはちろう》なる賊を捕らえた際は、舟を漕ぐ櫂《かい》をあたかも扇のように扱いながら自ら西面の武士たちを指揮したというエピソードすら伝わる。管弦・蹴鞠《けまり》・連歌・囲碁・双六などにも通じた多芸多才のこの悲運の帝王にことのほか愛着を示したのが、現代短歌の巨人・塚本邦雄である。著者の評論やエッセイ、創作などに目を通せば、後鳥羽院への彼の愛着が尋常ではなかったことが窺える。

例えば、『新・悦楽園園丁辞典』（一九八三年）は、漢字一文字のタイトルで統一された七十一のエッセイおよび瞬篇小説から成っており、塚本の著書の中でも最も耽美を極めた一冊だが、「後鳥羽院が菊花を溺愛したことは有名である」という書き出しの「菊」、「陰暦五月二十五日といへば、めくるめく朱夏の真盛り。そのかみ承久の変の砌《みぎり》、北条の軍勢十九万騎が大挙して京へ向つた日であつた」と始まる「涼」など、後鳥羽院の名は随所で言及されている。

また、著者の後鳥羽院への執心は時に、極めて隠微なかたちで表出される。例えば、今年刊行された長野まゆみ編のアンソロジー『長野まゆみの偏愛耽美作品集』には、塚本の短篇小説「青き菊の主題」が収録されているけれども、この作品のどこにも後鳥羽院の名前は出てこない。しかし、「菊御作《きくぎょさく》」「隠岐国御番鍛冶《ごばんかじ》」といった言葉から、作中の刀剣が後鳥羽院が鍛えさせたものであることが窺える（京の刀匠が隠岐に移り住んで院のために刀を鍛えたという「隠岐国御番鍛冶」は後世の伝承だともいわれるけれども）。著者はこれらの言葉から、直ちに後鳥羽院を連想することを読者に求めているのだ。

　そんな塚本が、いよいよ院と正面から向き合った長篇小説『菊帝悲歌《きくていひか》　小説後鳥羽院』は、一九七八年五月、集英社から書き下ろしで上梓された。函《はこ》入りの豪華特装版も同時に刊行されている（なお、通常の単行本では奥付のタイトルは『菊帝悲歌　小説後鳥羽院』だが、表紙では『菊帝悲歌　後鳥羽院』となっている）。二百数十ページの分量ながら、濃密極まる修辞と暗喩の衣で絢爛《けんらん》と装飾され、極端に改行の少ない文体で綴られた本書は、じっくり時間をかけて読み解くことを読者に要求している。

　塚本はその生涯に四冊の評伝小説を著した。刊行順に記せば、『藤原定家　火宅玲瓏《れいろう》』（一九七三年）、『獅子流離譚　わが心のレオナルド』（一九七五年）、『荊冠《けいかん》伝説　小説イエス・キリスト』（一九七六年）、そして『菊帝悲歌　小説後鳥羽院』である。四人中二人を新古今の歌人から選んでいることからも、後鳥羽院と藤原定家という、同じ時代を生きた歌人への強い関心が窺える。新古今の歌人として著者が最も高く評価しているのは九条良経だが、後鳥羽院と定家に対する執着は、それぞれの人となり、そして両者の相剋への関心も大きいようだ。

　二冊の評伝を対比して紐解くなら、後鳥羽院は陽であり定家は陰である。前者はファエトンの馬車のように暴走しイカロスの蠟《ろう》の翼を溶かす日輪であり、後者は闇に執念《しゅうね》く燃える蒼白い鬼火である。類稀なる歌才に恵まれ、おのれの美学を決して譲らぬ矜持の毒に蝕まれた両者は、いつかは衝突せずにはいられない宿命にあった。本書は後鳥羽院の側から、『藤原定家　火宅玲瓏』は後者の立場から、この二人の天才の隠微な闘争を描いている。その過程においては、陽の人であった筈の院もまた、やがて陰湿な翳りに囚われてゆく。『煉獄の秋』（一九七四年）で「後鳥羽の陽、定家の陰、この正反の対照も便宜的なものであることは論を待つまい。いづれにも陰陽正負の要因は分ちがたくまじり合つてゐる」と述べている通りに。

著者は歌人として、両者のいずれを高く評価していたのだろうか。言及するたびに両者への評価には幾分かの揺らぎが見受けられるが、『花隠論《はながくれろん》　現代の花伝書』（一九七三年）所収のエッセイ「花隠　一期一会とはいかなる狂気か」では、定家の有名な「見渡せば花も紅葉もなかりけり浦の苫屋《とまや》の秋の夕暮」と院の「このごろは花も紅葉も枝になししばしな消えそ松のしら雪」とを対比し、「定家の虚無に比べてこの甘美浅薄な未練は何事であろう。全能を幻覚しながら、ついに文では定家を超え得ず、武では鎌倉に打拉《うちひし》がれたあわれ」と手厳しく断じている。だが、著者は人間としては狷介《けんかい》な定家より院に感情移入しているようにも感じられる。文武のみならず遊芸百般、更に女色男色の両道をも極め、栄光の頂点と失墜の奈落をともに味わった、アレクサンドロスやカエサルの如き一代の華々しい英雄としての院に。

そのため、本書ではその英雄的イメージに合わないエピソードは敢えて割愛している場合がある。例えば、承久元年（一二一九年）七月、源頼茂《よりもち》の謀叛により大内裏の一部と多数の宝物が焼失し、その衝撃で、さしも頑健な心身を誇る後鳥羽院も一カ月以上病床に伏したのだが、本書にはこの事件への言及はない。

著者の後鳥羽院への言及は場合によって温度差があるが、恐らく最も冷静かつ客観的に院を描いた例は、『新古今集新論　二十一世紀に生きる詩歌』（一九九五年）である。岩波セミナーブックスの一冊という刊行形態も関係しているのだろうが、本書を含め著者が他の著書で源実朝呪詛のために建立したと断言している最勝四天王院を「必ずしも実朝呪詛とは断言できません」とさらりと流すなど、近年の学説の主流に近い立場となっている。著者の院への言及が一九七〇年代に集中しているのに対し、ずっと後の一九九〇年代の執筆であることも無関係ではないだろう。

一方で、『人物日本の歴史6　鎌倉の群英』（一九七五年）に収録された著者の「後鳥羽院」となると、評伝ということもあって著者独自の解釈が繰り広げられており、院の内面に踏み込んでの肖像は本書の原型とも言い得る。

著者がここまで後鳥羽院に入れ込んだ理由としては、院の英雄性以外に、『新古今和歌集』が前例に倣って定家たち複数の撰者を揃えつつ、院自ら歌を吟味し配列を決定した、実質的に史上初の勅撰和歌集だということが関係しているかも知れない（しかも院は配流後、「隠岐本」と呼ばれる『新古今和歌集』の改訂版を編んでいる）。優れたアンソロジストでもあった著者にとって、その意味でも院は敬愛の対象だった筈だ。傲岸なまでの自負に満ちた美の撰者であり、それ故にどこまでも孤独な著者が、遥かな時を超えた同志に重ねた自らの肖像——そんな自己投影の書としてこの小説を味わうことも可能だろう。

最後に、「花隠　一期一会とはいかなる狂気か」から著者が後鳥羽院を評した部分を抜粋して、この解説の締めくくりとしたいと思う。この稀代の才人帝王の見事なスケッチである。

二十数年後、院は相撲、水練、流鏑馬、犬追物、笠懸に、みずから裸となり弓を取って打興じ、五十を過ぎた前太政大臣さえその後に随って息を切らした。熊野詣で三十一回、なぐさんだ白拍子、美少年の数知れず、これもまた何にか誘われての、今生の会いへの渇き、ものぐるいに他ならなかった。刀剣造りは御番鍛冶四十二名、備前、粟田口の刀匠を侍らせて自身が焼き鍛え、中子の鎺《はばき》に十六菊を彫り、公卿、殿上人、北面、西面の武士にまで、気に入った男にはこれを与えて帯びさせた。刀匠には左衛門尉、刑部丞、権守の位階を授け、凶器の製作者をかほどまでに遇した帝王を私は羅馬の往昔にも聞かぬ。

（中略）

思えば後鳥羽院とは上半身をオルフェウスとし、下半身をケンタウロスとする全能の、それゆえに悲劇的であることをさだめられた、一人の男性の典型であった。いずれの能力も去勢された後も、なお心に花、紅葉の幻影を逐《お》い、肉は鋼の切味を恋うてやまぬ鬱々たる未練は、死に到るまで切継を諦めなかった『隠岐本新古今和歌集』に、粟田口則国や備前国宗吉ら六名に、二箇月ずつ一年を通じて鍛えさせた隠岐国御番鍛冶の太刀造りに如実に現れている。会いつつそのまことを疑い、一期幻の邂逅を逐いつづけたその妄執もまた、一期一会のまたの相であり、これほど栄光に満ちつつ呪われ果てた例は他にあるまい。

（せんがい・あきゆき　ミステリ評論家）

解説　美文小説の開拓者

島内景二

自分のめざす芸術世界を「変」という漢字一字で示した塚本邦雄は、まず、前衛短歌という必殺の武器を用いて、戦後短歌に革命を起こした。

第一歌集『水葬物語《すいそうものがたり》』（一九五一年）から第六歌集『感幻楽《かんげんがく》』（一九六九年）まで、約二十年間の野心作を網羅した『塚本邦雄歌集』が一九七〇年に刊行された。文学人生の第一期、つまり短歌革新を成し遂げた、という手応えがあったのだろう。

『菊帝悲歌』の第六章には、和歌に執着した後鳥羽院が、「和歌の上にも贅を尽して二十年、あの二十年は凡庸な男の八十年の生涯にも匹敵する」と述懐している。塚本自身の述懐でもあるだろう。

『感幻楽』には、後鳥羽院や、レオナルド・ダ・ヴィンチに寄せる短歌連作が含まれる。加えて、塚本は出発期から、人間イエスを歌い続けてきた。塚本が自らの文学人生の第二期である「戦後小説の変容」の開始に際し、ダ・ヴィンチ、イエス、後鳥羽院をテーマとしたのは必然だった。

『獅子流離譚——わが心のレオナルド』（一九七五年）、『荊冠《けいかん》伝説——小説イエス・キリスト』（一九七六年）は集英社から刊行されたが、共に文芸雑誌『すばる』に一括掲載された後で単行本となった。それに対して、「集英社長編三部作」の掉尾《ちょうび》を飾る『菊帝悲歌《きくていひか》——小説後鳥羽院』（一九七八年）は、書き下ろしだった。

これらの小説で塚本が試みたのは、「美文体の芸術小説」の創出だった。それは、近代の小説概念に反旗を翻すことだった。明治時代には「話すように書く」運動が全盛を極めた。その「言文一致《げんぶんいっち》」が、近代小説の基盤となった。その対極に、「美文《びぶん》」という表現スタイルが存在した。

口語（話し言葉）では、王朝の和歌や物語で用いられた美しい言葉が使えない。ところが、文語（書き言葉）を排除して、近代小説は隆盛を見た。それへの精一杯の抵抗として、散文と韻文とが一つに融合し、文化的に誇るべき雅《みやび》やかな日本語をちりばめた「美文」という領域が、かつて存在したのである。

「美文」と聞くと大町桂月《おおまちけいげつ》の名前が反射的に連想されるが、明治の美文の多くは、紀行文と結びついていた。『太平記』の「道行文《みちゆきぶん》」以来の伝統だろう。だが、泉鏡花や三島由紀夫などのように、小説の世界に美文の要素がなかったわけではない。一九七〇年に三島が自決したあと、「美文小説」や「美文評論」の可能性は、塚本邦雄と澁澤龍彥たちが受け継ぎ、さらなる展開を見せた。塚本が「正字正仮名」表記にこだわったのは、漢字と仮名づかいにこそ、「美文」のDNAが宿ると信じたからである。

美文は、「実用」をモットーとする自然主義や「私小説」と戦った。だから、幻想や反写実を旗印とした。また、美文の系譜は、久生十蘭《ひさおじゅうらん》たちの推理小説・時代小説の世界にも浸潤していた。中井英夫が塚本を発見したのも、『虚無への供物《くもつ》』で知られる中井が、美文派の文学者だったからである。中井は、塚本に「美文短歌」確立の夢を託した。その達成の後に、塚本は、満を持して美文小説へと乗り出した。

新しい小説世界の扉を開けば、新しい人間世界が創造できる。現代日本に「変」を起こせるのだ。

塚本邦雄が後鳥羽院に強い関心を持ったのは、院が『新古今和歌集』の実質的な編纂者だからである。塚本は「写生」を生命線としてきた近代短歌と戦うために、「象徴」と「美」を生命線とする『新古今和歌集』と手を結んでいた。

藤原定家・藤原良経・藤原家隆・藤原俊成・式子内親王・宮内卿・藤原秀能《ひでとう》など、綺羅星のように輩出した天才歌人たち（惑星群）を統率した「恒星＝太陽」こそが、後鳥羽院だった。院は、和歌だけでなく、文化・政治・軍事の面でも、日本という国家の「恒星＝太陽」であろうとした。

後鳥羽院は、和歌は天皇が主宰するものであり、この国の骨格そのものであり、だからこそ史上空前の勅撰和歌集を編纂しなければならない、という文化観の持ち主だった。ルイ十四世の「朕《ちん》は国家なり」に倣《なら》えば、「天皇は和歌である」。和歌は、雅やかな言葉で紡がれる。美しい言葉こそが天皇である。「言葉《ことば》」と「後鳥羽《ごとば》」の発音が酷似しているのは、偶然だろうか。

また、承久の変に敗れて絶海の孤島である隠岐《おき》に流された院の人生は、セント・ヘレナに流されたナポレオンの人生とも重なる。日本浪曼派《にほんろうまんは》ならずとも、貴種流離譚の典型として、後鳥羽院を位置づけたくなる。

古代のヤマトタケル。王朝の菅原道真、在原業平、光源氏。中世の源義経と後鳥羽院。これらの流離した英雄群の中で、天皇（上皇）本人だったのは後鳥羽院のみ。孤島に流されたのも、後鳥羽院のみである。『菊帝悲歌』第六章に、「嘲笑こそ、栄光の影であつた。この影なくて何の和歌の光彩、皇統の威光であらう」とある。

塚本邦雄は、岡井隆・寺山修司・山中智恵子・春日井建・浜田到《いたる》などと共に、前衛短歌運動を推進した。歌壇史的には、後鳥羽院に当たるのが、編集者の中井英夫であり、塚本と岡井が楕円のように二つの焦点を形成し、その周囲に春日井たちが輝いていた、とする理解が有力である。

だが、塚本は、「二つの焦点のうちの一つ」という位置づけから大脱走を図った。一九七〇年の三島の自決が、大きな契機となった。それが、美文小説の実験につながる。

塚本邦雄の野望は、「アンソロジー」（詞華集）というジャンルを変革することにも向けられた。藤原定家に対抗して『小倉百人一首』を選び直し、『新撰小倉百人一首』を刊行した。それ以外にも、『定家百首』『百句燦燦《さんさん》』『王朝百首』などの「百」シリーズで、塚本は古典和歌・近現代短歌・俳句・翻訳詩・詩的散文（美文）などを、独自の批評眼で選んでいる。そのうえで、詩的で、皮肉で、猛毒を含んだ辛辣な鑑賞を施した。アンソロジストたらんとした塚本が究極のライバルと見なしたのが、『新古今和歌集』の後鳥羽院だったのである。

『新古今和歌集』は、一応の完成を見て、竟宴《きょうえん》（打ち上げの宴）が催されても、削除や追加がなされた。さらには、後鳥羽院が隠岐に流された後も編纂を続けた。この執念は、すさまじい。塚本邦雄も、そうだった。

塚本邦雄は短歌と小説の両方で、後鳥羽院を描いている。

塚本が短歌連作のモチーフとして、心の深淵を覗き込んだ人物には、前述したレオナルド・ダ・ヴィンチ、イエス、後鳥羽院のほかにも、天才詩人ランボーとヴェルレーヌの愛憎、狂王ルートヴィッヒ二世とワーグナー、ローマ皇帝ネロたちがいた。連作ではないものの、ヒトラーも間歇《かんけつ》的に詠まれている。晩年には、「天皇」（昭和天皇）の歌も多い。『感幻楽』の「幻視絵双六　憑かれたる帝王への頌歌《しょうか》」は二部構成となっており、第一部が「菊花変　後鳥羽院に寄す」で、第二部が「堕天国　皇帝ネロに寄す」である。

この「菊花変」三十首の中に、『菊帝悲歌』の「跋《ばつ》」に掲げられた二首が発見できる。

帝王のかく閑《しづ》かなる怒りもて割《さ》く新月の香のたちばなを

にくむべき詩歌わすれむながつきを五黄《ごわう》の菊のわがこころ踰《こ》ゆ

ここで、是非とも紹介したいのが、塚本邦雄の膨大な創作ノートである。筐底《きょうてい》に秘められていた自筆の創作ノートによれば、塚本は後鳥羽院に寄せる短歌を、三十首どころではなく、多数作っている。未発表のまま残された歌がほとんどである。近刊の『文庫版塚本邦雄全歌集　別巻Ⅱ』（短歌研究社）に収録予定の一部を、ここで本邦初公開する。塚本は、後鳥羽院のどこに惹かれていたのだろうか。

一九六六年一月の創作ノートに、「菊花変」の初案が書かれているが、『感幻楽』で活字化された完成作とほとんど重なっていない。推敲に推敲を重ね、初案とまったく違ってしまった歌が多い。

創作ノートでは、「菊花変」というタイトルの前に、「さはれ優雅の帝／ぬばたまの後鳥羽の院　いまいづこ」という序詩がある。この創作ノートでは、フランソワ・ヴィヨンをモチーフとする連作も構想されていた。「菊花変」の序詩は、ヴィヨンの「疇昔《ちゅうせき》の美姫の賦」の有名なリフレイン、「さはれさはれ　去年《こぞ》の雪　今は何処《いづこ》」（鈴木信太郎訳）を踏まえる。塚本は、「疇昔の帝王の賦」を歌おうとした。

「優雅の」だけでなく「ぬばたまの」という枕詞《まくらことば》が冠されている点に注目したい。後鳥羽院は、帝位にあった頃も、院政を布《し》いていた頃も、そして隠岐に流された後も、心の中には漆黒の闇を抱えていた。「黒・闇」の世界の帝王なのだ。「ぬばたま」は「うばたま」と同じ意味であり、「烏羽玉」とも書く。この文字が何とも「後鳥羽」「王」と似ている。

創作ノートには、さらに、「菊花変」全体の序歌がある。

菊群るるこころ枯野の水無瀬川一生《ひとよ》をはるとなにおもひけむ

この歌は、後鳥羽院の秀歌、「見渡せば山もとかすむ水無瀬川夕べは秋と何《なに》思ひけむ」を踏まえ、「一生《ひとよ》を春《はる》」と「一生終《を》はる」の掛詞《かけことば》に仕立てたのだろう。この序歌を意訳してみよう。

「私の心の泉は、枯れ果てた。水無瀬川の水が涸れ果てて、岸辺には水の無い蕭条《しょうじょう》たる枯野の光景が広がっているかのように。けれども、私の目には、絢爛《けんらん》たる菊の花が群れ咲いているのが幻視される。私は自分の一生を、春のような楽しみが永続すればよい、などと思ったことは、一度もなかった。私の一生は、今終わろうとしているが、心の中で咲き誇る菊の花は、黄や白から、黒く変化している。ぬばたまの黒に」。

創作ノートには、「実朝より後鳥羽院に」寄せる思いを述べた歌が、二首ある。

萩の実のあるかなきうすみどりもてわがにくしみを夕月の光

翼もたぬ船坐《ま》すあはれ　かまくらの夏そこびえの海の上の菊

一首目は、塚本が絶賛する実朝の秀歌、「萩の花くれぐれまでもありつるが月出《い》でて見るに無きがはかなさ」を踏まえつつ、実朝の自らの運命に寄せる「にくしみ」を歌っている。二首目は、陳和卿《ちんなけい》に作らせた巨船が海まで運べずに朽ち果てた史実を踏まえ、実朝が漕ぎ出そうとした海の上には、後鳥羽院のシンボルである「菊」の花が浮かんでいた、と歌っている。

これまた創作ノートで、後鳥羽院に寵愛された松虫・鈴虫の二人の女官を出家させた罪で処刑された二人の僧（安楽と住蓮）の口を借りて、後鳥羽院への思いも三首、塚本は歌っている。

創作ノートの後鳥羽院をめぐる習作群の多くは、活字化されず、当然、歌集『感幻楽』にも収録されなかった。これらの習作群に込められた塚本の後鳥羽院に寄せる複雑な思いが、短歌という定型詩から溢れ出し、噴出したのが、小説『菊帝悲歌』ではなかったか。

それは、短歌の裏返しとしての近代的な散文にはならなかった。詩歌をモチーフとするだけで無く、詩歌の言葉をちりばめた美的散文、すなわち美文小説となったのである。塚本邦雄は「歌人」という枠の中では収まりきれない表現意欲に、衝《つ》き動かされていた。『感幻楽』では、後鳥羽院が「憑かれたる帝王」と呼ばれているが、短歌という定型詩に取り憑かれ、その果てまで旅し、その限界を見届けた塚本邦雄その人もまた、「憑かれたる詩王」だった。

『菊帝悲歌』について、何点か補足したい。第一章の終わり近くに、後鳥羽院の直前の歴代天皇が、「蛍火のやうに淡雪のやうに儚い天皇ばかりではないか」とある。

第二章に、「蛍」を詠んだ歌合《うたあわせ》の六番、計十二首が列挙されていて、壮観である。実は、この十二首は、塚本邦雄の創作である。中でも「女房」（後鳥羽院）と、寵臣の藤原秀能とが番《つが》えられた四十五番は、二人の相聞歌《そうもんか》の趣がある。

はかなしや雨夜を燃ゆる蛍火の消えみ消えずみかつ恋ひわたる　　女房（院）

あかつきの匂流るる青蘆にいのちかそけき蛍なりけり　　秀能

主従、なおかつ男性同士の強い「恋心」を、院は率直に歌う。秀能は、「かそけき蛍」のような我が身であっても、院への思いを「いのち」として生きてゆきたい、と歌う。青蘆の爽やかな「匂」こそ、二人の恋の香りだった。「蛍」からもう一首。

露の身のひとりあやふき夏の夜に消えぬ火ともせこころの蛍　宮内卿

天折《ようせつ》の天才歌人・宮内卿の和歌として、塚本が代作した創作和歌である。「こころの蛍」の「消えぬ火」こそ、後鳥羽院が求めた芸術の光であったし、塚本邦雄が美文小説でつかみ取ろうとした後鳥羽院の心の中で燃えていた光だった。

『菊帝悲歌』を読み進めるうちに、承久の変を起こした後鳥羽院が、敗北の予感と共に生きていたことがわかり、読者の心を重くする。隠岐での寂寥の日々が、第六章で描かれるが、後鳥羽院は波瀾万丈で、乱高下した自らの人生を受け入れた。「すべて鍵は自分にあつた」と気づいた後鳥羽院は、運命との和解を果たしている。それでも、和解できないのが、定家との確執であり、だからこそ隠岐にあって『新古今和歌集』の和歌を選び直し続けたのだった。

日本文学史の中で、宗祇《そうぎ》・宗長《そうちょう》・肖柏《しょうはく》の三人が詠んだ『水無瀬三吟百韻《みなせさんぎんひゃくいん》』は、連歌というジャンルの最高傑作だとされる。一四八八年、後鳥羽院の二百五十回忌に合わせて、院が愛した水無瀬神宮（御影堂《みえいどう》）に奉納された。和歌から連歌へという大きな分岐点となった。

『菊帝悲歌』は、「跋」によれば、後鳥羽院生誕八百年を意識して刊行された。塚本邦雄は、三吟ならぬ「独吟」、いや「独筆」で、詩歌に殉じた「ぬばたまの詩帝」への頌歌を、美文小説で書き記した。

後鳥羽院の心の中で燃えていた火の正体に触れた時、『菊帝悲歌』というタイトルの意味は変容する。「菊帝＝後鳥羽院」を悼《いた》む悲歌ではなく、菊帝が自ら詠んだ真《まこと》の悲歌。塚本邦雄という男覡《おとこみこ》に憑いた後鳥羽院の執念は、いつの間にか二十一世紀の読者の心に乗り移り、取り憑く。

この荒ぶる霊を取り除く必要はあるのか。読者がこの霊と共に生きる覚悟を固めるのも、一つの人生であり、新たな運命との出会いになるだろう。そこから、何かが変わる。さあ、何を変えようか。

（しまうち・けいじ　国文学者）

＊本作は、一九七八年集英社より正字正仮名で単行本として刊行され、一九九九年ゆまに書房刊『塚本邦雄全集』五巻に収められた作品を文庫化したものです。
＊文庫化に際しては著作権継承者の承諾を得て、原文にはない読み仮名を、歴史的仮名づかいで加えました。
＊今日では配慮すべき必要のある表現も含まれますが、作品発表当時の状況に鑑み、原文通りとしております。

菊帝悲歌《きくていひか》
小説《しょうせつ》後鳥《ごと》羽《ば》院《いん》

二〇二二年一一月一〇日　初版印刷
二〇二二年一一月二〇日　初版発行

著者　塚本邦雄《つかもとくにお》
発行者　小野寺優
発行所　株式会社河出書房新社
〒一五一－〇〇五一
東京都渋谷区千駄ヶ谷二－三二－二
電話〇三－三四〇四－八六一一（編集）
〇三－三四〇四－一二〇一（営業）
https://www.kawade.co.jp/

ロゴ・表紙デザイン　粟津潔
本文フォーマット　佐々木暁
本文組版　株式会社創都
印刷・製本　中央精版印刷株式会社

Printed in Japan　ISBN978-4-309-41932-9

室町お伽草紙

山田風太郎　41785-1

足利将軍家の姫・香具耶を手中にした者に南蛮銃三百挺を与えよう。飯綱使いの妖女・玉藻の企みに応じるは信長、謙信、信玄、松永弾正。日吉丸、光秀、山本勘介らも絡み、痛快活劇の幕が開く！

婆沙羅／室町少年倶楽部

山田風太郎　41770-7

百鬼夜行の南北朝動乱を婆沙羅に生き抜いた佐々木道誉、数奇な運命を辿ったクジ引き将軍義教、奇々怪々に変貌を遂げる将軍義政と花の御所に集う面々。鬼才・風太郎が描く、綺羅と狂気の室町伝奇集。

信玄忍法帖

山田風太郎　41803-2

信玄が死んだ⁉　徳川家康は真偽を探るため、伊賀忍者九人を甲斐に潜入させる。迎え撃つは軍師山本勘介、真田昌幸に真田忍者！　忍法春水雛、煩悩鐘、陰陽転…奇々怪々な超絶忍法が炸裂する傑作忍法帖！

外道忍法帖

山田風太郎　41814-8

天正少年使節団の隠し財宝をめぐって、天草党の伊賀忍者15人、由比正雪配下の甲賀忍者15人、大友忍法を身につけた童貞女15人による激闘開始！怒濤の展開と凄絶なラストが胸を打つ、不朽の忍法帖！

忍者月影抄

山田風太郎　41822-3

将軍の妾を衆目に晒してやろう。尾張藩主宗春の謀を阻止せんと吉宗は忍者たちに密命を下す！氷の忍者と炎の忍者の洋上対決、夢を操る忍者と鏡に入る忍者の永劫の死闘など名勝負連発、異能バトルの金字塔！

笊ノ目万兵衛門外へ

山田風太郎　縄田一男〔編〕　41757-8

「十年に一度の傑作」と縄田一男氏が絶賛する壮絶な表題作をはじめ、「明智太閤」、「姫君何処におらすか」、「南無殺生三万人」など全く古びることがない、名作だけを選んだ驚嘆の大傑作選！

柳生十兵衛死す　上

山田風太郎　41762-2

天下無敵の剣豪・柳生十兵衛が斬殺された！　一体誰が彼を殺し得たのか？　江戸慶安と室町を舞台に二人の柳生十兵衛の活躍と最期を描く、幽玄にして驚天動地の一大伝奇。山田風太郎傑作選・室町篇第一弾！

柳生十兵衛死す　下

山田風太郎　41763-9

能の秘曲「世阿弥」にのって時空を越え、二人の柳生十兵衛は後水尾法皇と足利義満の陰謀に立ち向かう！『柳生忍法帖』『魔界転生』に続く十兵衛三部作の最終作、そして山田風太郎最後の長篇、ここに完結！

八犬伝 上

山田風太郎　41794-3

宿縁に導かれた八人の犬士が悪や妖異と戦いを繰り広げる雄渾豪壮な『南総里見八犬伝』の「虚の世界」。作者・馬琴の「実の世界」。鬼才・山田風太郎が二つの世界を交錯させながら描く、驚嘆の伝奇ロマン！

八犬伝 下

山田風太郎　41795-0

仇と同志を求め、離合集散する犬士たち。息子を失いながらも、一大決戦へと書き進める馬琴を失明が襲う――古今無比の風太郎流『南総里見八犬伝』、感動のクライマックスへ！

妖櫻記 上

皆川博子　41554-3

時は室町。嘉吉の乱を発端に、南朝皇統の少年、赤松家の姫、活傀儡に異形ら、死者生者が入り乱れ織り成す傑作長篇伝奇小説、復活！

妖櫻記 下

皆川博子　41555-0

阿麻丸と桜姫は京に近江に流転し、玉琴の遺児清玄は桜姫の髑髏を求める中、後南朝の二人の宮と玉璽をめぐって吉野に火の手が上がる……！　応仁の乱前夜を舞台に当代きっての語り手が紡ぐ一大伝奇、完結篇

安政三天狗

山本周五郎　41643-4

時は幕末。ある長州藩士は師・吉田松陰の密命を帯びて陸奥に旅発った。当地での尊皇攘夷運動を組織する中で、また別の重要な目的が！　時代伝奇長篇、初の文庫化。

現代語訳 義経記

高木卓〔訳〕　40727-2

源義経の生涯を描いた室町時代の軍記物語を、独文学者にして芥川賞を辞退した作家・高木卓の名訳で読む。武人の義経ではなく、落武者として平泉で落命する判官説話が軸になった特異な作品。

現代語訳 南総里見八犬伝　上

曲亭馬琴　白井喬二〔現代語訳〕　40709-8

わが国の伝奇小説中の「白眉」と称される江戸読本の代表作を、やはり伝奇小説家として名高い白井喬二が最も読みやすい名訳で忠実に再現した名著。長大な原文でしか入手できない名作を読める上下巻。

現代語訳 南総里見八犬伝　下

曲亭馬琴　白井喬二〔現代語訳〕　40710-4

全九集九十八巻、百六冊に及び、二十八年をかけて完成された日本文学史上稀に見る長篇にして、わが国最大の伝奇小説を、白井喬二が雄渾華麗な和漢混淆の原文を生かしつつ分かりやすくまとめた名抄訳。

羆撃ちのサムライ

井原忠政　41825-4

時は幕末。箱館戦争で敗れ、傷を負いつつも蝦夷の深い森へ逃げ延びた八郎太。だが、そこには——全てを失った男が、厳しい未開の大地で羆撃ちとなり、人として再生していく本格時代小説！

天下奪回

北沢秋　41716-5

関ヶ原の戦い後、黒田長政と結城秀康が手を組み、天下獲りを狙う戦国歴史ロマン。50万部を超えたベストセラー〈合戦屋シリーズ〉の著者による最後の時代小説がついに文庫化！